JN123314

この詩集を読め

対論 III

2016〜2020

細見和之　山田兼士

澪標

対論Ⅲ　この詩集を読め 2016-2020

目次

まえがき　5
第三十回　田原『夢の蛇』　思潮社　6
第三十一回　手塚敦史『１９８１』　ふらんす堂　21
第三十二回　服部誕『おおきな一枚の布』　書肆山田　36
第三十三回　能祖將夫『魂踏み』『あめだま』　書肆山田　50
第三十四回　八重洋一郎『日毒』　コールサック社　68
第三十五回　『続続・新川和江詩集』　思潮社現代詩文庫　84
第三十六回　小池昌代『野笑』　澪標　103
第三十七回　池井昌樹『未知』　思潮社　126

第三十八回　犬飼愛生『stork mark』　モノクローム・プロジェクト　149
第三十九回　金時鐘『背中の地図』　河出書房新社　166
第四十回　時里二郎『名井島』　思潮社　184
第四十一回　野村喜和夫訳『ルネ・シャール詩集』　河出書房新社　201
第四十二回　吉田義昭『幸福の速度』　土曜美術社出版販売　217
第四十三回　阿部日奈子『素晴らしい低空飛行』　書肆山田　235
第四十四回　最果タヒ『夜景座生まれ』　新潮社　251
第四十五回　青木由弥子『しのばず』　土曜美術社出版販売　267
あとがき　287

装幀　倉本 修

まえがき

「コロナ禍のなかいかがお過ごしですか」という言葉が、この国の季語を伴ったあらゆる挨拶を駆逐してしまったかの状況のなか、『対論Ⅲ』をお届けします。今回の第三弾には、季刊詩誌『びーぐる――詩の海へ』に第三十一号（二〇一六年四月）から第五十一号（二〇二一年四月）まで、計十六回にわたって連載されたものを収録しています。雑誌の冊数と対論の回数が合わないのは、三十四号、四十号、四十六号、四十七号で休載しているためです。その都度の誌面の都合もありましたが、とくに四十六号、四十七号と休載が続いたのは、その間、相方の山田兼士さんが思わぬ重篤な病気によって文字どおり生死の境にあったためです。この本では、第四十一回と第四十二回のあいだにその断層が走っています。幸い回復した山田さんと語り合ったのが、吉田義昭さんの詩集『幸福の速度』であったことにも、振り返って印象深いものがあります（基本的に交互に対象詩集を選ぶというやり方をこれまでどおり踏襲していて、このときは山田さんが吉田さんの詩集を選んでいます）。

その第四十二回以降は私たちの対論もオンライン形式で行うことになりました。それぞれの人生のなかで、そしてまた社会状況に深く規定されて、私たちは詩を読んでいるのだということを、私はあらためて噛み締めています。

二〇二一年七月一八日　細見和之

第三十回　田原『夢の蛇』思潮社

夢の蛇
田原
田原は世界に呼びかける詩人。
世界に働きかけ、世界を読み替える、
その比喩の力は強烈だ。
阿部公彦　思潮社

●メタファーの揺れと実体験

山田　田原さんとはかれこれ二十年近いお付き合いで、田原さんが日本語で詩を書き始めたばかりの頃に知り合いました。第一詩集『そうして岸が誕生した』が出たのが二〇〇四年。まだちょっとたどたどしいところがあって、ようやく岸まで辿り着いたって言うかな。そのぶん非常に力動的でね、こういうのは日本人には書けないなっていう驚きがあったんです。二〇〇九年に第二詩集『石の記憶』でH氏賞を受賞したんですが、今度はずいぶんこなれてきて、骨格が大きくてスタティックな感じ。今度の『夢の蛇』が三冊目。あらためて特有のダイナミズムが出て来てるような気がします。細見さんこれまで三冊とも読んでると思うけど、どうですか。

細見　やっぱり田原さんのネイティブ言語は中国語で、日本語は第二言語。とにかく、谷川俊太郎さんの膨大な翻訳を中心にやって、集英社の詩集選、三冊本の編者ですからね。

山田　次の第四巻がもうすぐ出るそうですよ。

細見　ただ僕がそこで思うのは、田原さんの作品というのは全然谷川さんとは似てない。

山田　そこが不思議ですね。

細見　全く違う書き方だと思う。今回の帯には阿部公彦さんが、その比喩の力は強烈だって言って、メタファーに注目しているのですけど、田さんのメタファーの位置が、僕から見るとすごくパースペクティブが揺れる。まさしくメタファーとして読める部分と、メタファーじゃなくてそのまま使っているような記述の部分とで、揺れる。いつもレンズの焦点が絞りにくい感じがする。『石の記憶』の「石」にしても、『そうして岸が誕生した』の「岸」にしても、それこそメタファーとして読むのか、というあたりがね、いつも自分の中で揺れてしまう。今回の詩集でも基本的には同じことがある。最初に「歌声」という作品がありますね。「私は歌声の中に見た／地平線の上に延びている道」と始まるのですが、これなんか具体的な道のようなイメージだけど、同時に一種のメタファーですね。そのメタファーの世界に自分で乗って書いて行く。その道の向こうに果樹園があるだろうとか、あるいは、はげ山があってとか。それで「風の死骸」とあって、次に「マストが折れた船」とあるから要するに帆船の亡骸ですね。最後、「山はもう雄大ではない／空の果てはもう遠方とはいえない」と、自分が歌声に乗って世界そのものとなっている感覚を詩にしている。この詩集を読んだ時にこの「歌声」という詩が、田さんの世界を示している気がした。

山田　メタファーと、それから記憶。喩と記憶が並んでいる。一つはね、少年時代とか幼年期とか、モチーフに出て来るじゃない。大体そのままなんですね。例えば呪術師のおばあちゃん。これなんかも事実通りなんですね。田さんのふるさとは河南省だから、黄河ですよね。だからこの「マストの折れた船」

云々なんていうのも必ずしも海じゃなくて、河かもしれない。それから山というのも。

細見　はげ山がよく出て来ますね。

山田　そういう風景があって。元々田さんのお父さんは知識人なんですね。例の文化革命で、その煽りを受けて農村生活を余儀なくされた。それで河南省の田舎でおばあちゃんを含めた大家族で育ったっていう、そういう中国の河南省での幼年期・少年期の原風景、強烈だった体験。飼い犬が野兎を捕まえて帰って来たり、その犬がいなくなって、隣の村で食われていて。そこへ兄が行って毛皮だけ取り返して来たとかね。ワイルドな少年期。

細見　そういう自分の原風景とか中国での体験とかが今回の詩集ではよく出ていますね。

山田　この「歌声」は、メタファーというよりむしろ記憶、体験なんですよ。ややレトリカルな言い方は出て来るけれど、割と等身大の作品だと思うんです。記憶と喩との焦点が合いにくいっていう話だけど、複眼的に見て行くとね、そういう実体験的な感覚表現と、それから後天的に身につけた日本語と元々持っている中国の感覚的なものとの兼ね合いから出て来てる奇妙な比喩とか、そういうものは割と読み込むことができる気がするんです。次の「浮浪者」もね。

細見　これも要するに、具体的な記憶がやっぱり背景にあるということなのか。

山田　多分あると思います。逃亡犯、多分政治犯ですよね。その男を何十年か経って探しに行きたくなるというような。多分中国の歴史の中での、はっきり言えないけれどぎりぎり言える範囲というのがあって。さっきのおばあちゃんの話だって、ここには「彼」としか出て来ないけど、どう見たってこれ毛沢東でしょ。何千万の命を奪って、あれはもう呪術師だって言うんですよね。自分の祖母は何人かの病気を治しただけ、小さな呪術師で。それに対して「彼」は大きな呪術師だっていう。それから天安門事件のことも出て来てますよね。これも田原さんにしてみたら青春期の非常に大きなトラウマになってる。それと、少し前まで仙台に住んでたからね。三・一一の時は田原さんは中国にいたんですが、自分が住んでた土地の津波の被害は、事後であるにしてもまざまざと見ている。それと四川大地震の詩、あれは『石の記憶』だったかな。そういう現実の事件への対し方は非常にストレートですね。そういう時の書き方。だからそういう社会的・歴史的なものを書く時の毅然とした態度と、幼少年期の記憶をモチーフにしたデリケートなものと。それからもう一つがメタファーを駆使した、非常に言語芸術的なものと。大事なのはその三つかな。

●コノテーションの落とし穴

細見　僕の大学の同僚の中国人の先生もぎりぎり文革に遭った世代なんですよ。やっぱり農村に行かされた。逆に、僕よりちょっと上の世代だと、向こうと交流に行ったりしているんですよね。七十年代の前半です。中国の紅衛兵と出会いに行ったり、逆にこちらに招いたり、ということがあった。

山田　でもね、そういうものも一方であると思えば、他方で非常に自由闊達って言うか、自在なものもありますよね。「尋ね人」。

細見　「びーぐる」にもらった作品ですね。

山田　出た時も驚いたんですよ。すごくこなれてるでしょ。これは架空の人物かな。「身長一六二センチ」の失踪した女性の、服装とか生活様式とかあれこれと描き出して行って。ずっと行方不明のままっていう。こういう書き方もできるんだよね。よく出て来るのは山もそうだけども川。タイトルの『夢の蛇』も川でしょう。それと龍が出て来る。「龍」っていう詩がありますね。北の龍というのが黄河で、南の龍が長江、揚子江ですね。川を龍に例えるというのはよくある、水神ですからね。だけど僕らが考えてる川と違うじゃない、規模が。黄河にしても長江にしても。例えば『そうして岸が誕生した』なんてね、僕らの考える岸って言ったらせいぜい橋架けたら行けるみたいな、そう思うけれど、多分違うでしょう、中国の人が岸って言った時のイメージは。ほとんど海か湖みたいな岸だからね。そういうイメージの違いというのはあると思う。

細見　さっきの「尋ね人」という詩で言うと、一行目に「流れ雲そのもの」、その後に「雌という属性」って出て来ますね。これやっぱり僕ら、普通日本語のネイティブ感覚では「雌」という言葉は持って来ないで、普通は女ないしは女性という属性だと思うんですよ。この「雌」っていうの、やっぱり中国語で読んだ時の感覚とかもあるのかなあと思ったりする。

山田　ありますね。田さんもどこかで書いてたけど、同じ漢字でも日本と中国とで持ってるコノテーションの違いがあって、それが落とし穴になるんだって。許容範囲である場合もあるんですよ。日本語としてもちょっと不自然だけれど間違ってはいない、ただ若干意味の範囲が違っている。普通日本語では「雌」というのは人間については言わないけれど、中国語ではそんなことはないとかね。

細見　谷川さんと田さん山田さんで座談会をやられている時に、谷川さんは種馬のような元気な人ですから、と言ったのがありました。

山田　そうそう。田さんは自分が失言したと思ってない。エネルギッシュでいい意味で言いますよって。いや、日本では種馬って言ったらちょっと意味合いがねって、谷川さんが。

細見　これ言われると、普通怒るよって（笑）。

山田　あまり人に、あなた種馬ですって言わない方がいいですよ、日本では、と。まあコノテーションが微妙にずれるということね。
細見　それこそベンヤミン的に言うと、そういうズレがそれぞれの言語を拡張することもあるわけですね。例えば金時鐘さんだと、川を江戸の江でよく書くんですよ。やっぱりあれは韓国語、朝鮮語の感覚なんです。彼にとっては「川」という字はいかにも頼りなくって。
山田　そういう漢字がもたらすイメージの偏差があって。それを最初の頃はそれこそ事故のように使ってたこともあると思うのね。だけど最近はもう分かっててやってる、確信的な感じがするんですよ。

●述志の詩

細見　「かならず」という作品では、「かならず」が連の冒頭に置かれて「かならず」「かならず」って何度も出て来る。読んでたら漢文みたいな感じがしてきますね。
山田　日本語の現代詩から今は失われている述志の詩。明治時代によくあったじゃない、北村透谷とか。これ、全部で十六回出て来るんですよ、「かならず」という言葉が。全部四行詩節ですよね。全ての連の中に「かならず」が二回出て来るんですよ。
細見　本当に漢文調で、これも普通日本語ではやらないですよね。ある種の定型詩ですね。
山田　しかも、ひらがな。当然中国にもこの漢字あると思うけども。わざわざひらがなにしてるってのは、もう音として捉えてますよね。意志を明確に表明する時の、言ってみればオノマトペみたいな。オノマトペでリフレインやってる、そういう風に聞こえて来る。

細見　そういう意味じゃこの「かならず」は日本語の、日常の僕らが使ってる「かならず」じゃなくて、田原さんがこの詩の中で使ってる独自の「かならず」になっていますね。

山田　独特の喩になってますね。いろんな項目が四行ごとに出て来る。最初「人々の中に帰っていき」とか、次が歴史の問題で、それから今度は自然ですよね、海の。次は山ですよね。それから今度はある種のヒューマニズムみたいなのが出て来て。それでその後、「かならず唐詩に立ち戻り」。まさに漢詩です、李白とか。それで「古人の知恵を復習する／かならず文明に疑いの目を向ける／地球を壊滅の方向に引っぱっていかないように」、こういう社会的な意味合いも含めて。その後は古代ですよね。「洞窟壁画」とか、最後には自分に対する問いかけ。これは上手いな。普段使ってる言葉をこういう風に更新できないですね。

細見　例えば後ろから二連めの「かならず発掘された土笛を吹いてみる」というのはほとんど日本語としては壊れそうですね。

山田　それと修飾の仕方が不自然なところある。修飾語を被修飾語のすぐ上に置くのが私達は普通自然な文章だと思うじゃない。田さんの場合、離れるんですよ、語順の問題で。

細見　ちょっと日本語自体が拡張されていると言うか、本当に漢詩との境界に置かれてるような感じがします。まあやっぱりその、ごつごつしたところが一つの新しい言葉になるっていうところがあると思う。僕自身はそれこそ大げさに言うと世界文学ということを考えた時に、その世界文学の最小単位はそういう言葉の齟齬から来る、特にディアスポラの状態で書かれた言語が持っているある種の違和感みたいなところ、そこにむしろ世界文学の最小単位を見定めたいと思っているんですね。その断層みたいな場所に言葉の橋が架かる。田さんの場合だと、日本語と中国語の間に言葉の橋が架かるんだけど、その橋のぐらぐら揺れてるような場所、そこにむしろ世界文学の少なくとも最小単位みたいなものがあると思っているわけです。

山田　それは例えば金時鐘さんの日本語にも通じることだし。

細見　そうなんですよ。だからさっきの「かならず」の用法とか、その辺はそこと通じて来るところだと思っているんですよね。

山田　私達は母語でずっとやってる訳だから、つい削り取って滑らかにしてしまう。リズムとか調べってあるからね。谷川俊太郎から自分は日本の詩を全部学んだって公言するわけですよ、田原さんは。でも出て来た作品を見たら全然谷川さんに似てないのね。谷川俊太郎の日本語はそれこそもうこれ以上ないっていうぐらいの、草書体って言ったら悪いけど、行書かな。滑らかな筆致で、本当に隙の無い、流麗な日本語で書かれてる、そういうものを単位とした構築でしょ。田原さんは全然違う。

●創作と翻訳のはざまに

細見　巻末に「創作と翻訳のはざまに」というアンケートへの回答があって、「かっぱ」を中国語に訳した体験を書いてますよね。

山田　田原さんの朗読を僕は聞いてるけど、面白いよ。ダジャレみたいな。

細見　中国語でも、ダジャレ、語呂合わせみたいな感じになっているのですね。

山田　谷川さんの日本語と二か国語朗読をやってもらったことがあって、学生たちの前で。僕は中国語は分からないけれど、音で聞いた時に、例えば一行あたりの音数ってあるじゃない。その感じが出てる。「かっぱかっぱらった／かっぱらっぱかっぱらった／とってちってた」っていう、この音便ですよね、中国語で聞いた時、なんかこうスタッカートみたいなのがね、ちゃんと聞こえて来るんですよ。一年半かけて訳したっていうからね。

細見　どういう作業なんだろうと思うけど、やっぱり、意味も生かしながら、意味と音との間で翻訳をやっているわけですよね。

山田　特に韻文詩の場合は、元の詩の音数とか脚韻とかを意識する。もちろん同じことはできないけど、元の詩が例えば脚韻をＡＢＡＢと踏んでいたらできるだけそれに近い日本語でＡＢＡＢになるようにとか。十二音節にはできないけれど、文字数も行ごとにそんなに違わないように、十から十五の間ぐらいになるようにできるだけ努力するとか。そういうことを田さんもかなり意識していると思う。谷川俊太郎の中国語訳だって、あのひらがな詩の滑らかさが中国語でそのまま伝わるとは思えない。けれどもそれなりに調べを移築しながら意味を取りイメージを丁寧に作り上げて行く、そういうことだと思います。

細見　タイトルポエムの「夢の蛇」はどうですか。これは、思春期みたいなものを中心に置いてる作品だと思うんですけど。

山田　相当セクシャルなイメージ。

細見　背景にありますね。まあ蛇自体が常にそういうイメージではあるんだけど。

山田　むかし共著で、田原さんが第一詩集のもっと前に出していたアンソロジーみたいな詩集があるんですよ。そこに確か蛇が出て来て、自画像……巳年なんですよね。

細見　でも「あなたのベルト」だからなあ。

山田　これも思春期と言うか、記憶でしょう。最後の方に「蛇はメガネをかけた」、で、「蛇はフレアスカートを穿いて」、「初夏の深夜に私の夢に這ってきた」っていう。最後夢精したって出て来るから、やっぱりかなりセクシャルなものの代表なんでしょうね。これは相当ストレートな作品だと思いますよ。巻頭の、さっき話に出てた「歌声」もそうでしょ。だから意外とね、本人が重視してる作品というのはこういう素直な、ストレートなものなんですよ。更に想像すれば、中国語で下書きしてない。初めから日本語で書いてる。

●近代詩から現代詩へ

山田　アフォリズム的な詩もあるんですよ。ちょっと懐かしいような感じもする。「落日」なんかね、三行だけだからちょっと読みましょうか。

霜害にあった赤いリンゴのように／成熟をもって／悲壮な墜落を明らかにする

こういうモダニズム風の一筆書きみたいな、なんか日本の近代詩を辿ってるような。

細見　確かにそうなんですよ、田さんの詩って、いわゆる現代詩っぽい書き方のもあれば、むしろ近代詩っぽい書き方もあって。

山田　別の言い方をすれば複眼的に読める。けっこう近代詩の翻訳もしてますよ。北園克衛の翻訳をかなりやってるんじゃないかな。あの辺すごく好きなんだって。逆に中原中也とか全然だめなんですよ。中也はどうしても二流の詩人にしか見えないって。

細見　意味として見れば面白くないんだな。

山田　まあ要するに個人的なことしか書かない、それこそ述志が無い。中也だって長州人ですからね、本当はあるんだけど、あまり見えない。中也は受け入れないけど谷川俊太郎にはすごく心酔するっていうのはじゃあどこなんだろう。例えば三好達治もあんまり好きじゃない。逆に萩原朔太郎はいいって。

細見　やっぱり、中也とか三好達治とかの作品は、意味からだけではなかなか読めないですから。「おみなごしめやかに語らひあゆみ」なんて意味だけで見るとじつに散文的になる。

山田　日本語の持ってる抒情とか潤いとか、そういうことは翻訳では伝わらないし、外国人が日本語を勉強してもなかなか伝わらない。

細見　最初にヴァレリーとかが入ったのも堀口大学訳じゃないですか。『月下の一群』の「失われた酒」、葡萄酒を海に注ぐやつね。中井英夫の『虚無への供物』のタイトルもそこから来ているわけですね。堀口大学の訳は本当に五七調だし、非常にリズムのある訳。あれもやっぱり中也でしょ。中也的な口調というか語調というかがあって、ヴァレリーなんかもそれで訳すっていう、とても面白いことが起こっていた訳で。

山田　そもそも日本の近代詩はそれこそ上田敏の『海潮音』あたりの口調から始まっているわけで。実は同じようなことをね、いま田原さんが日本語でやっている。日本人もそうやって詩の歴史を作って来た。

細見　僕が言っているそのパースペクティブの問題っていうのはそういうことなんだ。要するに近代詩・現代詩のずっと長い時間の中で起こったことが、圧縮されて田さんの中でいま起こっているっていうことなんだ。

山田　歴史的・時間的なものが、いま空間的にね、田原さんの中ですごいトポロジーを作っていて、そこに歴史が全部入っている。

細見　田さんの作品は、なんか日本語のタイムカプセルみたいな状態になっている。

●加速度的進歩

細見　三十年間のプロセスを経て、日本語の百五十年の詩のレントゲン写真みたいなものを見ているようなところがあるわけですね。その時に、谷川さんの作品はその時間の中にぴたっと入るんだろうね。

山田　田さんがよく言うのは、結局最終的な判定者は時間しかない。ある程度未来も見通した時間の中で、リアルタイムですでに文学史的な読み方を、谷川俊太郎についてしている。だから集英社の詩集選を組んだりしてもずいぶん谷川さんの自選と違うもんね。

細見　やっぱり一つは意味で取っているんだと思う。意味的なもので、音じゃなくてね。それから行くとその、さっきの「かっぱらった」みたいなのは意味が無いと言うか、ナンセンス詩。ところがそれを彼は訳したわけだから。少しそういうところも変わって来るんかなあ。

山田　すごく進歩してますよ。二十年前僕が会った時の田原さんは本当に素朴でね。書いたものに対する理解の深さという点でも、谷川俊太郎のあの膨大な詩的宇宙を始めから全部理解していたとは思えない。何か違和感があるけど面白いぞと思って、それを自分で中国語に翻訳して行く。そのことで次第に自分の使命を自覚するようになった。

●「一夜」「四行連詩」

細見　「一夜」という詩では「馬は一夜のうちに手綱から逃れる／道は一夜のうちに塞がれる／雪は一夜のうちに溶け去る／雲は一夜のうちに散り散りになる」と、執拗に反復したりして、一種の定型ですね。こういう形を取るのは面白い。このへんも、田さんが日本語の詩に介入しているという気はしますね。読んだ時のリズムと、それから意味ですよね。

山田　主語と述語がすごく明確じゃない。初級文法の本みたいな。

細見　だからある意味、近代詩っぽいですよね、こういう書き方は。

山田　これは元々中国語で書いてたんじゃないかな。詩集を出す時に日本語に訳した。そういうことも思いながら読む楽しみはありますよ。「四行連詩」を読みましょうか。

　　太陽は時の苔で滑って転んで沈んでゆく／大地をきれいに染めた黄昏は闇の幕を下ろす／巣に帰る鳥たちが翼を休めて／明日もっと空の重さを知るように／／白斑の始祖鳥が未来から飛んできた／衰弱した太陽と月を載せて／驚いて見上げる顔たちは／生きているのか死んでいるのか

これなんか田さんの原型ですね。世界とか自然に対して、身近な他者として寄り添って行くみたいな。

細見　日本語の詩として書いた時に例えば一行目で、「太陽は時の苔で滑って転んで沈んでゆく」って、こうは書かないよね。

山田　律儀と言えば律儀、素朴と言えば素朴。だけど意外とそれが新鮮。そんな感じですね

細見　一つの田さんの世界観、さっき言われたように、例えば未来から飛んで来る始祖鳥というのは衰弱した太陽と月を乗せているわけですね。ある種の文明の衰弱と言うか破綻と言うか、それでそれを見上げる顔たちが生きているのか死んでいるのか分からないみたいな、そういう状態。日が沈むっていうこととそれから世界が終わるみたいなのが重なっているようなところはあります。

山田　そういう世界観が基本にある。アマルガムみたいな感じですけどね。

細見　「四行連詩」というのは自分で勝手に連詩としてやっているということなのか。

山田　ということはやっぱり後半も読まないとね。こっちが答えですから。「Ⅱ」の部分。

化石は時が刻む跡ではない／消え去った命の形を再現できるように／億万年の息を凝らして／地球の記憶のかけらが目の前に／／鬼火が夢の中でしばらく燃え／荒地をゆっくり移動しはじめる／寒がる魂を探しているかのように／やがて地平線を明るませて消える

これは自然観ですね。さっきのはどっちかと言うと歴史観ですけど、こっちは空間的。

細見　Ⅱの方の最初の四行と次の四行はどういう関係になってるんだろう。化石の話はそれで分からなくはないけど、「化石は時が刻む跡ではない／消え去った命の形を再現できるように」はどこにかかってるんだろう――「億万年の息を凝らして」の方にかけたらいいのかな。それで「地球の記憶のかけらが目の前に」で終わりますよね。時が刻む跡ではなくて、要するに命が刻んでいるというか。そういう地球の記憶のかけらが目の前にあると。

山田　それが後半で鬼火になって燃えるわけです。だから化石は死んでないんですね。

細見　命の鬼火みたいなものですね。
山田　それで荒地を移動し始めるわけだから、億万年の眠りから覚めて、それが空間を移動し始めて地平線を明るませるっていう。
細見　そうするとＩの方はいわば、文明が死滅して行く流れの話を書いていて、その死滅した文明の中にも結局化石みたいな形で残されるものがあって、それが鬼火になって地平を明るませる、というような感じでしょうか。
山田　遠い未来にそこからまた命が再生するみたいな。なんか火の鳥みたいな話なんだけど。そういう世界観でしょうね。これを詩集の最後に持って来たということで、次につながるような感じですね。

第三十一回　手塚敦史『１９８１』　ふらんす堂

●俊英の新詩集

細見　今回は私が対象詩集を選ぶ番で、手塚敦史さんの『１９８１』。最初の詩集『詩日記』には経歴も書いてあって、生まれた年なんですね、一九八一年八月二十九日生まれ。同じふらんす堂から出ている『詩日記』が二〇〇四年に出た時、僕にとってはとても印象的だった。詩集の造りも非常にセンスがあって、中身もとても丁寧な言葉遣いで、わりと散文詩が多くてね。何冊か詩集を出されて、若手の代表の一人といえる手塚さんが、どんな作品を今書いているか、じっくり考えたい。

山田　今回の詩集の最後に参考文献として、原色植物図鑑が複数あげてある。これがことごとく一九八一年前後の刊行。ちょうど自分が生まれた頃に出た本を、五歳ぐらいになって親から与えられて読んだ、という感じかな。

細見　ともとれるし、わざわざそういうものを選んでいるのかもしれない。

山田　うちの息子がだいたいこれぐらいでね、ちょうどこういう図鑑を買い与えていたね、四歳や五歳の時に。

細見　じゃあもともと家にあったのかもしれませんね。五〇刷とか四七刷の本に行き着くのは図書館でも難しいですから。

山田　生まれた頃に親が買っておいてくれた。

細見　自分が生まれた時に出ていたような図鑑をあえて参考図書として挙げている。これをどう考えるか、後で考えましょう。それと、多摩美大なんですね。要するに平出隆さんのところだと思う。『詩日記』は四年生、現役時代に出た。いってみたら平出隆の教室の俊英の代表だったと思う。例えば『詩日記』に、平出さんの『旅籠屋』から言葉を取っているのがあったりする。作品のあり方も非常に平出さんからの影響を感じさせる。一つの出発点としてはそれがあるか、と思った。

山田　僕は今回たいへん困った、と思ってね。特にイメージが取りにくいとか、わかりにくい難解なところはないけれども、非常に手強いな、と。何が手強いのかといえば、心が見えてこないといったらいいかな。一つは生活が見えてこない。それから生活の背景になっている本人、あるいは他者でもいいけど、心の形みたいなものが見えてきにくい。叙事的な書き方という人もいるかもしれないけれども、僕は叙景詩だと思う。叙景詩としてよくできているし、イメージも整っているけれど、抒情まで行っていない。抒情詩じゃなきゃいけないことはないけれど、普通日本の叙景詩は暗示とか何かの仄めかしを含めて心に触れようとする。たとえば芭蕉の句とか、風景だけしか詠っていないように見えるけれど、その向こうに象徴的に心が見えてくる。叙景のための叙景詩っていうのはありえないと思う。例えば小野十三郎の非情の詩だって、非情のところに思想とか思念とかが込められてくるわけで。そこがどうも見えにくい。

●博物誌的作品

細見　極端にいえば人間とは違う視点で景色、風景を見ようとしているところがあると思う。例えば一篇目の「ひかりは、カスタネット」だと「埃」をずっと描いている。静電気、蜘蛛の巣や虫の死骸、そういうものを捉える視点がここでは人間の日常の視点とは少し違う。

山田　「物の詩」という言い方をすればね、小野十三郎なんかもまさにそうだし。

細見　それをその物についてではなくて、人間の視線とは別のカメラアイで捉える。

山田　初期の頃の散文詩はフランシス・ポンジュとかが背後にあるのかなあ。

細見　初期はそれこそ平出さんの影響があると思う。平出さんの背後にポンジュとかがあったりするかもしれないけど。ポジティブにいうと、一種の博物誌的な視点ですね、そういうので世界を見ようとしている。

山田　博物誌はキーワードかもしれないね。

細見　最後に出てくる図鑑もそうですけど、その図鑑とどう関係しているのかわからない。

山田　花の色とか構造、ラテン語の学術名が出てきたりなんかは博物的な感じがしますね。

細見　だから叙景といっても、本物のタンポポじゃなくて、図鑑のタンポポを見ているところがあるわけですよ。積極的に言うと、そういう博物的な視点で、人間の感情を前提とした視点とは違う捉え方をしようとしている。

山田　細見さんの初期の詩集に、『バイエルの博物誌』があるね。あれは博物誌的な見方を意識したの？

細見　いや、そうでもない（笑）。

山田　あれはむしろ逆説的な「博物誌」で、相当主観入っているよね。今の「ひかりは、カスタネット」という詩、最後のほうに「射すもの」が出てくる、これが光でしょう。カスタネットの上に埃が積もっているんでしょうね。だけども本文の中では明示してなくて、タイトルを見て、あ、そうか、と思う。こういう書き方で、最初に光、カスタネットというイメージがあって、その名詞を隠して書いていく。谷川俊太郎が『定義』で取った方法ですね。本文だけ読んだら何のことかわからない。タイトルを見たら、あ、それの定義か、という。そういう物の詩という書き方なのかなあ。全部が全部そうじゃないけどね。

細見　例えば、そういう博物誌的な視線を活かした、三四頁の「しずくに寄せる」という詩。「張り付いている／おわりの／はじまりにあった一滴一滴の水滴が／青く澄んだ空を雲を／目をみひらいて驚く表情を、映す」と始まって「はじまりの／おわりにあった一滴一滴の水滴が／形をこわし、物質を与えてしまった光のひずみの禁忌を／長く後まで引きながら――／持て余した／存在は、背後へと隠れだす／…ここに失われて行ったかなしみ」と結ばれる。最終的に感情があるけれど、水滴を博物誌的な視点で見ている意識的な書き方。水滴の表面に世界の一部を映して見るようなな。

山田　最後に抒情的な表現が出てくるのは、例外的かな。「しずくに寄せる」というのも、いかにも抒情詩ふうなタイトルだけど、最終行まではずっと客観的な描写が続いていく。

細見　手塚さんの書き方としては、最後の一行を書くか書かないか。いずれにしろ、人間の感情とか、人間の等身大を前提にした形ではちょっと見えない世界から言葉を紡ごうとしているところがあると思うんですね。

山田　それがどこへ向かうのか。何か仕掛けがあって大事なことをいわんとしているのか、その価値が見えてきにくい。

●自分がどこにいるのか

細見　例えば『数奇な木立』という詩集は非常に勢いがあった。元来あったはずの作品を再構成したみたいな書き方、あるいはその破片を収集したみたいな書き方をしていた。

山田　『タラマイカ偽書残闕』の書き方。

細見　全部谷川さんのほうに引っ張っていかないで（笑）。「髪をください／髪をください／あなたの髪を一束、わたしにください」とか、ポッと入れてみたりしている。

山田　なんか叙事詩の残滓みたいな。

細見　そういう形のことをやって、一冊ごとがコンセプトを持っている書き方。その詩集の作品を書いている時には、一つの書法とテンションが継続しているのが手塚さんのやり方だと思う。その都度書いたものを纏めて詩集にするのじゃなくて、同じ言葉の出どころで作品を書いていって、一冊の詩集に纏める。それを意識的にやっている。そのあたりも平出隆的なんですけどね。それが今回はちょっと、窮屈なところに行っていると思う。第三詩集の『トンボ消息』は今回見直せなかったから、その間が飛んじゃうんですけど、少なくとも『詩日記』『数奇な木立』と来たところからすると、『１９８１』は窮屈な感じ。自分の今の詩の書き方として納得しているのか。周りの視線を気にしているんじゃないかとも思う。

山田　他のタイプの作品も並行して書いていて、この詩集にはこういうものを集めました、ということかもしれないけどね。同人誌なんかでもっと伸びやかに長編作品とか、物語的な散文詩を書いているとか。何かやっていた気もするんだけど。

細見　詩のリレーみたいなのをやっていたから、同世代の仲間がいたと思う。

山田　いわゆる「ゼロ年代詩人」といわれて、新しい詩人シリーズが思潮社から出て、『数奇な木立』もその一冊。この時に十数人出たのかな、岸田将幸、安川奈緒、中尾太一、杉本真維子、三角みづ紀……。それが今、三十代半ばで、社会性を帯びてきて、この詩集では純粋詩的なものを求めてやっている。生活臭がないでしょう。一番典型的なのは例えば、四八頁の「しず気」。これなんかはさっきの「しずくに寄せる」と違って、まったく感情表現がない。最後の「中心からまっすぐ消えていった樹木」というイメージ、これが繰り返しで、冒頭にも「氷は、はる／動いている中の、最後にのこされていた／ふちどりがはね返したものを／つま先で、割った／――／中心からまっすぐ消えていった樹木」とある。「そのようにふゆの形象は手もとの花譜の上にものこる／名まえが呼ばれる部屋は／昼間のしずかに解放された四辺形の／うちとそと」とこういう書き方。幾何学的に風景を切り取る。後半で「だった、…点滅する電柱と／だった、…かたい土、庭、点滅する／水ッ気は、むすばれてはほぐれる／両手のひらを／気持ちよさそうに、冬光にはりつかせ、／名まえが呼ばれる／声が、聞こえるでしょう」とあって、情景の描写だけでできて、一箇所だけ「声が、聞こえるでしょう」という語りかけ、他者に尋ねるところが出てくる。どういう他者なのか、自分がどこにいるのか、それこそさっき細見さんがいったように、実際の風景の中というより図鑑の中のある頁を見て、それを言葉に置き換えているのかもしれない。そうすると、詩で語ることの意義はどこにあるのか。

●パウル・ツェランという補助線

細見　「だった、」「だった、」という繰り返しのところなんかは、パウル・ツェランの影響があるんじゃないかと思う。とくに「ストレッタ」という作品です。ツェランには、こういう世界に行く必然があったと思う。ツェランはヒトラーのドイツ語とは違うドイツ語をもとめて図鑑の世界で詩を書いたりした。それで、ゲルショム・ショーレムの本やマルティン・ブーバーの本を下敷きにして書いているから、それがわからないとまったくわからない、符号、暗号のような詩を書いた。

山田　パウル・ツェランの場合でいうとね、それが引用からできていたり言葉をずらしていたりしても、その作品の中そのもので、全体の枠みたいなのがあるじゃない。こういわざるを得ないとか、何をいいたいのかとか、それこそ読者に訴えかける何か、薄くても何か感じる。それが手塚さんの詩を見ていると伝わってこない――こちらの読み方が足りないのかもしれないけど。

細見　この「しず気」という作品、ある気持ちのありようは感じさせてくれる作品だと思うけどね。でもそういう、狭い場所、空間にわざわざ身を置いて、抽象的に書かないといけない、その必然、そこへ自分を追い込んでいく、その理由がわからない。ツェランの場合はそこへ追い込んでいったことで何とか書けるところがあったわけですよ。

山田　なぜこれを書かなければならないのかという衝動が見えない。隠しているのか、暗示しているのか、一つ補助線でも引いて見えてくるといいと思うんだけど。タイトル『１９８１』がもしかしたら何かを暗示しているのかと思う。生まれた年だからね、ひょっとしたら一つの読み方として、幼少時への思慕、あるいはノスタルジイ……。でも、ここに出てくる語り手はどう見ても大人です。子供の頃の経験や風景を、子供の視点で書くとこうはならない。子供の詩になる。そうすると、自分が例えば四、五歳だった頃の体験、見ていた風景の中に、現在の三十代半ばの自分が飛んでいって、その視点で描いているといったらいいのか。子供の頃に見た風景を今の言葉で書いている。だとすれば何をしたいのかも、うっすら見えてくるかと思うんだけど。

細見　四四頁の「カエデの髪飾り」という作品、これなんかも、僕にはわからない漢字が出てきて、後半の「さかなでる車や／いかる肩／くっついてしまいたい晴れ間に／阡陌の道が何本もあって、そのまま地面に／落ちたのでした」――「阡陌の道」は田圃の中に走っている東西南北の畔道のことですね。だから都会じゃなくて、田舎の風景。この人は甲府の生まれ。自分の生まれた故郷の風景と、自分が生まれた頃に出版されていた図鑑、そういうもので自分の誕生のときのある空気、気配みたいなものを、その時いた虫とか、タンポポとか、そういうものに即した博物誌的な視点でもう一度描いているような、そういう感じがしないでもない。

山田　何か加工された幼少期をコレクション、採集しているような。それを実際に生まれ故郷の田圃に行ってじゃなくて、図鑑の中でやっている――だから、色の名前や特徴が確認できる、原色図鑑じゃないと駄目なんだね。

●萎縮と開放

山田　ちょっと形式的なことだけど、二字分のダッシュをよく使うね。それで三点リーダは一字分――普通二字分にすると思うんだけど。これがセットで使われることが多い。「色彩感覚」もそうだけど、「いつまでも――／…ながされていたかった」という最後の二行。これはそういうリズムなんでしょうね。

細見　前の『数奇な木立』だと、こういうパターンと、二角取っているのもあります。

山田　今回の詩集では三点リーダは一角が多い。ちょっと間を置くということなのか、一拍目に四分休符を入れて歌い出すような。

細見　そのあたりも含めて、この書き方で読み手の呼吸と合わすのは難しいですね。

山田　僕はこれぐらいの長さに凝縮している詩は好きなんだけど、何かいい足りていないというのかなあ、もう一つ先まで遠慮しないで書いて欲しい。

細見　平出隆さんって厳しいところがあって、平出さん自身があまり詩を書かなくなったでしょう。そのうえで、詩を抜け抜けと書くやつがいる、といったりする。そういう批評を意識するとすごく書きにくい。

山田　寡黙になってしまう。

細見　『数奇な木立』なんかだと、勢いをもって書いていた。「バルサ巫女の酢」とか、言葉遊びをしながらやっている。こういうことに対して厳しい、冷たい視線があって、自分を出さないようにしているような気がする。

山田　ある種の読者を意識しすぎ……。私も僅かな経験からいえば、疋田龍乃介という詩人はすごく冗漫で、その雄弁さの中から非常に面白い、ユニークなイメージが出てくる。ああいうのは奨励している。自分で凝縮、凝縮といってるわりには、それはそれで面白いからそのやり方でやんなさい、というような方針。ある種の読者の視線が気になって、というような書き方は、彼はしていないと思う。

細見　これで自分の詩として、ある種の心地よさがあるならしょうがないけど……。

山田　開放感というか、自由さというか、せっかく自由な詩という形態を選んでおきながら、なぜ萎縮しないといけないのか。本人からすると萎縮しているとは限らないけれど。

細見　やっぱりわざわざ植物図鑑で書く必要はないような気がしますね。

山田　それは使ってもいいけど、何も全部でなくてもね。

●詩についての詩／静止画像

細見　普通に生きている時間があるじゃないですか、いろんな人と言葉を交わしたりね。そんな時間はいっぱいあるけれど、あえて自分を植物図鑑と向き合う状態に置いて、そこで詩を書くのは、徹底して背中を向けたあり方ですね。そうしないと書けない、そうまでして書きたいということなら、そのこと自体がテーマになる。その結果だけが出てくるから、ちょっとわからないですね。

山田　つまり、葛藤があるかないか。葛藤の結果この形になったかもしれないわけで、そうするといわゆる推敲のしすぎということもあるのかな。例えば二四頁に「再訪」という詩があって、六行しかないのね。「二人でいるよりも一人でいたほうがよい」という一行がある前に、何か人間的な葛藤があったり、夫婦喧嘩があったり、あるいは子供との格闘があったり、何かそういうことがあって、孤独に返る必然があって、それで「夜の森の奥へ、入って行くとよい」と、こういう書き方でしょう。最後の「アザレアの来たほそみちに灼ける皮ふの痛覚――」これなんかは幼児期の感覚か、という気もするんだけど、幼年期なりの子供の孤独みたいな、引き出されてきた結末だけを書いている感じがしませんか？　ここに至る葛藤があって、何かその「皮ふの痛覚」からの気づきとか、何かの発見があって、前後があるでしょう、という気がしてしょうがない。よくあるのは、作品相互の関連を見ていく中で立体的に重ねた時に、ここに拘りがあるのか、とか、これがキーワードか、とか、一冊の詩集を読むとたいてい見えてくるよね、その人のライトモチーフみたいなものが。それがこの詩集は、言葉自体の中から見えてこない。すると読むほうが何か想像して補助線を引かなきゃいけない。どこに拘っているんだろう、この書き手は。タイトルは拘りがあるようだ、自分の出自、生まれた時代、そうすると何かゼロ年代詩人なんてことをいわれたり、ゼロだって批判されたり、いろんなことがあって、そこからの答えの一つがこれですよ、という理解の仕方だってある。

細見　作品のテンションもだいたい同じところがある。読み手をどうやって惹きつけるか、という工夫はあって然るべきという気はするね。何かを書いて、それを届けようとしてるわけですから。

山田　良い表現とか、面白い言い方とかね、この人は優れたポリシーを持っているな、というところは随所にある。だけど全体として何がいいたいのか、となった時に像を結ばないのが勿体ない。差し出がましい言い方をすれば、ここまでいうんだったら次の一歩ですごく良いことをいえるでしょう、という箇所があちこちにある。どうして踏み込まないのか、あるいは踏み込んだけど削除したのか。九〇頁の「ポケットの綿埃」という作品、本文の中では最後のほうに「目の前へ、すすみ出る綿埃」として、そこで母親が出てくるんですね。「「すぐに行くから――。」いつかは言った」と、この「いつかは」っていうのがわかりにくいけど、過去のいつかの日の僕は、ということだとすれば、本当に幼少期の出来事を今ノスタルジックに、でも非情に書きたいみたいなね、それこそ博物誌的な書き方で、感情さえ丸ごと掬い取って、母親とのやり取りをこういう形で再現している。でも、そこまでの視点は明らかに現在の大人の視点です。「けしきは言った」という現代詩的な言い方が最初に出てきて、四、五行目の「画鋲やクリップなどの細々としたものは木でできた／テーブル上に乾いた音をたてて放られている」――この「木でできた」は次の「テーブル」にかかるんでしょうね。あえてこういう改行、切断をして、次に「音をたてて放られている」という表現で閉じる。細々としたものが音をたてて放られているっていうのも変な言い方だね。そこに置いた瞬間に音をたてるのはわかるけど、放られているっていう状態を表すのに、乾いた音をたて続けているってのも変な言い方。こういう、何かの絵か図からイメージを作っているのは面白いといえば面白い、独自の書き方ですね。

細見　その後に「書棚から引きぬいた／原色図鑑は」とありますね。「鎧戸の隙間から洩れた、――あらかじめ失われているひかり」。

山田　テーブルの上に原色図鑑が置いてあるんでしょうね。

細見　だからある意味では、これは、今号の特集のとおり、「詩についての詩」ですね。

山田　書いている今の自分を見つめて、こう書いているという情景。そうするとなぜか、ポケットの綿埃が出てくる――ありますね、子供なんか特に、ポケットに埃が溜まって。それが母親に見つかったのか、最後に母親とのやり取りが出てくる。過去の自分の姿にタイムトラベルするような、面白い書き方。

細見　この詩の場合は具体的な、「鋏の刃」とか「紙が手もとから落ち」とか、「トタン屋根は／強烈な熱を帯び、ピシピシと始終鳴っていた」とか、具体的な事態がある。

山田　動きがあるんですね。

細見　だけどそれを明示しない。これだけで何かを読み取れというのは無理な感じがして。

山田　だから、前後の文脈を切り取って、一枚の静止画像だけを、どうですか、って見せられている感じがする。ちょっと動かすとすごく面白くなる気配が、あちこちにある。原色図鑑と画鋲やクリップ、このイメージをちょっとだけ動かしてくれたらね。あるいはそこにちょっとだけ書き手が参入するとか、そうしたら面白い抒情が立ち上ってくる気配がある……。気配だけはあるんですよ。それが手前で終わってしまって、表に出てこない。

●動態と静態

細見　前にあの人の、アメリカから投稿した作品を集めた、何だっけ。
山田　ああ、『グラフィティ』、岡本啓ね。
細見　そう、『グラフィティ』とはまた違うけれども、あれも本当にわからないんですよね、現実の背景とか。
山田　わからないけどあれは、ダイナミックなところがあったじゃない、動き、アクションがあるというか。まあ無駄に動いているだけみたいな、なんでそういう動きなのかが見えてこないところがあったけどね。ある意味対照的ですよね、こちらはすごく静止的、スタティックなんですね。そこがある種マテリアリズム的でもある。つい小野十三郎にいっちゃうんだけど、小野十三郎の言い方に即していうと、「歌と逆に逆に」というような感じがする。帰ってこない。逆に行くのはいいんだけど、そこから旋回して戻ってきたところに新しい抒情とか、非情の美とか、何かがあるでしょう。少なくともそれを求めるベクトルが見えるでしょう。それが見えるようにするためには、やっぱり動きなんですよね。アクションなんですよ。この「ポケットの綿埃」なんかはちょっと動きがあるんだけど、それが過去へのベクトルで終わってしまっている。最後の「いつかは言った」なんて変な言い方で着地するわけで、この次があるんじゃないか、「いつか」という時の情感とか、何かがあると思うのね。

細見　七〇頁に「枝を折る」という作品があって、これもわりと具体的な場面が背景にある。「子ども達／河原で水切りをする／発音記号の／最初の音を口にする瞬間の、ざらついた／粒子は／撥ね、」と始まって、後半には「わたしは／一本の枝を折り、この場所から去っている／（K………）呼ぶ声となりはてた／この身ひとつ／晴れた空まで垂直に堕ちてゆく」という箇所が登場する。

山田　「わたし」というのが登場して、「K」というのが友達なんでしょうね。その場面を書いているんだけど、最初に三人称で子供達が水切り遊びをしている様子が、一枚の絵としてポンと出されて、後半にきて「わたしは」ってやや唐突に出てくる。これはやっぱり子供の私でしょうね。子供達が遊んでいるところに大人の私が介入しているとは読めないよね。すると、子供の私が、そういう絵の中に、そこへ霊のようになって、超越者的な視点で目撃しに行っている、そういう書き方ですね。

細見　現在の自分がもういっぺん感情的には戻っている感じ。「呼ぶ声となりはてた」とか。

山田　最後は「（K………）」と括弧の中に入った呼びかけで終わる。この次を読みたい。この次どういうアクションになって、その情景を今どう捉えているのか、意味付け、価値付けというか、そこを読みたい。このままだと結末のない物語のような感じに終わる。もちろん詩は物語ではないから、答えはなくてもいいんだけど、読む前と読んだ後との落差というか、何かがあるよね、優れた詩には。最初の段階と最後の段階の間に動きが見られないっていうのが、一番欲求不満になるところかな。

●伏線として、あるいは追悼

細見　優れた言葉の使い手だし、いい感覚を持っている人だと思う。『1981』に来るとそれが少し、読み手としてはしんどい世界になっている。それをどう考えるか――こういう形で作品を書く、その作者のリアリティと読み手とが上手く出会えない。その部分をどう考えるか。

山田　最後に「あとに」という後書きがあるでしょう。短いから読んでみるけど、「あることの悲しみのため、小さな字で書き込んでおいたわたしとは、誰か誰でもないものを指す一人称なのかもしれない。小さな字で書き込んでおいたあなたとは、誰でもない誰かを指す二人称なのかもしれない。何を指す訳でもなく、わたしは単数。あなたも単数。ナズナとナズナ。近づけて行く耳たぶで、鳴らした。」非常に暗示的な後書きですね。やっぱり、深い思いの何かがあるんでしょうね。誰でもない一人称と誰でもない二人称という、この二人称が解ければね……。ある種の追悼のようにも見える――この詩集全体が。それは過去の自分かもしれないけど、失われてしまった何かに対する哀惜、そういう感情が大きなモチーフとして実はあって、だけどそれを情緒的な表現では掬いきれないので、一つ一つの静止画像として残しておきたい。そういうモチーフがあるとしたら、「ナズナとナズナ」、「近づけて行く耳たぶで、鳴らした」というノスタルジックな表現のようだけれど、そこだけでは終わっていない、次のステップへの布石のような気がしなくもないですね。

第三十二回　服部誕『おおきな一枚の布』　書肆山田

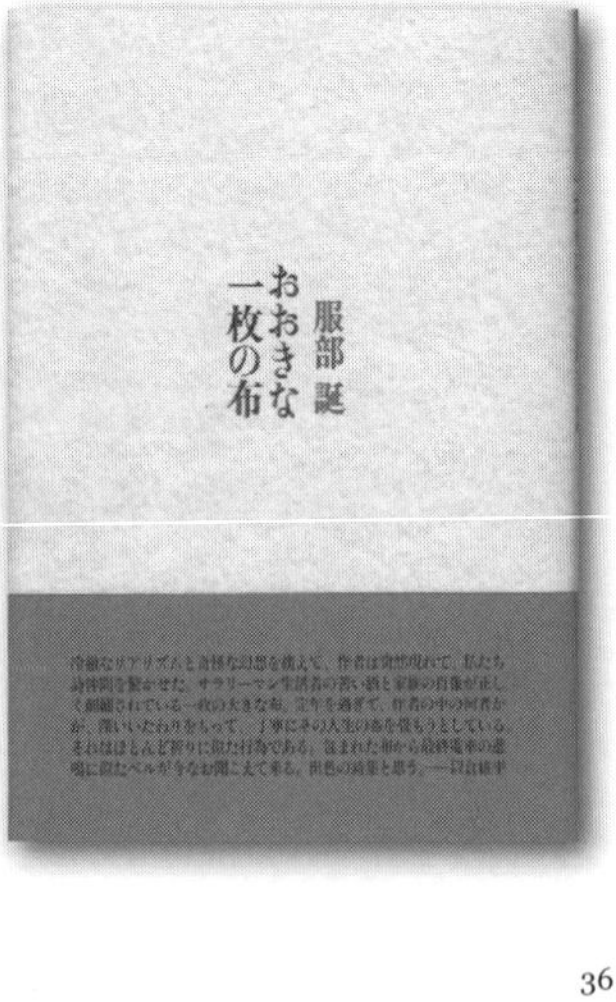

●隙間世代の詩人？

山田　今回は服部誕《はじめ》『おおきな一枚の布』という詩集、書肆山田刊。経歴を見ると、三十代ごろに二冊、詩集を出している、編集工房ノアから。二冊目が一九九二年で、二十年ぐらいブランクがあって、最近定年退職して再開した。「あとがき」によれば二〇一一年に定年を迎え、以倉紘平さんの講座を受講するようになって、四年ぐらい。それと、この一年ぐらい、「び–ぐる」に投稿があった。たしか佳作が二回、入選が一回。ちょうど細見さんから私に選者が変わる頃で、もう一人の選者が須永紀子さん。三十号に今回の詩集タイトルになっている「おおきな一枚の布」が投稿されて、私も須永さんもたいへん高く評価している。長田弘の引用が的確に入っていてね。一九五二年生まれで、私より一歳上のほぼ同世代。いわゆるポスト団塊世代。それより少し後になると新人類と呼ばれた。ちょうどオイルショックの頃に就職を迎えて、いっぺんに日本の経済が不味くなっていく時に新入社員として入って、割を食ったし、いまだに割りを食い続けている世代。服部さんも大学卒業してから四十年近くサラリーマンをやって、定年退職を迎えた。この世代独特の難しさがあったと思う。サラリーマン時代に感じたり、メモぐらいしていたかもしれない心境が作品に入っている。退職した後だけじゃなく、サラリーマン時代のリアルタイムでの生活が詩になっていて、より大きな世界観を身に着けようとしている。そういう意味で非常に新鮮な感じがする。

細見　僕らから見ると、結構、純粋バブル世代に見えちゃう。僕らの世代も会社に入ってバブルに遇っているけれど、バブルで一番影響を受けたのはちょっと上の世代。確かに僕らの世代になると新人類で、服部さん、山田さんらの世代は谷間というか、合間という印象にもなりますね。

山田　スポーツとか音楽には、同世代の人が多い。ところが文学、思想となると割と少ない。手薄なんです。

細見　中島みゆきと同世代ですからねえ。

山田　ええ、ミュージシャンはいっぱいいるんですよ。忌野清志郎とか。

細見　文学からそっちに流れたとも言えますね。さだまさしとか。良く言えばメディアが広がったということね。

山田　本人たちが広げてきたっていう面が強いと思う。個性的にいい仕事をしてきている詩人は、僕らの上の世代にも下の世代にも結構いる。それに対して、一九五〇年代前半生まれぐらいの詩人は層が薄い気がする。あまり世代論ばかり言ってもしょうがないんだけど、そういう背景があるっていうことで。

●日常からの微妙な逸脱

細見　僕がざっと読んだ印象で言うと、かなりわかりやすい書き方。表面的に謎解きをしないといけないところはない。だから共感しやすい。以倉さんが帯に「冷徹なリアリズムと奇怪な幻想」とやや過剰に書いてられるけど、基本にサラリーマン時代のリアルな体験がありますね。しかし、仕事の具体的状況を書くのではなくて、詩的な切り口をきちんと取り出して書いてある。そういう点で面白いし、巻末注で触れてもあるんですけど、その間の出来事が背景にありますね。阪神大震災とか、日航の事故とかね。サラリーマン生活をしながら、二十年の時間の中でブイみたいな目印になる出来事があって、そこに対するこだわりがある。

山田　日常生活に発していながら微妙にずれていく、ほんのわずかに幻想にずれていって、何か怪奇な気配があって、だけどその中に入っていかない。たぶんもう一つ上の世代の典型的な人だったら、そこから幻想世界に入っていっちゃう。服部さんはそれをやらない。もう少し後の世代だと、四元康祐さんの作品なんかまさにそうだけど、日常自体を現実のまま広げていって、何か珍しい世界に出ちゃった、というところにいく。服部さんの作風は、ある種日常的な散文性を基本にしながら、何か変なものが見えてくるその瞬間の、違和感、驚き、それ自体が一瞬で詩になるような書き方。こういうのはわりとこの後の若い詩人たちにも使える技だと思う。

細見　典型的なのは「牡牛と蜜柑　OX and ORANGE」、一四頁から一五頁。資料を会社から持ち帰って、仕事が終わって眠ろうと寝室に入ると、「一頭の巨大な牡牛が妻を抱いて／すでに深い眠りをむさぼっていた」。

山田　これは形の上でソネットですね。この作品集の中で一番短いんじゃないでしょうか。
細見　じゃあ読んでおきましょうか。時々作品に英語タイトルが付いてるんですけど。

明日の朝の会議に
間に合わせねばならない英文資料の要約を
会社から持ちかえってきて
やっとやり終えた丑の刻

さあすこし眠ろうと寝室に入ると
敷きっぱなしのわたしの布団の上では
一頭の巨大な牡牛が妻を抱いて
すでに深い眠りをむさぼっていた

しかたなくわたしは台所にゆき
妻が置いてくれていた早生の蜜柑をむいて
一気にほおばる

その酸っぱさにあとかたもなく消えた眠気
牡牛はいまごろどんな夢をみているのだろうか

窓の外には黄緑色に染まったまるい月がでている

山田　ちょっと高階杞一と似た感じがなくもない。不条理なイメージが出てきて、だけどその不条理さに対して、語り手が――

細見　踏み込んでいかない。そんなこともあるさ、みたいな（笑）。蜜柑を食べてしまう。

山田　何事もなかったかのように流す。それだけにある種の不気味さがしみじみと伝わる。

細見　これには注があって、「〈OX〉は一般に、労役用ないし食用として飼育されている去勢された牡の牛を指す」と。この牛は去勢されているっていうことがね、意識されている、あるいは読み手に意識させようとしている。

山田　だから妻を抱いていてもスルーできる。

細見　なんかそういう感覚。もちろんその牛はほとんど自分の姿そのものなわけで。

山田　分身ですね。「いまごろどんな夢をみているのだろうか」と。おそらく疲れて老いて、衰弱感というのがあるんでしょうね。

●希薄な分身譚

細見　他の作品でも分裂がありますね。帰ってくる男と出ていく男とのすれ違いとか。

山田　「すれちがった男」という詩ですね。最初、深夜残業を終えた「おれ」が終着駅で降りると、スーツ姿の男が入れ替わりにその電車に乗る。このスーツ姿の男が分身ですね。この電車は最終だから、今頃折り返しに乗っても都心には行かない。その後、その男は焼酎を呑みながら野球中継でも見ていたんだろうと推測する。それはほとんど本人の、この人自身の生活でしょうね。最後は「どこにでもいるような／だがほかのだれにも似ていない／いましがたすれちがった男／／こんなふうにしか／出会うことはできない」ポーカーフェイスで不条理や怪奇を表現するのは、団塊世代以後の、私たちの世代が、高階さんなんかも含めて、作ってきた、ある種の身の処し方、生活態度を反映している気がします。

細見 そこに疎外感を感じて告発するとか、そういう感じにいかない。良くも悪くもね。その疎外感にある、不思議なリアリティを、むしろ楽しむ感覚……。

山田 ところが楽しみきれない。なんとか楽しんでやろうとするけど、そういうストイシズムにも入りきれないところがあって、そのへんで揺れている、その揺れ方が独特。巻頭の「暗い部屋」は洋服箪笥のある部屋に入って、そうすると箪笥の扉がひとりでに開く。ちょっとホラーかなと思うんだけれども、「だがそれは別に幽霊のしわざではない」ってすぐに出てくる。幽霊ではないって言いながら、何か幽霊のような不気味な雰囲気、気配だけは出している。「ボーナスのなかからやりくりしながら背広を買ってきた／そのときそのときの必要に応じて」ってね。

細見 律儀なサラリーマンの姿。

山田 断捨離すればと思うけど、背広を捨てられない。それがこの世代。「部屋は暗くてわたしにははっきりとは見えないが／それらはみんな人間のかたちに吊るされている」と、ちょっとグロテスクな感じ。普通洋服箪笥ってそうだから、ごく当たり前の情景だけど、こういう言い方をすると違和感が出てくる。最後に「首のない人間のかたちで／吊るされているのだ」この二行は上手いと思った。

細見 どう見るか、微妙な二行。なしで終わったほうが面白いかもしれない。

山田　でもたぶんこれを言いたかったんだろうね。洋服を見て、首のない人間のかたちで吊るされているのだ、って、こういうところにふっと詩の穴を開ける感じ。

●転換期を生きた人たち

山田　こういう感覚でサラリーマンをやり続けて定年を迎えてからの作品が、わりと後ろのほうに入っていそうな感じ。「会社を休んだ日」なんかね。
細見　あれもいい詩ですね。実際は休んでないと僕は思いますけどね（笑）。一番したかったことのひとつですよね、少なくとも。会社休んだら、平凡だけどまったく違う一日がそこにあるっていうね。
山田　最後のところは、「いつもと変わらぬ木曜日／もう会社に行かなくてもいいし」って、これが今現在の境遇。寂しいとかつまらないとかの愚痴はいっさい出てこなくて、むしろ楽しんで「毎日日曜詩人」をやっているようなところがあって。
細見　それが一番贅沢なんだという感じになりますね。例えば、阪急の改札の話があったでしょう。「改札を抜けて」という詩。
山田　「そのままお通りください」ってやつ。
細見　僕が大学に入った一九八〇年ぐらいが、阪急に自動改札が導入された頃ですよ。今からはちょっと考えられないかもしれないけど、やっぱり自動改札の導入反対っていうのが結構強かった。特に旧国鉄でね。合理化反対がしきりに唱えられていた。国鉄では駅員さんが立って切符を切っていた時代ですからね。
山田　郵便番号が導入された時にも、合理化反対があったよね。

細見　今はさすがに郵便番号を書かない人はいなくなっただろうけど、少なくとも八〇年代ぐらいまではそれに反対する気持ちで、郵便番号を書かない人たちがいましたね。それなりにそのことに意味があると思えていた。

山田　いろんな変換期、過渡期であったことは間違いない。

細見　今当たり前だと思っていることが、必ずしも当たり前でなかったのが、当たり前になっていく、そういう時期でもあった。

●大震災と阪神電車

山田　僕もその頃阪急沿線に住んでいました。その後、阪神淡路大震災が起こる。九五年ですね。その時の詩がちょっと不思議でね、「阪神電車から見えるちいさな家の裏窓」。川の名前が次々出てくるけど、川をひとつ越えるたびに風景が変わるのは、たしかに実感としてある。それを全部固有名詞で書いていく。「大阪梅田から阪神電車に乗って両親の墓参りにでかける／あの日　地震の揺れを堰き止めたたくさんの川／新淀川神崎川庄下川蓬川武庫川夙川芦屋川住吉川石屋川都賀川新生田川／電車はそれらの川をやすやすと渉り／しだいに震度をあげながら神戸三宮へと近づいてゆく」この「震度をあげながら」というのは、大阪から神戸に向かっていくとだんだん震度が大きかった場所に向かっていくんですね。実際には電車が走って加速していくのを「震度をあげながら」。さりげないこの言い方が上手いし、それから阪神電車は集落の間をずっと走っていて――

細見　阪急は先に電車を引いて後で住宅街を造っていったけれど、阪神は最初から街があったところに電車を走らせたってことね。

山田　阪神電車の場合、家の裏側が電車から見える。「洗濯ものが干されて」いたり、「エアコンの室外機が線路にむかって行儀よく並んで」いたり、生活の舞台裏が見えてしまう。住人たちはそういうふうに思っていない、っていう感覚。そういうところに両親が住んでいて、それが地震で崩れて、両親が亡くなった、と書いてあるんだけれど、これはまた本人だろうか。

細見　「おまえは」と書いてあるね。

山田　自分に対して「おまえ」ということもあるから、自分に向かって言っていて、自分の両親が震災の犠牲になったとも読める。だけど、最後に「父と母の目にはドアの前に立つおまえは映ってはいないのだが」という突き放した言い方。これは「おまえ」という二人称を使ったフィクションじゃないか。もちろん震災は経験しているし、まわりに死んだ人もたくさんいたわけだけど、自分自身の両親を亡くしたとは言ってない。

細見　今は少なくとも亡くなっているんですけどね、墓参りに行くわけだから。見えないっていうのは、さっきの阪神沿線の人たちの生活の裏側を、電車の中の人たちは見ているけど、そこに暮らしている人たちは見られていると思ってない、っていう関係が、亡くなった父母と自分との裏返した関係になっている。それが何を意味しているかというところがあって、死者と自分との関係まで言っているのか、単に、阪神沿線で地域の人たちが、電車と自分たちの間でお互いに見合う関係ではないと思い込んでいる話をもういっぺん父母になぞらえているだけなのか。かなりこだわった作品であることは確かです。

山田　事実関係で言うと、この人は「兵庫県芦屋市に生まれる」と巻末に書いてある。そうするとかなり被害が大きかった可能性があります。現住所は箕面。だから震災の時にどっちに住んでいたか、実家にはいなかっただろうけども、どこにいたかはわからない。

●冷静な散文性

細見　「二十年後の自画像」も震災に絡んでいますね。二〇一五年、わざわざ「一月十七日の朝」に、スピード証明写真のボックスで写真を撮るという作品です。

山田　これはもう明らかに自画像ですね。「写真嫌いのおれは」とか、「家族旅行に行っても／もっぱら妻と子どもたちを撮影する側だった」とか、それがどういうわけか、スピード証明写真を自分で撮ってみようと思った。

細見　四五頁の後ろから三行目ですけど、「二十年前に死にぞこなった男の老いの徴」と書いている。あの震災に現場で直面した人たちの多くにそういう感覚がないわけではないだろうけど、実際に身近な人間が亡くなっていないとそういう感覚はなかなか口にしない。

山田　どこにいたかはわからないけど、当事者であることは間違いない。でも二十年後にこういう形で書けるっていうのは面白いセンスだと思う。

細見　だからといって、そこにベタベタっと入ってはいかない。非常にクールな距離の取り方をしている。

山田　だけど、ストイックで冷たいかというとそうでもなくて、「冷徹なリアリズム」とはちょっと違うかな、まあ「冷静な散文性」というか、「冷静なプロザイスム」の感じ。最後が、「だが印画紙一枚で証明されるのは／おれの〈死〉ではなく結句おれの〈生存〉でしかないのだ／なにかに腹を立てているかのような斜頸の自画像が／二〇一五年一月十七日の朝に／記録される」。「朝に」っていうのもまさに――あの地震が起こったのが五時……

細見　四十六分ですね。「注」にも書いてある。

山田　四十六分の不思議っていうのがあってね、東日本大震災も十四時四十六分で。

細見　注によると日航は十八時五十六分です。

山田　数字にこだわっている。ある種のドキュメンタリーですね。

細見　死者の数とか、ピッタシ一致していることがそこまで大事じゃないんだけど、間違うとすごくいけないことのように感じる。

山田　こういう律儀さも共感するところがあって、妙に細かいとこあるよな、って。今の最後の五行で、自画像が震災から二十年後の朝に記録される。「記録した」じゃなく「記録される」という受動態。そうするとこの記録は次に残っていく。そういう開放性というのか、そういうところに詩の出口を見つけているようなところがある。

●代表作？　異色作？

細見　最後にどれか一篇朗読しますか。

山田　最後の「おおきな一枚の布」にしましょうか、作品全体の中で見て、異例といったら異例。新しいところに入っているな、という感じがして。しかもそれをタイトルにしているでしょう。詩集のタイトルとして、あまり全体に関わってない気がしないことない？

細見　以倉さんが言うとおり、この詩集全体が一枚の布で、自分の生涯を布で蔽っているんだ、というのはわかるのですが。
山田　一番今のリアルタイムの正直な感覚だと思うし、逆に言うとこの作品を書くことによって、一冊の詩集を一つのものとして包むことができた、そういう意味では象徴的なタイトルですね。これはなかなかの傑作。

そのながい編み棒は二本とも
わたしの背丈ほどもあった
ところどころに節のあとが残る
黄味がかった割り竹でできていて
しなやかにまげることができるが
けっして折れそうにない
十数年ぶりに会ったふるい女友だちが
むかし中央アジアの小さな国へ旅行したとき買ってきたのを
ゆずってもらったのだと妻は言う

その国では年老いた女たちがみごとな手さばきで
この編み棒を使ってつなぎ目のないおおきな布を編む
暮らしている街の景色をそのまま映したような
複雑で玄妙な風合いに魅せられて

無理にたのんで編み棒を売ってもらったのだそうだ
布を買わずにわざわざ編み棒を買ったというその酔狂な女友だちは
それから幾十年か経って
得心のいく布を編むことができたのだろうか
いまはひとりで暮らしている友人の暮らしぶりについて
妻は何も話そうとはしない

帽子は、帽子としての正しいおおきさをもっていて、帽子であり
クロッカスは、クロッカスとしての正しいおおきさをもっていて、クロッカスであり
犀は、犀としての正しいおおきさをもっていて、犀である
と少年のような老詩人は記した
妻の姿見のわきに立てかけてある
二本のながい編み棒を見るたびに
一枚のおおきな布が
正しいおおきさをもっていて
老いてゆく女の暮らす家を蔽いつくしているのを
わたしは想像する

細見　「おおきな一枚の布」というのは人生の中でどこかで編む必要があって、それを編み終わったら編

み棒を誰かに譲って、それで誰かがまた大きな布を編んでゆく。そういうちょっと神話的な物語性がありますね。

山田　ある種の継承性というかな。

細見　自分のところにその編み棒が来た以上、もとの持ち主は何か布を織りきったのではないかという、そういう感覚がある。その感覚は長田弘的ですね。長田弘さんはこういうのが好きで、ほら、ロッキンチェアーの詩があったでしょう。素朴な生活のなかで紡がれたり作られたりしたものの持つ味わい。

山田　ネイティブ・アメリカンの生活ぶりとかね。この「少年のような老詩人」っていうのもね、調べてみたら先の引用元『小道の収集』というエッセイ集が出た時、長田さんは五十六歳です。服部さんがこれを書いた時、その年齢をもう過ぎている。五十六歳の詩人を「少年のような老詩人」という言い方をわざわざしているところにも一つの戦略があって、面白いセンスだと思う。

細見　服部さんは長田さんの作品がそうとう好きで、長田さんのような感覚の作品にもしたかったのでしょうね。

第三十三回　能祖將夫『魂踏み』『あめだま』書肆山田

●二冊同時刊行の意図

細見　今回は能祖將夫さんの『魂踏み』と『あめだま』。奥付を見ても同じ日付で二冊同時刊行。しかも後書きがまったく同じ文章。こういう詩集もちょっと珍しい。

山田　なぜ一冊にしなかったのでしょうね。

細見　二冊の特徴の違いが後書きで書かれていますが。「びーぐる」投稿欄に詩を寄せてくれて、能祖さんが投稿されている時に選者だった時期があったので、よくとりあげました。

山田　「びーぐるの新人」で選んだのは細見さんと須永紀子さんでしたね。二年ぐらい前。

細見　でも実像はなかなか分からなくて。確か「びーぐるの新人」の時にプロフィールみたいなのを出してもらって……。

山田　演劇の専門家で、桜美林大学教授。北九州芸術劇場のプロデューサーもしています。

細見　実はすでに一冊詩集を出している人だったことがその時分かった。二〇〇九年に『曇りの日』という詩集が書肆山田から出ている。それでも、「びーぐる」投稿欄に作品を出してくれたことは嬉しかったし、でもどうしたものかと思っていたら二冊詩集がどっと届いた。

山田　一九五八年生まれ。

細見　僕と山田さんの真ん中ぐらい。

山田　だから決して若い新人ではないし、まして以前一冊出ているから、微妙なところね、新鋭としては。例えばH氏賞の候補になるかどうかとか。僕はたまたま「現代詩手帖」の今年（二〇一六年）の年鑑で、中堅男性詩人という持ち場を与えられたので、中堅の方に取りあげた。今年出た詩集全体の中で、中堅男性の、比較的キャリアの浅い人の中ではピカイチだと思う。落ち着きもあるし、新しいところもあるし。

細見　まあ二冊あるから、とりあえず一冊ずつ議論しようかとも思うけど。

山田　特徴ということで先にざっと見ておくと、『あめだま』の方は割と色んな実験をやっている、特に対話とか。例えば中原中也を引用したり萩原朔太郎を引用したり、それから高階杞一も出て来ますね。

細見　これは、山田さんが詩論詩って言っていて、僕は結局はそれは詩人詩だろうって言ってきた、そういう系列。

山田　『魂踏み』の方は割とオーソドックスな抒情詩で、作品は短めですね、全体に。こっちが四十一篇、大体ほぼ同じページ数ですね、両方とも。

細見　全体で七十一篇ということで。

山田　そのうち四十一篇が『魂踏み』の方で、三十篇が『あめだま』の方。これよく見ると活字の大きさが違う。

細見　『あめだま』の方が小さい。

山田　文字は小さくて作品数も少ないのにページ数は同じ。『魂踏み』の方は比較的オーソドックスな抒情詩が多いから、この字の大きさで四十一篇。やっぱり本人は二つの詩集で系統が違うと考えています。書き分けるというより、編集の時に振り分けていますね。

●少年と中年と抒情

細見　今の時代なら中年と言うべきかもしれないけど、初老でもあるような年齢に入っていて、後書きで無性に詩が書きたくなったと書いているのですが、『魂踏み』の方の一篇めの「抒情」という作品。要するにこれがプロローグになっている。「ふたを開けると／片隅にぽつんと／ひざを抱えた子供がひとりいて、それとのやり取りがあって、「鬼より蛇よりたちが悪い／あんなのがいたんだな／遠いところで／まだ泣いているのが聞こえてくるので／泣きたくなるのはこっちだよと／胸を静かになでながら／歌でも歌おうと思ったんだ」。ここから全体が始まる形になっている。

山田　この子供は、作者自身というイメージですね。

細見　自分の中でずっと泣いている子供がどこかにいて、その子供を慰めるようにして詩を書いてゆく。

山田　『あめだま』の方の巻頭は、「江の島海獣動物園一九七五冬」。七五年ということは、能祖さんの年齢から言うと十八歳か。ちょうど思春期というか青年期の入口。

細見　「十七になったぼくの」と書いてある。

山田　まさに十七歳の時の自分の出発点。中原中也の「海にゐるのは、／あれは人魚ではないのです。」を二回繰り返して、そこで何かを感じた。それを巻頭に置いている。だからどっちも子供というか少年期とかいうものが最初に来ている。今日は、最初に作品を紹介しませんか。

細見　じゃあ僕は『魂踏み』の「再会」を読みましょうか。似たようなモチーフの作品がいくつかある中で、ある意味で概論というかまとめになっているような詩だと思うので。

扉を開けると
なつかしい女が立っていた
ひところは
あんなに毎日会いに来たのに
ここのところ姿を見せず
心配してたんだ

女は恥じらうように
しっぽりほほえんで
愁いの中に
僕を抱き入れた

こまやかな女のような

雨と
傘を差して出かけた

山田　典型的な抒情詩ですね。
細見　つまり色んな、出会いがあって、それを五十代半ばから六十代前ぐらいのところで抒情詩として出しているのがいくつかある。
山田　傘のモチーフというのもある。
細見　雨と傘という、そういう流れがありますね。「魂踏み」という作品にだってそういう空と地上との関係がありますよね。

●「伊賀の影丸」の詩

山田　僕は『あめだま』の方から読みます。ちょっと変わった作品ですけど、割と短い「木の葉がくれ」。この詩集にはさっき言った中也や朔太郎もかなりあって、高階杞一も出て来る。そんな中にあってこれはなんと横山光輝の名作漫画『伊賀の影丸』です。

木枯らしに
今日は木の葉が渦巻いて
木の葉がくれ

なんて忍法を思い出す
中学の頃
夢中で読んだマンガにあった忍法だ
凪に木の葉を渦巻かせて
中に忍者は消えてしまう
後には
ハラハラと木の葉が舞い落ちて

夢は枯野をかけ廻る
という句に出会ったのも同じ頃だ
教科書で見て
すぐに忍法を思い浮かべた
夢が枯れ葉のように渦巻いて
やがて中に掻き消えてゆくのは
旅に病んだ人
後には
ハラハラと夢が舞い落ちて

木枯らしに

今日は記憶も渦巻いて
ハラハラと舞い落ちてきたものは
髪の毛
だったりして

細見　これも初老の感じが出ている。

山田　僕も『伊賀の影丸』に夢中になった世代で、小学校の五年とか六年なんです、リアルタイムで連載していたのが。

細見　貸本文化っていうのがありましたからね、単行本になった漫画については。

山田　単行本になって、それで読んでいる。だから連載で毎週はらはらして、次どうなるのかっていう風にリアルタイムに読んでいた訳ではないはず。まあそんなことはどうでもいいんだけど、中学の頃にその漫画に夢中になっていたっていう少年期の体験が前提にあって、そこに芭蕉を重ねる。ここはうまいよね。「旅に病んで夢は枯野をかけ廻る」、ほとんど辞世の句に近いような作品です。中学の国語の教科書のそれが、『伊賀の影丸』の木の葉がくれと重なる。ここが非常に面白い。「旅に病んだ人／後には／ハラハラと夢が舞い落ちて」。ここには「魂」という言葉は出て来ないんですけど、能祖さんのボキャブラリーから言えばここはやっぱり木の葉と魂が、同じように舞い落ちて、と言ってまとめておきながら最後は「髪の毛だったりして」っていうね、これはちょっとまあ、ボケで終わる。

細見　オヤジギャグ的な結びの詩がけっこう多い。

山田　しんみりさせといて最後はちょっとおちゃらけて見せるという。これ意外と高階さんの影響かなあっていう気もする。全部じゃないけど、高階的だなって思うようなユーモアとか、ウィットとか。

●象徴と重ね合わせ

細見　この『あめだま』の方で行くと両親の話が出て来ますね。
山田　亡くなったお父さんへの追悼がまとめて出て来ます。
細見　身近なところに題材をとったのが『あめだま』の方だと本人は言っている。
山田　身近だけれど、引用したり対話したりけっこう色んなことをやっている。お父さんのことを書いているのは「季節のたより」から三作ぐらい。
細見　父親の死に対して、施設の問題とか言いたいことがだいぶある感じの書き方。
山田　母親もちょっと今悪いんでしょう。
細見　投稿欄で読んだことがあるんですけど「残照」という作品。これはしっとりとしたいい詩だと思ったので覚えています
山田　多分介護とか、母親がちょっと具合悪くなって来たということが背景にあるんだろうけど、叙景的な作品の中に象徴的に織り込んでいる。母親の言語能力が衰えて来ていることを「残照」は非常に象徴的に書いている。
細見　蜜柑と夕日の重なる、このイメージがいい詩だなと思った。
山田　こういう重ね合わせができる人なんですね。重ね合わせとなると、この『あめだま』の前の方に「長い夢」があるじゃない。三人の詩をこの短い一連に重ねて……。ちょっとそこだけ読ませてもらうと。

——そうよかあさんもながいのよ
と書いたのはご存じ、「ぞうさん」のまど・みちおで
高階杞一は
——折りたためたらいいんだけれど
と「キリンの洗濯」の中に書いた
ルナールは
——長すぎる
と書いたが、ちなみにこれは「蛇」の全文だ
こんなことを思い出したのは長い夢を見たからで
それはつまり
象の鼻とキリンの首を持つ蛇
くらいには長かったわけだ

うまいね、象とキリンと蛇を三人の詩で重ねて。後はその何の夢だったかっていうのが続くんですけれど、残念ながら、前半のインパクトに対して後半はちょっと弱い。でも、これだけのことをイメージで出来る人ってそうそういないからね、貴重だと思います。二冊を行ったり来たりして話していますけど。

●魂という主題

細見　『魂踏み』の方で行くと、タイトル作品にあるように、独特の生き物のような形で魂を書いている。これは連作として書いているところがありますね。例えば「たまつくりべ」とか「釣り堀」も要するに魂を釣るという話で、また「脱魂」も脱糞と脱魂を重ねて。

山田　「魂」シリーズね。

細見　面白いのがありましたね、水槽みたいなのを運ぶ詩がありましたね、「運搬」か。「黒くぬめっとした／大きなやつが一ぴき」それを運んでいるというイメージも面白い。それからその続きが「魂《たま》ころりん」というので。

山田　おむすびころりんのもじりですね。

細見　迷子とオーマイゴッドを重ねている話なんですけど、結びのところで。

山田　まあダジャレですね。「おーい戻ってきてくれよ／くれなきゃ途方に暮れて迷子になるよ／お願いだからオーマイゴッ！」。他愛もないと言えば言えるけど、そういう肩の力を抜いたところがやっぱり世代的に大人のスタンス。気張って読者を驚かせてやろうとか、偉そうに見せようとか、そういう気負いが全くない。ちょうど『あめだま』と『魂踏み』の間を繋いでいる作品が『あめだま』の中にあって、そうか、あめだまっていうのは魂なんだ、実は同じものを別の言い方をしているんだって気づかされる。『あめだま』の方の表題作で、「魂、と思った」といきなり一行目に出て来る。台風みたいな遠心分離機があって、魂が天に上るとそこで分離され、色んなものが落ちて離れて、液体と固体とに分けられて、液体の方は雨になる。それが「分離された魂の真水」。「固体は小さく丸めて丸薬に／苦味はあるが／声が良くなると神々に評判」という。これがどうやら魂かなと気づかされる。魂が固体になった、「あめだま」。

細見 これも投稿作品でした。選んだのをよく覚えています。印象としてはさっきの『魂踏み』の流れの作品だったけど、逆にこれはこっちに入れている。確かに繋ぎの作品ということなのかもしれない。

山田 形もなく目にも見えない、あるかないかも分からない魂というものを具体的な「あめだま」のイメージで表して、その遠心分離機による生成過程まで描いている。

●虚構、物語、演劇

細見 今回二冊読んで、改めて面白いと思ったのは、『あめだま』の方に入っている、ちょっと力作系の作品なんです。例えば「長梅雨」。三十年前に出会った女性の話なんですね。霊媒師が亡くなった父親の言葉をこんな風に伝えて来たって話を彼女がしていて、ある意味とんでもないんですけど、中学校の時に学校に行ったら鞄の中に拳銃が入っていたとか。最後は、「霽った空から／雨は細かく降っている／あの子の父親は／ずっとこういうところにいて／ったく、なんて屈託なく笑われながら／今も愛され続けているんだな、きっと／／三十年も前に／傘の中で聞いた話だ」で終わる。

山田 さっきの傘と重なる。

細見 ずっと雨が降っている世界があって、その中で傘をさして、思い出や記憶が語られる。小説みたいな展開がある形で書いてある。しかもそれがちゃんと詩で書いてあるという、こういう力作系もいいなと思った。

山田 なんか村上春樹が短編小説で書きそうな。ちょっとオカルトかかっていて、時間の郷愁とかもある。

こういう物語的な要素もこれからまだ作って行けるんじゃないかっていう気がする。演劇家でもあるし。

細見　もう一つあげると、「ぼくの蝙蝠傘」という作品。これもひとつの短編小説みたいな展開をしていて、最後まで書ききっています。

山田　これ全部四行一連で、いわゆるカトランの書き方。カトランの書き方って叙事的になりがち。韻文の詩劇みたいな感じというか。

細見　こういう構造とか一種の短編小説的な展開を持って書かれている、こういう詩に僕は惹かれましたね、今回は特に。

山田　そういうやや実験的なものを含めた作品が『あめだま』だと思う。だから僕はこっちを評価したい。『魂踏み』の方はそれよりはもっとナチュラルな、普段の生活から自然ににじみ出て来ているような世界。

●「時の又三郎」

山田　詩人詩ってさっき言ったけど、『魂踏み』の「時の又三郎」なんて、タイトルからして宮沢賢治だけれど、「風」を「時」に変えて新しいイメージを作り出している。「時の又三郎」って「風の又三郎」の冒頭のシーンです。谷川の小学校に最初は低学年の子供が学校へ来て、そうすると自分の席に誰か見たことのない子供が座っていて、それで泣き出す。そこへ一郎がやって来ておいどうしたって訊く。それをちゃんと踏まえている。「そうしてじっと座っていやがる／そこは俺の席なのに」と。最後に「俺は今日、座る席がないじゃないか／やたら吹く風に向かって／行けというのかおまえは」。自分の居場所がない、そういうある種の疎外感を「風の又三郎」の冒頭のシーンに重ねている。少年時代って言うか、幼年時代のことを思い起こして、子供心にある種の寄る辺なさ、たよりなさって言うのか、その原感覚的なものをこういう形に昇華している。

細見　二連目の頭のところが、「時代を路上を炎の上を／疾風《はやて》のように駆けたおまえの怒りが／今またふいに昨夜《ゆうべ》からの風に煽られ／遠い記憶の気流に乗ってやってきて」と書いているでしょう。それが「時の又三郎」なんで、つまり、自分の昔の思い出みたいなものが居座っていて、自分が今いる場所を奪ってしまっている。「時代を路上を炎の上を／疾風のように駆けたおまえの怒りが」と、いかにも七十年前後っぽい、世代的にはちょっと下かもしれないけども、多分その頃の学園闘争を引きずっているイメージがあると思う。その頃の記憶とかイメージが今の生活の中にある種の邪魔者として存在している。

山田　ふと思い出して何か憤怒を引き起こす。

細見　今の自分にちょっと耐えられないとか、要するにマイホーム的な自分というのが嫌になるみたいな。

山田　疾風怒濤の精神みたいなね。

細見　それがやって来て、自分の今の在り方を糾弾するという雰囲気がちょっとある。

山田　この詩はだから口調も、割と乱暴な口調。普段の能祖さんの言葉遣いとは違う。割とはっきり怒りが、感情あらわになっていて、そういう風に作っている、演劇的にね、「風が吹いていやがる」なんて。

●演劇的エンディングと余韻

細見　もっと短くても、と思う作品がある。「時の又三郎」の少し前の「抜けて」っていう詩、これも面白いんだけど。

わたし蛇になったの？
いいえきっと
抜け殻になったの
蛇の抜け殻になって
お天道様に照らされて
乾いてゆくの

ようやっと
日の目を見ることができたわ
お天道様ってまぶしいのね
ぽかぽかして
いい気持ち

私のナカミはね
旅に出てるの
白い
生臭い
湿った尾をずるずる引いて

夜をずっと
旅してるの

これでいいと思う。でもまだ先がある。そこが説明的なまとめになっちゃっている。

山田　これは何だろうね、やっぱりドラマ的な要素かな、読者に対する。映画の『風の又三郎』は、最後に子供たち四人が集まって窓の外を見て雲を見て、そこにまだ又三郎いるんじゃないかって言って、それで嘉助が音頭をとってみんなでどっどどどうどと歌って、おい来年も来いよって言う。その勢いに押されて懐疑論者の大人である一郎までが巻き込まれて一緒に歌ってしまう。つまり最後は嘉助が覇権を取る。全く違うでしょう、原作と。そういう感じが能祖さんの最後の説明的なフレーズと割と被る。

●中也との対話・朔太郎との対話

山田　そうじゃなくて本当に詩的な感興、感慨みたいなものを最後に示して、しみじみと終わるという作品もある。『あめだま』の「撃つ」なんていう作品がそうかな。

細見　ああ、中原のやつね。

山田　「汚れつちまつた」っていうのがあって、それで「愛する者が死んだときには死ななきゃなりません」というのを「撃たなきゃなりません」と、空気銃を撃つという行為に重ねる。他にも朔太郎の声とか、伊藤比呂美さんの声をお借りしました、みたいな注をして書いた作品がありましたね。

細見　声を響かせてという言い方もあえて言えば演劇的である。

山田　これ、能祖さんによる中原中也論になっていると思う。中原中也の生涯全般のある特徴、独特の悲しみみたいな、それをこういう形で自分の詩に重ねていった。
細見　詩論詩ないし詩人詩の難しさもありますね。それだったら批評とか評論で書いてくれよと言いたくなる。
山田　僕は自分なりの詩論詩の一つの原則として、評論とかエッセイで書けることを最後は絶対書かない。最後は詩じゃなかったらこういう風には言えないねっていうところに着地しなきゃいけないと思う。途中は色んなプロセスあってもいいんだけど、最終的にはこの先は批評では言えない、あと一歩越えられないっていう、そこを言いたいから詩にしているんだっていうのがなければいけない。

●不運な悲劇、そして次へ

細見　こういう短詩系の作品と、力作系の作品はやっぱり両方が大事だと思う。
山田　力作系と細見さんが言っている作品では、多分本人もけっこう途中で乗って来て楽しんで書いている。それはどんどんやって欲しい。「蟬と台風」なんて本当に最後オヤジギャグ。
細見　ああ、面白いですね。
山田　「ジージージー（まだじじいじゃないぜ！）」って、これ絶対本人楽しんで書いていますよ。こういうある種のおおらかさって言うか、それもいいと思う。
細見　油蟬が本当に何年も土の中で過ごしてやっと出て来たのにずっと雨だったたって（笑）。不幸です、不運です。確かにそういう蟬ってきっといますね。

山田　それでその油蟬に感情移入するのも面白い。この四行、「この激しい雨に男一匹／命投げ出し殴り込みのダンディズム／ヤワな野郎は黙っていやがれ／女殺油蟬《おんなころしあぶらのせみ》地獄！」やっぱり喜劇って言うかコント的。

細見　ある種の芝居ですね。名作です。

山田　あれこれあるんだけども、二冊まとめて出してしまった訳だから、この先のことはどうなるのかな。

細見　まずは心意気やよし、じゃないですか。

山田　意外とまだまだ残っていたりして。これいつだったかな、出たのが。

細見　十六年の十月です、ついこの間です。

山田　まだ最近ですね。これ書いた後勢いでまた今次々書いていたりして。

細見　書く媒体があったらいいなと思いますね。「ぴーぐる」だってもうちょっと書いてもらっていいんじゃないかな。

山田　最後に「バースデー・マッサージ」。まさに自分のこと、五十八年前に生まれた時のことを思い出した、『あめだま』の最後の作品。ということは一番新しい作品かもしれない。

細見　五十八って言っているしね。

山田　この先にまた凝縮しつつ、ある種の芸を見せてくれる、そういう作品が出て来そうな気配がありますす。

細見　装丁に三嶋典東さんの作品を使っている。三嶋さんは七十年代の典型的な装丁家。

山田　亡くなっているんですね。

細見　団塊世代にとってはもう忘れられない人。ちょっと世代的には後だけど、七〇年代を引きずっている感覚がある。そういう点でも、僕なんかはけっこう共感が出来る人です。

山田　過去へのこだわりを抱えつつ、現在、ある種余裕を持ちながらも切実さを抱え込んで書いていると いう、そういう世代ですね。

細見　いいんじゃないですか。

山田　まあ次をますます期待しましょう。

第三十四回　八重洋一郎『日毒』　コールサック社

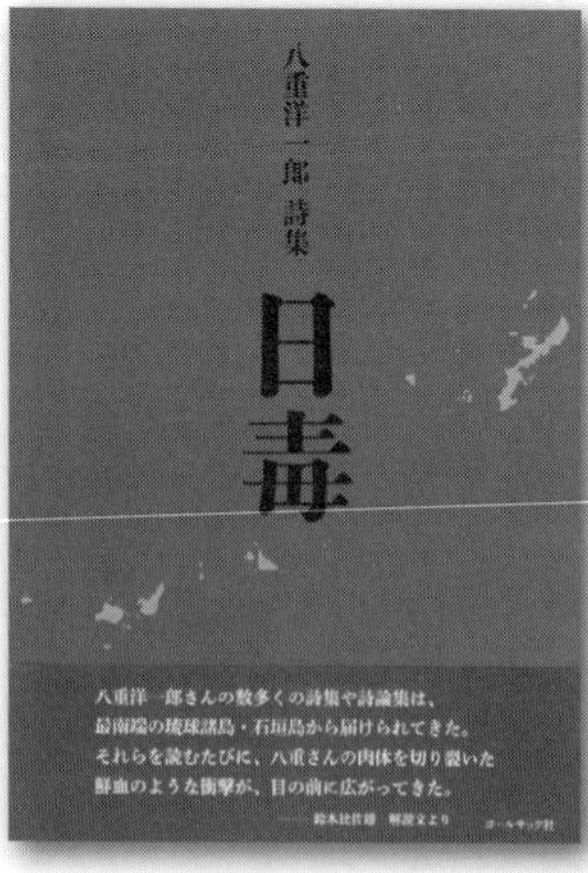
八重洋一郎　詩集
日毒
八重洋一郎さんの数多くの詩集や詩論集は、
最南端の琉球諸島・石垣島から届けられてきた。
それらを読むたびに、八重さんの肉体を切り裂いた
鮮血のような衝撃が、目の前に広がってきた。
――鈴木比佐雄　解説文より
コールサック社

●八重洋一郎と『夕方村』その他

山田　今回選んだのは、コールサック社から出た八重洋一郎さんの『日毒』。八重さんのは第一詩集から一通り全部読んでいますが、今回単行本の詩集としてはちょうど十冊目。最初に私たちの視野に入ってきたのは第四詩集『夕方村』。コンパクトな本だけど、中身が非常に重厚で、これが第三回小野十三郎賞を受賞したのが二〇〇一年。この時は評論で北川透さんも受賞して、木澤豊さんと私と、四人で座談会をやった。その時に印象に残っているのは、北川さんが八重さんのことを石垣島のヴァレリーと命名したこと（笑）。実は非常に数学的で緻密で建築的な思想が背後にあって、その上で、石垣島の自然とか過去の負の歴史とか、いろんなものが一つの体験となって出てきている、ということでした。今からもう十六年前。その時の感じでは、沖縄での基地問題とか、背後にあるのは見え隠れしていたんですが、あまり『夕

方村』では前面には出てなかった。今回はガラッと変わった。実は変わってないという見方もできるんだけれど、ある意味ではガラッと変わった。全てかなぐり捨てて、一番大事なことだけを、どんなに露骨でもあからさまでも、自分が言わないといけないという使命感のようなものを持って書いていて、タイトルがずばり『日毒』。こういうスタイルの書き方はあまりにも直接的で、詩としてどうかと、普段は考えてしまう。でも、八重さんの詩集に限っては、あえて正面から取り上げてみようと思いました。

細見　僕も八重さんの『夕方村』はすごく印象的で、小野賞をやっている甲斐ということがあるじゃないですか。毎回それなりにやり甲斐はあるんだけど、小野賞だからこの人に光を当てられたよね、という気持ちには色々濃淡があるわけです。

山田　いい詩人を発見したっていう喜びがありましたよね。

細見　僕らの知らない人だったたし、『夕方村』というタイトルも地味だったたし、でも読んでみたらすごくいいんじゃないのという話になった。その時、金さんに「沖縄関係の人ですね」みたいなことを言ったら、「そういうことではないんだよ」ってちょっとたしなめられた。主題で選んだのではないと言われた。

山田　金さんがすごく喜んだのは覚えている。よくこういうのを見つけてくれたってね。

細見　じつはそれ以前の詩集、僕は読んだことがない。『夕方村』から『しらはえ』というところが僕としては八重さんのこれまでの詩集の中では一番印象深かったですね。

●「日毒」とは

細見　確かに沖縄とか石垣島からの日本に対する憤り、怒りが直接的にぶつけられているところがあるんですけど、まずは『日毒』というタイトル自体が多分日本人の読者が普通に見てわからないと思うんです。

山田　そう長くないので、最初に読みましょうか。「日毒」。

ある小さなグループでひそかにささやかれていた
言葉
たった一言で全てを表象する物凄い言葉
ひとはせっぱつまれば　いや　己れの意志を確実に
相手に伝えようと思えば
思いがけなく　いやいや身体のずっとずっと深くから
そのものズバリである言葉を吐き出す
「日毒」
己れの位置を正確に測り対象の正体を底まで見破り一語で表す
これぞ　シンボル
慶長の薩摩の進入時にはさすがになかったが
明治の
琉球処分の前後からは確実にひそかにひそかに
ささやかれていた
言葉　私は
高祖父の書簡でそれを発見する　そして

曽祖父の書簡でまたそれを発見する
大東亜戦争　太平洋戦争
三百万の日本人を死に追いやり
二千万のアジア人をなぶり殺し　それを
みな忘れるという
意志　意識的記憶喪失
そのおぞましさ　えげつなさ　そのどす黒い
狂気の恐怖　そして私は
確認する
まさしくこれこそ今の日本の闇黒をまるごと表象する一語
「日毒」

日本の毒ということで「日毒」。詩集には「琉毒」という言葉も出てきます。琉球王朝の毒。琉球からも石垣島は迫害されてきた歴史のことを言っている。

細見　高祖父の書簡でそれを発見する、そして曽祖父の書簡でまたそれを発見する。曽祖父はひいおじいさん。高祖父は更にそのお父さん。ひいひいじいさん。最初に「闇」という作品があって、オスプレイの問題を書いていて、詩集の最後オスプレイの墜落事故がテーマになっている。詩集全体として見るとオスプレイ配備の問題なんだけど、その中に八重さん自身の、ひいひいじいさんとかひいじいさんが接していた「日毒」という言葉が出てくる。そこは非常に印象的でしたね。

山田　「手文庫」という作品で、拷問を受けてたってのは曽祖父なのかな?

細見　祖母の父ですから曽祖父ですね。ここに書いてあることは、相当凄まじい。

山田　オスプレイは鳥の名前でミサゴですね。そのイメージと、押し付けとか、空の問題とか、住民問題も関わってくる。そこから歴史の闇も遡っていく、そういう仕組になっています。オスプレイのイメージを全体のライトモチーフにして、人間のネガティブな欲望、エゴイスムとかが非常に強くあぶり出される。

●強い憤りと批判

山田　ちょっとショックなのが昭和天皇です、なんといっても。昭和天皇に対する強い批判が皮肉も交えて書かれている。歴史的な調査とか背後にあって説得力があるんですけど、これは微妙なところ。

細見　たとえば作品「血の海」とかですか。

山田　明らかなのは「亡国」、「赤い原点あるいは黒いメッセージ」。処刑を免れ命乞いをして……。これ明らかでしょう。

細見　そういう昭和天皇に対する批判は三島由紀夫だってやっている訳ですが。

山田　三島由紀夫の時代と現在はもう違うからね。あの時代にはやはり天皇の戦争責任の問題がまだ生々しくあったし、そういう批判もむしろ自由にできた。それからもう戦後七十余年経って、皇室批判は今すごくしにくい感じになっている。今上天皇の人柄ということもあるから、色んな事情が重なってのことだと思うけど。今現在こういう形で出てくると、私なんかは非常にショックなんです。

細見　結局日本のほうはそういう風に時間が動いたと思っているけれども、停止している時間というのがあって、そこでの時間の問題が大きい。日本の主流は戦後何段階かに渡って、よく言えば脱皮していく、悪く言えばごまかしていく、そういう段階を踏んできた。

山田　八重さんの言葉では「意識的記憶喪失」。無かったことにしてそれを信じ込んでしまう。

細見　僕自身は本当言うと最初の「日毒」が出てくるところ、もうちょっと丁寧に何篇か書いてほしい気がする。例えば、「人々」という作品があって、ここに何人かの人が歴史上の人物として出てくる。これと八重さんの高祖父、曽祖父の関連がよく分からない。「日毒」という言葉について「曽祖父の書簡でまたそれを発見する」という時の曽祖父の書簡はどれのことだろうと思ってしまう。

山田　祖母から伝えられているんでしょうね。

細見　でも、「高祖父の書簡でそれを発見する　そして／曽祖父の書簡でまたそれを発見する」と書いてある。その辺りを書いてほしかったという気して、ちょっと惜しい。

山田　なかなか詩としては書きづらいところがあって、だからところどころ註のように散文が入っているところがありますね。であれば、こういうスタイルをとっているのだから、散文の註の形でもいいから、少し説明して欲しかったという気はしますね。

●負の歴史について

細見　例えば、琉球館というのが出てきます。日本の南方から渡った人たちが清で暮らしていた施設だけど、主に琉球の人々が使っていたので通称「琉球館」と呼ばれていた。そういう辺りの問題の面白さ。その註の先も面白い。「日本が中国へ日本を西洋列強と同じように最恵国とするよう要求し、その代償として先島二島を中国に割譲するという案」。これが「（米国第十八代大統領グラントによる斡旋案）」だった。つまりアメリカの大統領がそういう斡旋案をこの時点で出していた。日本とアメリカが戦争しようが、琉球から見ると、基本的に関係が全く変わっていない。日清戦争以来実は根本的な構造は変わってない。

山田　日清戦争の勃発で斡旋案はうやむやになったということだけど、清には資源とか豊富にあって、西洋の列強が次々と利権を獲得していって、その利権争いに日本も加わった、そこでアメリカが仲介していたという話。

細見　そこで日清戦争を始めずにアメリカの斡旋案に乗っていたらどうなっていたのか。

山田　結局日中戦争にまで行った。

細見　更に、日米開戦に至って、でも沖縄から振り返れば全く構造が一緒だということ。

山田　つまり日米が結託して琉球を餌にする。

細見　その時に捨て石みたいにされた関係は、この時から変わらない。

山田　普段なかなか私たちが気付かない観点ですね、それを気づかせてくれるという意味でも貴重な一冊。私たちもけっこう沖縄の人の詩は色んな形で読む機会もあるけど、なかなかこういう形で、読み応えのある詩集として出てくることは少ない。八重さんの場合、流れとかリズムが実に巧妙だし、その分ある種の詩的リアリティになって、こちらに迫ってくる。一大和人として反省しなきゃいけない感じにもなった。まともな回答を出せるかと、ちょっと不安に思いながら今こうやって話しているんですけどね。せめて誠実な回答がしたいと。

細見　「手文庫」という作品を読んでみましょうか。

その時すでに遅かったのだ
祖母の父は毎日毎日ゴーモンを受けていた
にわか造りの穴《ミィー》のある家
この島では見たこともないガッシリ組まれた
格子の中に入れられ
毎朝ひきずり出されては
何かを言えと
迫まられていた　そしてそれは
みせしめに　かり集められた島人たちに無理矢理
公開されていた　荒ムシロの上で
ハカマはただれ血に乾き　着衣はズタズタ
その日のゴーモンが過ぎると　わずかな水と
食が許され　その
弁当を　当時七歳の祖母が持って通っていたのだ
祖母の家は石の門から
玄関まで長門《ながじょう》とよばれる細路が続いていたが
その奥はいつも暗く鎖され
世間とのあれこれはすべて七歳の童女がつとめた……
こんな話を　祖母は　全く

もの分らない小さなわたしにぶつぶつぶつぶつつぶやき語った

祖母の父は長い厳しい拘禁の末　釈放されたが
その後一生一語として発声することなく
静かな静かな白い狂人として世を了えたという
幾年もの後　廃屋となったその家を
取り壊した際
祖母の父の居室であった地中深くから　ボロボロの
手文庫が見つかり　その中には
紙魚に食われ湿気に汚れ　今にも崩れ落ちそうな
茶褐色の色紙が一枚「日毒」と血書されていたという

山田　これ、時代がすごく気になってね。祖母が七歳の時でしょ。ということはその父、曽祖父ですね。まだ若いですよね。三十代か、せいぜい四十代。それから「白い狂人」として世を了えた。そのことが祖母から孫につぶやきに乗って伝えられてきたという、八重さん自身の強烈な体験。八重さんが一九四二年生まれで、その祖母、更に父、というともう明治初め？

細見　「日毒」という言葉自体が琉球処分の頃からということで、曽祖父はそれよりも二十数年後ですね。そうすると明治の半ば。

山田　ここで出てくる祖母の父というのは、その地方で何らかの有力な地位にある人物だったんでしょうね。そして、何らかの理由でお上に睨まれていた。そのことはもう少し詳しく知りたいね。

●沖縄問題の論者たち

細見　今事情があって改めて黒田喜夫を読んでいるんです。「びーぐる」で特集をやったけれども、僕自身はあんまり特集で書けなかったし、別の所で黒田喜夫について話す約束をしたんで、読み返してるんですけれど、黒田喜夫も七十年代の評論を通じて琉球の言葉とかへ行くんです。アイヌとか琉球の言葉とか。大和が蝦夷地を支配していく、そういう中で秩序立って短歌の形式が整えられていく一方で、元の歌謡みたいなものがどういう風にして痕跡を残していったかを探っている。何とかそのまつろわぬものの声や痕跡を一生懸命聴き取ろうとする。それはやはり自分の村が破壊されていった記憶と重なっている。八重さんも同じところがあって、八十四ページに出てくる「山桜」という詩で、琉球の言葉だと思うんですが、それに違う世界、違う記憶、根源的な何かをこめようとしている。黒田喜夫がこだわっていた問題をある意味では八重さんなんかがずっと引き継いでいる感じがする。時代的にも八重さんが詩を書き始めるのと黒田喜夫がそういう仕事をやりながら死んでゆくのが、連続してるところがある。

山田　多分時代的に言うとね、岡本太郎が沖縄で縄文発見みたいな、かなり華々しくやったじゃない。大体時期的に一致してませんか。もうちょっと早いかな、岡本太郎は。

細見　万博の時期より後でいいの？

山田　『沖縄文化論』は一九六一年ですね。

細見　万博は七十年ですからね。

山田　太陽の塔も確か縄文のイメージ、だから少し前、六十年代かな。岡本太郎が縄文論と沖縄論を重ねて、沖縄にもしょっちゅう行ってるし。そういえば八重さんが詩を書き始めたのは七十年代ですね、万博があってその直後ぐらい。東京で学生生活をしてて、しばらく数学塾をやっていたらしい。確か都立大だったと思うんですけど。

細見　都立大の哲学科ですね。

山田　哲学科ですね、出身は。で、しばらくは東京にいて、それから、大分経ってから石垣島に戻った。そういう時代的な重なり、黒田喜夫もそうだし、吉本隆明さんの「南島論」だってその頃でしょう。沖縄問題としっかり向き合わなければならないという流れがその頃随分あった。

細見　返還をめぐっての議論が大きかった。独立という話もあった。その問題がずっとくすぶり続けざるを得ない状況。吉本さんは南島論をやっても、それを今の問題とつなげるという意識ではなかったと思う。

山田　そうね。むしろ起源論的な。

細見　そして『マス・イメージ論』、『ハイ・イメージ論』のほうへいく。僕はそういう吉本さんも嫌いじゃないんだけど、本当にそれでいいのか、全てそれで片付くのかという問題が残る。

山田　その後どうなんだろうね。黒田喜夫の後で琉球論、沖縄論だとかを日本の起源論とか、それから状況論とか。

細見　藤井貞和さんが一番やっているはず。

山田　でも沖縄出身の言論人だってたくさんいるじゃない。作家もいれば、詩人もいれば。その人たちがやってきたことって、僕個人は、正直言って、あんまりちゃんと付き合ってこなかった、これまで。目取真俊さんとか、優れた作家だと思うし、そういう風に点としては見てきてるけれども、一つの流れにしたり歴史を遡ったりはしていない。

細見　「島唄」がすごく流行ってね、僕も好きだし、優れた表現だと思うんだけど、それがある種芸能ニュース的な扱いで終わってしまう。黒田喜夫さんが執拗に津軽のことを言う時の出発点は、寺山修司なんです。寺山修司の『田園に死す』なんかに狐憑きの女とか出てくるけれども、そこに本当にその声があるか、という問い。要するに土俗的な風俗としてだけ使われているという批判です。

山田　柳田民俗学とか、『遠野物語』とかが明るみに出してくれたことは確かに功績なんだけど、どこか歪んだ形で来てないかという問いもある。そこで折口信夫が出てくる。

細見　黒田喜夫もどっちかというと折口評価なんです。

山田　藤井さんもそうだよね。すると今度は神山睦美さんのこととか話が広がってしょうがないんだけど。一方で南方熊楠の紀伊半島の山奥からの土俗的な声とか、物凄く話が広がって収集つかなくなる。

細見　それを表現起源論の問題じゃなくて、今のアクチュアルな問題と関わらせて考えざるを得ないのが八重さん。

山田　去年かな、現代詩人会の西日本ゼミナールを沖縄でやって、八重さんが講演した。あの講演録、手に入れたいんだけどな。

細見　コールサックが持ってるんじゃないの？　録音してる可能性は高い。

山田　そういうの出してくれないかなあと思いますね。恐らく詩集の背景が分かる。

●八重作品の流れなど

細見　政治的、時事的な主張の強い詩を並べる前に「詩表現自戒十戒」というのが置かれていますね。

山田　しかも註が付いてて「守られたことのない」。ある意味自嘲的でもあるんだけど、だからこそこういうのをいつも挙げとかなきゃいけないというモットーでもある。

細見　そういう自戒を受けつつ、高祖父とか曽祖父の声みたいなものが呼び出されている感じがする。例えば三百万人の日本人の死者と蹂躙された二千万人のアジアの人々という同じ言い回しが出てくる。それから「えげつない」という形容詞が何度か出てくる。普通は詩の表現としては使わない言葉です。でも高祖父と曽祖父の記憶を呼び戻して、それで何か語ろうとした時にそれ以上の言葉がないような感じもするんですね。

山田　「日毒」という言葉自体がそうですよね。だから、高祖父曽祖父の言霊が宿ってきて、もう詩的修飾をしている場合じゃない。でもそれが逆に裸形の詩になっていくという構造があると思う。例えば『夕方村』、それから『白い声』、それに『しらはえ』にも、よく巫女の語りが出てくる。憑依している巫女に詩人の声自体が憑依して、漢字に沖縄語のルビをつけたりとか、あらゆる技法、話法を駆使して伝えていこうとして、それがある種の抒情になっていた。それが、今回の詩集には殆ど出てこない。出てくる余地がない。

細見　「日毒」という高祖父とか曽祖父の言葉を通じて、日本と石垣島、沖縄の関係の複雑さがどんどん増幅されているのでしょうね。

山田　最近洪水企画から出た『太陽帆走』ね、あれなんか詩論集と書いてるんだけど、僕は殆ど詩だと思って読んだ。「太陽帆走」という、宇宙空間を太陽エネルギーで飛んでいく宇宙船みたいなあの広大なイメージは、ちょっと荒唐無稽だけど、イメージとしては非常に美しい。それから澪標刊行の『詩学・解析ノート』。そういう思索的著作が多かった。一方、詩の方は『沖縄料理考』とか、ちょっとくだけた、肩の力を抜いたものが出ています。その流れをずっと見ていくとね、今回出てきた『日毒』の位置付けがある程度できるんじゃないか。つまり、ここから始まるんじゃないかという気がしてしょうがない。これまでやってきたことの上にもっと直接的にアンガージュマンをしながら言葉を磨いていく。

●アイロニーと願望

山田　以前八重さんと話した時に印象的な言葉があって、石垣島では空間はどこまでも明るい、時間はどこまでも闇だ。そのコントラストを何とかしていかなきゃいけないという言葉。『夕方村』には石垣島の珊瑚礁の美しさ、砂浜、白浜の南国のイメージ、そういったものと人間の営みが非常に調和している美しい詩がある。それを打ち破り、破壊するのは常に時間であり歴史であり、支配者であり、外敵であって、それに立ち向かわざるを得ない。そういう意味ではこの詩集はメルクマールになるのかな、という気もします。

細見　こういう『日毒』から出発する詩人だったらある程度分かるんだけど、むしろ七十何歳になって『日毒』へ来るというのは大変ですよね。そこから逆に始まるもの……。

山田　そういう円環構造、螺旋構造みたいなのがあって、一段上昇したところでまた原点へつながるというところへ来ているのか。

細見　意識的にそういう作品をまとめているところはあると思うんですけどね。これ初出とか分かんないんだけど書き下ろしかな？　ある程度どこかに出してるのか？

山田　ごく短いのもあるじゃない。そういうのはどこかの新聞が初出じゃないかと思う。それから「ひらめ」というメタファーが続けて出てくるのがあるでしょう。あれなんかも何かの機会があって出したんだろうなと。

細見　「めだかの学校」のパロディ。

山田　これなんか非常に隠喩的というか。

細見　饒舌ではあるよね。

山田　この比喩がしかもアイロニカルで風刺が効いてるでしょう。こういう一面もあるんですよね。最後に、「詩表現自戒十戒」の「附の二」を引用したい。「言霊があるとは言わない。しかし言葉は意味であり、声であり、リズムであり、響きであり、形姿《すがた》であり、陰翳であり、重さであり……連関であり、論理であり……そしてそれら全体の現象がその言葉の生態であり動態である。即ち言葉は詩人のいかなる表現意図にも万全に応え得る。もし詩がつまらなければその責任は詩人にあり、言葉にはいかなる落度もあり得ない。」

細見　「言霊があるとは言わない」というのは言霊に対する裏返しの信頼ですね。わざわざ人は言霊なんて語彙を持ち出さないから。確かに八重さんには、ありますよね、憑依した巫女の言葉とかね。

山田　八重さんの祖母自身が巫女的な女性だったと、どこかで書かれていた気がする。

細見　「日毒」自体言霊そのものじゃないの。

山田　その言葉を書いて小箱にしまっておくわけだから。

細見　血で書いてあったりもして。

山田　日毒ここに極まれりとか。こういう激しい批判をどう受け止めるか。個人として私が受け止めないといけないとかそういう話ではないけれど、言葉に関わる者としてどう解釈し回答していくか、考えないといけない。

細見　そういう形でしか残せないものを、ボロボロに朽ち果てさせながらも、文庫の中に代々残しておいた。まあ、究極の詩ですね。

山田　大文字のポエジーか。八重さん自身が短いあとがきを書いているので、それもちょっと読んでおきたい。「本来なら「日毒」という言葉は、はるか以前に歴史の彼方に消え去っているべきであった。」言い換えると、消し去りたいという願望があるんですね。

細見　曽祖父の書いた「日毒」を歴史として捉えられるような状態への願望。それがまさしく今の言葉として響いてしまう辛さ。

山田　続けてこう書いてあります。「しかし今なおこの言葉は強いリアリティーを持っており、そのこと自体が現在を鋭く突き刺す。いかにしてこの言葉を昇天させるか、我々の重い課題であろう。そしてそれは必ず果たされなければならない。」強い意志を感じます。

細見　「日毒」という言葉が大和よりも八重さんのような立場を突き刺すどうしようもなさを、本当に僕らが何とかしないといけない。

第三十五回　『続続・新川和江詩集』思潮社現代詩文庫

●七十年の詩歴

細見　今回は、特集のことも含めて、『続続・新川和江詩集』です。

山田　例外的に現代詩文庫ということで。

細見　二〇一五年四月出版で少し時間が経っているのですが、新川さんの最新詩集『ブック・エンド』まで入っている。八六年の『ひきわり麦抄』から収録されていて、二十年、あるいは三十年ぐらいの時間が背景にある。『新選新川和江詩集』が出たのが八三年、それが少し増補されて『続・新川和江詩集』になったのが九五年。

山田　最初の現代詩文庫『新川和江詩集』は七五年ですからね。じゃあずいぶん空いたわけだ。その間に全詩集が出ていますね。

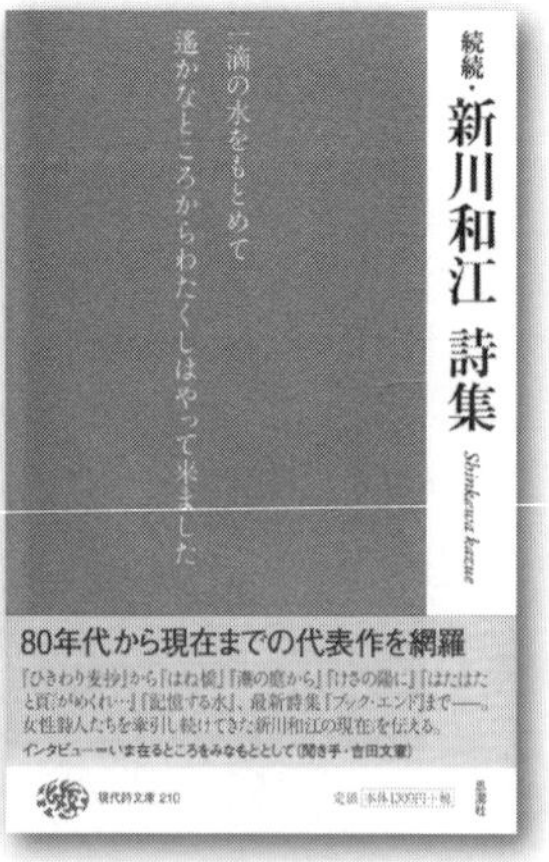

続続・新川和江　詩集
Shinkawa kazue
一滴の水をもとめて
遥かなところからわたくしはやって来ました
80年代から現在までの代表作を網羅
『ひきわり麦抄』から『はね橋』『潮の庭から』『けさの陽に』『はたはたと頁がめくれ…』『記憶する水』、最新詩集『ブック・エンド』まで――。
女性詩人たちを牽引し続けてきた新川和江の現在を伝える。
インタビュー＝いま在るところをみなもととして（聞き手・吉田文憲）
現代詩文庫 210
思潮社

細見　あれがちょうど二〇〇〇年ですね。新川さんはあそこでもう自分の詩を終わらすか、みたいなことも思ってらしたところがあったようですけれど、その後『記憶する水』、『ブック・エンド』と出版されている。

山田　『記憶する水』が出た時にご本人が面白い言い方をしていて、「紀元七年」。つまり全詩集までで紀元前が終わったから、その後七年経ちましたと。これ吉田文憲さんとの対談で言っていますね。長い詩歴があって、新川さん全部で何冊ぐらい詩集出ているの？

細見　二十冊ぐらいですね。少年詩集も入れると四十冊近くになるでしょうね。僕らの世代は新川さんの作品を教科書なんかで読んだ。そして、現代詩の代表的なイメージとなっている詩人。特に「わたしを束ねないで」とか、「比喩でなく」とか、ああいう作品は、現代詩のモデルみたいな作品です。

山田　茨木のり子さんと並んで、教科書に採用されている頻度が非常に高い。僕らの世代だとまだ、教科書には載ってなかった。

細見　同時に新川さんは西條八十が師匠で、近代詩に通じる西條八十から戦後詩を経て、いわゆる「ラ・メール」の活動なんかもあったりして、さらに現代詩にいたる。それぐらいの日本の詩の時間を生きてらっしゃる。ちょっと他にない人だなあと思う。

山田　今回の特集を組んでいて、編集者の立場で原稿に目を通していると、「ラ・メール」で新人として発掘された人たちがかなりいて、今もうベテランになってきている。「ラ・メール」の頃の思い出話を書いてくれる人、「比喩でなく」とかの代表作を挙げている人、時代ごとにいろいろあって、一つのピークは「ラ・メール」の十年間と、それから比較的初期、第三詩集ぐらいかな、一番注目されたのは。それと、最近になって大ベテランになってからの詩集、この三つぐらい。

細見　そうですね。

山田　現代詩が一番混迷していたという言い方をあえてすれば、八十年代、九十年代だと思う。七十年代ぐらいまではまだ現代詩もわりと読者を獲得していたし、元気だった。だんだん斜陽になった八十年代、九十年代にまさしく女性詩があった。そこで新川さんと吉原さんが中心になって、女性詩がすごく元気になってくる。その中心に新川さんがいたし、戦後すぐの時期にも新川さんはいたし、今ここへきてまた存在感が増してきている。

●悠然としたたくましさ

細見　もう一つ新川さんの特徴は、全詩集でもそうだし、現代詩文庫でもそうですが、後半、三分の一ないし四分の一ぐらい、必ず少年少女詩篇とか、愛の詩篇とかを入れていること。つまり、現代詩として書いているものと、子供とか愛とかを対象やテーマとしてはっきり意識して書いている作品があって、それも必ず入れている。今度はその作品の横幅、そこもちょっと他にはないかな、と。

山田　恋愛詩については、『千度呼べば』が集大成として二〇一三年に出た。

細見　新潮社の本。すごくいいと思った。

山田　こういうタイプの、まあ言い方は悪いけど、一般にも売れるでしょう?

細見　吉田文憲さんに、愛してるって詩を書いてよって言ってね、吉田さんも困ってますけど、やっぱり詩のかなり大事なテーマは愛でしょうと言いたいのだと思う。

山田　そろそろ詩集の中身に入りたいけれど、『ひきわり麦抄』からいけるかな?

細見　『ひきわり麦抄』は、山田さんがずっと言われてきた詩論詩の一つの典型で、かなりが詩についての詩になっている。『ひきわり麦抄』というタイトルからして不思議なんだけど、米がなくなった時にひきわり麦を食べた、そういう具体的な記憶もあるんですね。

山田　そもそも米に対するこだわりってすごく強いものね。そういう詩もあるし（笑）。

細見　戦時中の飢餓のさらにその前のもっと豊かな時代の記憶がまずあるんですね。自分でわりと地方出身者みたいなことを言われますね。茨城県結城市。新川さんのなかには戦中体験よりもさらに古い戦前体験があって、そういうものを持って生きている人だなあ、と思います。

山田　生い立ちの話をするときりがないんだけど、結婚も早かった。十七歳でしょ。戦後間もなく、女学校出てすぐにね、しかも幼馴染みたいな。

細見　そんな感じですね。親戚の非常に親しい間柄みたい。

山田　お医者さんだったのかな。それがまたすごく理解のある夫だった。好きなようにやっていいよみたいなことを言われた。そこで面白いと思ったのは、そう言われても、詩はすごい贅沢で金がかかると、そのためには自分が稼がなきゃいけないと、色んなエッセイとか小説も書いたし、一頃は詩人記者とか言われた。事件記者に対して詩人記者なんて言い方があって、なんでも引き受ける、原稿料を稼ぐ。それで稼いだお金で、自費出版で最初の詩集を出している。詩では食えないとか、詩人で生活はできないとか、そういうことを皆言うけれど、当たり前でしょ、そんなのって。そもそも芸術なんて贅沢品だから、詩集出したかったら自分で稼がなきゃっていう、そういう発想で始めている。

細見　基本的にたくましいですね。

山田　でも、林芙美子的なたくましさではなくって、もっとある意味、貴族主義的でもある、悠然としたたくましさ。その辺がやっぱり出発点としては非常にユニーク。

細見　そして、書き方がとても意識的。『ひきわり麦抄』だったら、テーマは詩そのもので、基本的に一定した書き方なんですね。タイトルをすべて冒頭の言葉にしたり。

山田　要するに無題の書き方ですよね。

細見　こういうふうに一つのスタイル、テンションをずっと持続させて書いていくっていうやり方。これもなかなか僕はやれなくてね。これも、初発からあった詩を書くことへの意識の強さであり、たくましさでしょうね。

山田　『ひきわり麦抄』では詩についての詩ということをすごく意識しはじめた。それ以前にあったのは死の問題でしょ。やっぱり「ラ・メール」を始めたことも大きいんじゃないかと思う。詩とは何なのか、詩人とは何なのか。詩人の仕事は何なのだろうという問い。「そのひとことを探すのが／詩人のしごとなのだらうか／それとも隠すのが／詩人の役割りなのだらうか」って。『ひきわり麦抄』の「さういふ星が……」という作品ですけど。

細見　それをはずすと宇宙が全部壊れてしまう星があるという話ですね。

山田　この後の詩集もいろいろテーマが変わったり、それから旅行のことがあったりするけれども、基本的にやっぱり詩とは何かっていう追求がありますね。

細見　ただ、それを例えば加島祥造さんとのやりとりとしてやってみたりしてね。

山田　今だったらこれ対詩ってことになるのかなあ。

細見　まさしく対詩の形ですね。

山田　ある時期、加島さんとの対詩の頃かな、熱海にリゾートマンションを持たれますよね。

細見　世田谷と南熱海とをこう往復している形になっている。

山田　南熱海に居を構えた頃はご主人いたんですね。それからしばらく経って亡くなる。で、今もそこにはよく行かれているみたいですね。そういう新しい経験、新しい生活。

細見　こういうところはじつに意欲的だと思うんですね。加島さんとこういうやりとりをしてみようっていうところが。

山田　加島さん自身がその頃ずいぶん変わったわけでしょ。

細見　彼は山荘にいたんですね。

山田　対詩集のタイトルは『潮の庭から』だけど、山と海でやりとりしている。それから、田舎と都会とかね。世田谷もあるから。

細見　「ラ・メール」でいろいろ若い詩人の台頭とか登場とかを促しながら、自分でも新しいことをずーっとやろうとされていたわけですよ。

●詩と死

山田　その後が『けさの日に』になる。この辺りわりと見逃されていませんか？　今回改めて読んでみるとね、やっぱりいいんですよ。「あけがたの虹」なんてすごくわかりやすいし。ちょっとこれ一つ読んでみましょうか。

天は

誰の手も煩せずに
みごとな橋を
空に架けます

ひとふで描きのタッチで
この町の屋根の上から
黄金にふちどられた　あの
雲のほうへ

いま　ひとつ
小さな子どものたましいが
うれしそうに　スキップしながら
わたって行きました

レタスをつんだ軽四輪も
しんぶんはいたつの自転車も
さんぽの犬も
まだ　通らなかったけれど

それだけで
わたしのしごとは　じゅうぶん
というように
橋は　消えました

叙景詩だけど、不思議でしょ。異界の気配が明るく漂っていて、子どもがスキップして行って。
細見　それにしても、これ、ドキッとするところがありますね。子どものたましいがスキップしながら渡るというのは、要するにその子が死んだということでもありますからね。
山田　そういうイメージもありますね。これは別に特定の何かってわけじゃなくて、死んでいく子どものイメージがどこかにあって、もちろん自分の子どもではないですよね、ここは。この頃もう、新川さんのお子さんはかなり成長しているでしょ。
細見　僕よりだいぶ年上ですからね。
山田　ひげ面の大男になってなんとかって詩もありましたね。
細見　息子さんが心筋梗塞で倒れたときの作品もありました。
山田　あの作品には「もう帰ろうよ」という印象的な言葉が出てくる。もっと小さい頃に言った言葉として出てきて、「どこへ帰るの?」って。
細見　それが同時に自分の詩の一節でもあって、二つの言葉が重なる。一〇七頁の「あるいはすぐ其処」という作品ですね。
山田　ああ、これはもう『ブック・エンド』の作品でしたね。この頃また死のイメージがたくさん出てきますね。「Lethe」も出てくるし。『はたはたと頁がめくれ…』なんてこれもいい詩集でね、この「頁がめくれ」っていうタイトルもそうだけど、この巻頭がまさに「詩作」でしょ。

細見　これは非常によくできた作品で、アンソロジーに収めたから、ここで読まなくてもいいかと思うんですけど。今回のアンソロジーでは、オード詩篇をもっと採りたかったんですけど、なかなか採りにくかった。一つはもう紙数の関係でね。

山田　それに、連作だからね。この「はたはたと頁がめくれ…」という最後のタイトル作品自体また詩集論で、冒頭は「詩作」で始まっている。なかほどの「生きる理由」なんて、歌詞じゃないけれど、すぐ歌になりそう。こういう歌詞的なものも一つの特徴だと思う。

●蛍ランプというアイテム

細見　この辺りは、少年詩篇みたいなのを分けた形にしないで入れている。

山田　同じ詩集の「蛍ランプ」。これは身につまされる話じゃない。

細見　「ひげの大男になった」息子さんもちらっと出てくる作品。

山田　子供部屋で、その子供が成長して、ひげ面の大男になって出て行って、空の巣症候群という言葉があるけど、この時点でご主人はもういない。父親が脳梗塞で倒れて、木の箱に納まり、また出て行ったってあるから。息子が成長して出て行って、次は夫。棺桶ですね、この木の箱は。ということはひとり暮らしなわけでしょ。そういうひとり暮らしの中の侘しさを最後に「いないいないばあ」なんて、これ以上ないぐらいの俗なリフレインで表わしている。でも非常に深い。

細見　相当怖い詩でもありますね。
山田　怖いし、深い。
細見　自分の子供とか夫とかのことを、非常に距離を置いて書いて、しかも最後が「いないいないばあ」で終わってしまう。
山田　「蛍ランプ」って言い方を僕は初めて聞いたんだけど、ありますよね。スイッチの位置を示しているパイロットランプ。スイッチを入れると、部屋の灯りがついてそのパイロットランプ自体は消える。
細見　スイッチ自体についている小さな灯りですね。我が家にもたくさんあります。
山田　子供部屋というふうにそこにシールかなんか貼ってあるんでしょうね。で、「押すと　ランプは消え」部屋には灯りがつく。それを繰り返し子供が小さい頃していたってことですね。そういうものすごく一般的な、ささやかな生活の記憶、そのわずかな電気のスイッチに焦点を当てて、不在とか非在とか死とか、そういうものの侘しさ、辛さ、悲しさ、まあ人生自体ですね、人生そのものを蛍ランプという小さなアイテムで表現している。これは見事な換喩ですよね。
細見　ひとの命の有り様、受け渡しみたいなものを示しているわけですよね、それで。
山田　最初の一連が第四連でまた繰り返されて、今度は「部屋にしらじらと灯りがつく」。このしらじらとっていうのはつまり中に……。
細見　子供がいないからね。
山田　不在だから。その灯りがしらじらとしているという、そういう寂寥感を出していますね。うまいなあ。
細見　こういうアイディアがあると、「蛍ランプ」でもっといろいろ作品を書きたくなったりするかもしれないし、小説として書けば、かなりの大きな作品になるだろうけれど、惜しげもなく一篇で書いてしまう。それがやっぱり詩のいさぎよい特徴ですね。

山田　この辺り、消えていった時間も含めた時間感覚がすごく研ぎ澄まされてきて、もう九十年代だから年齢でいえば六十過ぎているわけですけど、この次の「はたはたと頁がめくれ…」という表題作にも、またたく間に千年が過ぎていくというフレーズがあるんだけど、それがほんのちょっとした仕草ですね。海岸で本読んでいて、頁がめくれていくと、その間に千年が過ぎていく、で、「さかしらに書物をひらくが／わたしには　なにひとつ読みとることができない」って言って、最後が、また「さらに千年が過ぎゆき」っていう、こういう時間の感覚ですね。一九九九年。もうこれで今から二十年弱前まできて、それでようやく次が『記憶する水』と。つまりこの前に全詩集が出るわけでしょう。

『記憶する水』の諸相

山田　最近のということで、『記憶する水』と『ブック・エンド』の方に話を持っていきましょうか。『記憶する水』はどうですか？

細見　よく言われるように、新川さんの中で「水」というテーマが非常に大事だっていうのがあって、もちろん『水へのオード』があるんですけれど、川あるいは水がずっと大事なテーマとしてありますね。

山田　幼い頃に溺れかかった体験みたいなのを書かれていて、今回四元さんが論考の冒頭に挙げていますね。

細見　「ワイパー」という詩なんかもすごく凝った作品ですね、あのイングリッド・バーグマンの出てくる詩。要するに、雨が降っているんじゃなくて、涙でフロントガラスが濡れているように見えるというやつ。

山田　それで思い出したけど、「時の車」というエッセイに、時間が過ぎ去っていくのに音がするっていうことを書いていたのは、フランソワーズ・サガンだったかしらってフレーズがあるんですよ。これ多分リルケですね。『マルテの手記』の中に、時間が風のようにすうすうと吹きすぎていく、という場面があったと思う。『マルテの手記』の中の非常に印象的な一節、ひょっとしたらそれをサガンも引用しているかもしれないけどね。

細見　マルテが出てくる一つは九九頁にあります。ここでは「こわがらなくても　いいんだよ」という一節ですね。

山田　子供に対する母親の言葉ですね。「マルテのお母さんは／言ったけれど」っていう。この辺りはね、オスカー・ワイルドも出てくるし、けっこう過去の作品とか名作とかを引用したり、それと対話したりですね。それもある意味、広い意味で詩論詩ですね。詩についての詩で、かなりブッキッシュなこともやっている。でもね、ちゃんと帰ってくるんですね、新川さんの書き方は。自分の身近なモチーフとか、生活実感とか身体感覚とか、そういうところに必ず帰ってくる。この「骨」なんてのもそうですね。これは多分旅行の体験かな？「肋だったのだ」ってね。肋っていったらすぐにアダム。アダムの肋からイヴが生まれたっていうその話もどこかで書いている。モンゴルで実際に、砂の中からいろんな骨が出てきて、人骨だったりね、いろんなことがあるって話は聞くけれど。

●『ブック・エンド』という終わり？

細見　『ブック・エンド』は僕、読んだ時に、まずはそのタイトルがショッキングでした。

山田　本の終わり。

細見　ええ、最後の著作を意味しているような気がして。

山田　そういうふうにも読める。

細見　掛けている気持ちもあるんじゃないかと思うんですね。たまたまブック・エンドをテーマにした作品があったってこともあるだろうけど。その「ブック・エンド」という作品もすごく良くて、最初実は、これアンソロジーに入れようと思って全文入力したんですけど、やっぱりちょっと長くて他が入らないと思って、入れられなかった。

山田　僕は最初の巻頭作品「ぶぅぶぅ紙を…」。これでびっくりした。「びーぐる」が初出の作品、これを巻頭に置いてくださった。以前、詩誌「PO」で「新川和江のこの一篇」というアンケートがあった時、これ挙げたんです。これはすごく良い作品ですね。

細見　今回アンソロジーに入れるか入れないか、迷いました。

山田　「びーぐる」には二つ寄稿していただいて、どちらも『ブック・エンド』に入っていた。もう一つはお花見の詩。「新作詩篇と初期詩篇」という特集やったでしょ。二十一人の詩人に新作を書き下ろしていただいて、自分の一番古い作品、初期詩篇を出して、短いコメントをつけてくださいっていう、かなり難しい依頼だったけど、その時に、新川さんはその作品を書いてこられた。

細見　「見渡せば…」ですね。こちらをアンソロジーに入れています。

山田　彼岸と此岸が一緒になって、混じり合ってしまうような、不思議な異界の話。
細見　「ぶぅぶぅ紙を…」は、あらためて教科書に採用されたみたいですね。
山田　教科書に入れたくなる作品ですね。分かりやすいけれども深い。しかもこれ反戦詩でしょ。しかもかなり高齢になられて、もうしばらくこの世に留まって見届けてあげようかしらっていうような、そういう超ベテランじゃなきゃ書けない詩ですね。
細見　じゃあ、読みましょうか?

ぶぅぶぅ紙を
ぶぅぶぅ吹いてた
かぞえ年　九つの頃

若い叔父が
買いたての本の表紙から
惜しげもなくはずしてくれた　パラフィン紙
くちびるを押しあて
鳴らし方も教えてくれて

赤紙一枚で叔父は戦地に駆り出され
骨も帰って来なかった

父母の墓にも苔が生えた
久しぶりに帰省し　香を焚き
けむりの行方を目で追うと

青空の深いところに
ちかちか　ぴらぴら　光るものがある
ぶぅぶぅ紙のような
苦い粉ぐすりを包んで飲んだ
オブラートのような…

若しかして
あれがまだ残っているわたしのいのち
叔父の分も含めての　いのちであるなら

ぶぅぶぅ紙を
ぶぅぶぅ鳴らして
いましょうか　今しばらく

山田　最後のエンディングすごいね。「今しばらく」というのは残りのいのち。

細見　ぶぅぶぅ紙を鳴らすことが生きていること自体の暗喩になっているわけだからね。

山田　それをしかも「叔父の分も含めてのいのち」と、わたしの残り少ないいのちと、早く亡くなった叔父のいのちが、その辺でちかちか、ぴらぴら光っている。なんか魂みたいなものですよね。それが「買いたての本の表紙から／惜しげもなくはずしてくれた　パラフィン紙」ってこの感じもね、今の若い子は分からないかもしれないけど、例えば岩波文庫なんか買うと、パラフィン紙で包んであって。今は違うね。

細見　もうないですね。今はもうつるっとした紙になりましたね。

山田　あれを剥がすの、結構勇気要る（笑）。ささやかなものだけども、それを惜しげもなく剥がす。岩波文庫か分からないけれども。

細見　岩波文庫の可能性は大いにあるんじゃないですか。あと、「ブック・エンド」という作品も、散文詩で非常によくできている。実際そういうブック・エンドをお持ちなんでしょうね。「群馬県富岡市のT氏の手になる重厚な木彫り」ってありますから。

山田　なんか、マントルピースみたいな所にぽんと置いてある。いつか読もうと思っている本を大事に立てているっていう、こういう生活ぶりもいいですね。なんかもう、憧れてしまうというか（笑）。

細見　そのブック・エンドの話は実は前置きで、実際は若い頃に講演に行った時の話。純朴そうな老人に「この世でただ一冊の本をすすめてくれるとしたらどういう本か」と問われて、「東京へ帰って、この世の本をことごとく読破してから帰るから、それまで待っといてください」と禅問答みたいなことを言ってその場は切り抜けたけど、今もあの老人がそこで待っているんじゃないかと思う。

山田　これもおかしくてね。実際の鷹をかたどったブック・エンドと、後半のエピソードは、ちょっと切れている感じししない？

細見　要するに、鷹の目を見ていると、そういう場面を思い出させるという話になっていて、必ずしもつながっていない。
山田　小説では書けないですよね。この飛躍。そうすると読者はもう一度考えるじゃない。すると、「ブック・エンド」なわけですよね。究極の書物という意味にも取れる。本当の一冊の本というのがブック・エンドで、それをまだあの老人は待ってくれているんじゃないか、そして、この『ブック・エンド』という詩集自体が実は私の究極的な一冊ですよ、というふうにも取れる。
細見　そうとも取れるし、これからそういうものを、まだ渡さないといけないっていうふうにも取れる。
山田　で、この後に「影の木」っていう散文詩がもう一つあって、これはもう一つのエンディングですね。自分の理想的な風景というのか、それを西側の壁に写し出す。するとその木がなくなった後の影の木が成長していく。これってやっぱり作品論。詩というものは、つまりはプラトン流に言えば洞窟の影に過ぎないかもしれないけれども、いつかその影が自立して、実体を伴って、詩というイデアが自立して成長していく。ある意味明るい、ハッピーエンディング的な作品。しかもこの二つだけが散文詩。
細見　さらに最後に「あとがきに代えて」がある。これも僕、拾うか拾うまいか迷って。
山田　見事な四行詩ですね。
細見　ただ四元さんが論考の最後に引いていたから、まあ、いいかなと思って。逆にこれを例えばアンソロジーの最後に持ってきたら、本当に完結してしまう感じがして。まだ完結してもらっては困るという気持ちも含めて。

●さらなる新作の可能性は？

山田　本人は、もう詩の依頼は断っている。

細見　そのようですが、人間ですから、やっぱり気持ちは変わりうるから。

山田　まあ依頼は断っているけれども、自分でふって自発的に、書きたくなったらふっと書くかもしれない。

細見　そういう問いも今回の特集の「質問」に実は立ててみたんだけど、答えてもらえなかった。こういう質問は微妙で、「いや、それは発表しないでも書きます」って言った途端に「じゃあ出してください」って話になるから（笑）、それはなしでしょう、ということもあると思う。質問項目自体から外しました。

山田　あくまで書いてないことにしておく。

細見　そういう問いには答えたくない。やっぱりそれはそうかな、と思い返しました。

山田　でも意外と、ある時ふっと小詩集みたいなものがまとめてぽんと出てきたりして。

細見　やっぱりこれだけ書いてきた人だから、「発表しない」と言ったって、なんか思いついた時に書き留めておくっていうことは、どうしたってあると思うんですよね。

山田　なんかその辺の紙に書き散らしているって言っていましたね。立派な原稿用紙に向かうと臆しちゃうからと。この感じよく分かるね。

細見　でも『ブック・エンド』自体が二〇一三年ですから、ほんとに四年経っちゃっている。ちょっとびっくりしますよね。『ブック・エンド』を読ませていただいたのが、四年も前かっていう気がして、時間感覚がほんとにわからなくなってくる。

山田　『千度呼べば』というアンソロジーが出たのが二〇一三年なんですね。

細見　同じ年なんですよ。

山田　ほぼ連続していましたね。『千度呼べば』で愛の詩集アンソロジーをまとめて、その後新作をまた一冊にまとめた。僕は確認してないんだけど、ハルキ文庫の新川和江詩集はどうなんですか。

細見　僕は、一応読みましたけど、やっぱり二〇〇四年までの代表作ですね。

山田　あらためて一つのテーマとかね、あるいは一つのモチーフで一冊のアンソロジーみたいなものがまた出てもいいんじゃないですか。

細見　それはありうるでしょうね。例えば愛のアンソロジー第二弾とか。

山田　話題は多岐にわたるので、言いそびれていることもいろいろあると思うけれど、この辺にしますか。

第三十六回　小池昌代『野笑』　澪標

●七年ぶりの新詩集、編集など

山田　今回は小池昌代さんの『野笑』。『コルカタ』以来七年ぶりの詩集です。

細見　そんなに間が空きましたか。

山田　単行本の単著の詩集としてこれが十冊目です。あと、四元さんとの対詩があるんですけどね。二十九歳かな、第一詩集は。それでも三十年ですから、ペースでいえば平均三年で一冊になるんだけれど、それにしてもこの間に七年空いたんだね。意外と出てなかった。今回のはとりわけ私たちに関わりが深くて、「びーぐる」で連載していた「シ・カラ・エ・カラ・シ」。毎回絵と詩を両方とも小池さんから提供してもらっていた。毎回見開き二頁ということで、絵も入れて組んでたわけですね。創刊号から二十五号まで。この二十五篇をそのまま並べるだけで一冊の詩集に十分なる。そうしたら、出てきたものを見ると、

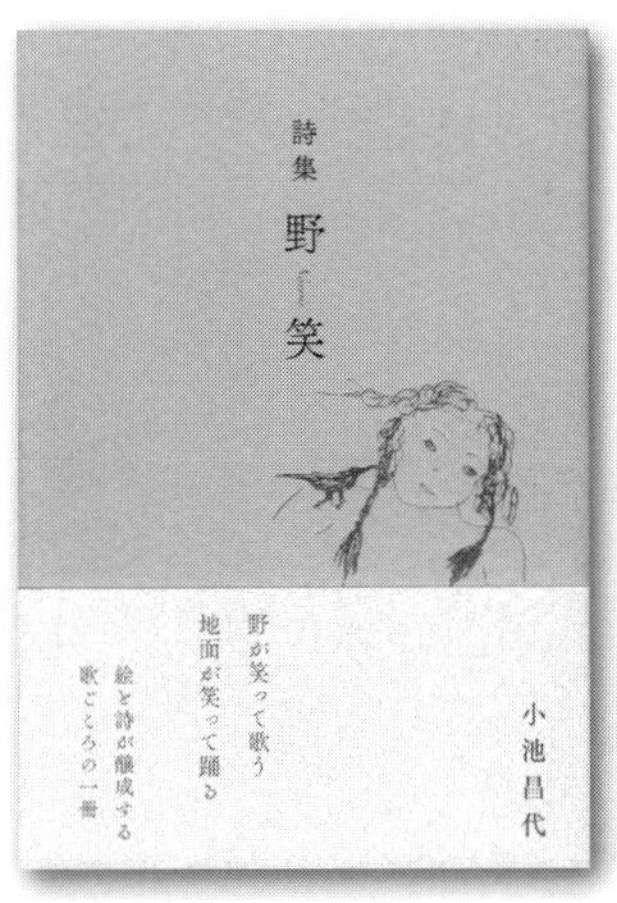
詩集
野笑
野が笑って歌う
地面が笑って踊る
絵と詩が醸成する
歌ごころの一冊
小池昌代

「びーぐる」からは確かにたくさん入っていて、九篇。

細見　九篇ですか。

山田　あと、ほぼ並行していた『銀座百点』に書いたものが二つ。『樹林』や『別冊・詩の発見』のものもあって、書き下ろしを加えて全部で二十一篇。それと、意外なほど絵が少ないんですね。

細見　それは僕も思いました。

山田　それに作品を相当書き換えている。たとえば「門」はほぼ「びーぐる」掲載時のまま。絵はなくなっている。それから、「顔と顔」。これは絵も入っている。でもそういったものはごくわずかで、相当絞って加筆していて、絵も外していて、一冊の詩集にする時の小池さんのこだわり方を示しています。絵が邪魔するっていうかね。そういう本人の編集の意図なんかも含めて考えていきたいね。僕は小池さんの本はほとんど読んでいますけど、あまりこれまでのことは気にしないで、新鮮な気持ちで一冊の詩集を読んでいきたい、というのが前置きです。

細見　「びーぐる」では連載ですから常に読者はその詩とその絵だけをとりあえずは見る。それを全部二十五篇まとめた時には、少し違ってくるかと思うんですね。だから、常に一篇に対して一つの絵じゃなくて、ある種のアクセントとして入れていくとか、そういう形を考えられたのかと思う。また、たくさん書いてられるから、「びーぐる」ので一冊、『銀座百点』で一冊とかはなかなか大変で、自分なりにセレクトして一冊のイメージにされたのかと思いました。さらには、そこに書き下ろしが入っていますからね。

山田　これはやっぱりまとめるにあたって必要なものをまとめたってことでしょう。

細見　そういう配置の仕方ですね。

●詩と絵とエッセイ、そして少女性

山田　連載の最後は二十五号でしょ。すごく良い詩なんですよ。単独で見てもね。もうこれで最終回にすることに決めて書いた。「憎悪」という迫力のある作品。これを外したのはもったいない気もする。それと、今号の書評で『幼年　水の町』を取り上げていますが、詩集とほぼ同時に出た小池さんのエッセイ集プラス掌編小説です。『野笑』はそれと話がリンクしている。たとえば『野笑』の「でこ」という詩とまったく同じモチーフが『幼年』の中に出てきます。名前も出てくる。でも、内容はあまり重なってない。子供の頃に知り合いだった友達のこと。その子がおでこの張った子なんです。書かれた時期を考えると、詩のほうが先。詩の方を先に書いて、それを散文でより具体的なところをリアルに描いたのがエッセイ。詩でふっと浮かんだ子供の頃の友人のイメージがあって、そこから散文が出てくる。

細見　小池さんはこの詩集でそういう印象的な他人を書いていますよね。他人を書くことによって自分が描かれるみたいな、そういう書き方をしていますね。そこで、この絵自体、ある意味、暗い絵じゃないですか。表紙につかってあるのはわりと明るいけど。

山田　これは描き下ろしでしょう。

細見　基本的にわりと暗い絵があって、この暗さは何だろうと思ったら、やっぱり基本的に思春期、年齢でいえば中学生ぐらいの、非常に曖昧で、すごい不安を抱えているような少女。そういうものが大事なモチーフとして絵の中に出てくるし、作品の中にもある。

山田　ただね、作品そのものの雰囲気でいうと、だいぶ変わってきたよね。初期の『永遠に来ないバス』とか『もっとも官能的な部屋』とか、あの辺りまでは本当に思春期から青春期にかけての暗い情念みたいなものをストイックに突き放して物語的に描き、あえて言えば他人事みたいに書いていた。その瑞々しさが特徴だったけど、『ババ、バサラ、サラバ』辺りからかな、ちょっと変わってきて、具体的な他者を描くようになった。それから土地が出てきますね。いろんな所を旅行するようにもなって、サンパウロまで行ったり。

細見　サンパウロは、僕も行ったことがあるんですけど。

山田　最近特に大阪が気になっている。

細見　あとがきでも、小野さんの「歌と逆に。歌に。」に触れています。違う風土の中で出会うものが非常に大事なモチーフになっている。

山田　あとがきにいろんな土地の名前が出てくるでしょ。「大阪、銀座、代々木……」、深川は出てこない。

細見　うん。自分の育ったところだから。

山田　こっちのエッセイ集の方はほんと深川なんです。幼年だから当然ともいえますが。エッセイ集の方では全部深川のこと書いているから、詩はそこから離れていく、おそらく旅とか、異界とか。『コルカタ』がまさにそうで、詩人が遠征していった先で新しい空気に触れて、その摩擦の中から生まれてきたイメージを詩にしている。だから、今細見さんが言った、この暗さが少女期とか思春期の不安に拠るというのがちょっと意外で……。つまりそれは言葉じゃなくて絵の中に、無意識的記憶みたいに出てきているってことなのか。

細見　ただね、中学生、十代の思春期といっても、現実の年齢のことだけではなくて、他人との出会い方の感覚がわりと思春期的だと思うんですよ。ちょっと怖かったり、逆に好奇心をもったり。

山田　たとえば、高階さんの詩なんかがいつまで経っても少年性を失わないとか、谷川俊太郎の子供の詩がいつでも何歳の子供にでもなりきれるとかいうような、ある種普遍的な詩人の能力ですね。小池さんの場合はある種の少女性がどこかにあって、いつもそれと向き合ってる。
細見　そういう感じがすごくして、特に絵なんかにはすごくそれを感じる。
山田　絵は正直に出ちゃう。だからむしろそれを消していったのかなって気もする。

●オノマトペと混沌

山田　もう一つ、少女性とか幼児性みたいなのでいえば、ちょっと変なオノマトペ使うでしょ。たとえば、「門」という詩。

うっし　うっし　ぱらいそ
きゅって　へんな　おらりお
門をくぐるとき　落ちてくる
ことばのくず　ことばの砂
人間はみな　狂人である

黒土のなかから生まれた　おれ
土の匂いに　まみれ　汚れて
くると　ふんど　しまねこ

みえな　どんど　かきあげ

サンパウロ　日本人街の
首の長い　美貌の坂道よ
何百何千の黄色い太陽が
凄まじい音たてて　転がり落ちる
乱立する高層廃虚ビルの壁面に
ラクガキを描いたのは
いったい　誰だ

どっし　どっし　はらいた
くって　げって　すずしろ
ある日　となえれば
いきなり　老いる
一瞬にして　くしゃくしゃになり
ちいさくなって
消滅する　ぱっ
ぎょっと　ぎゃってぃ　はなくそ

細見　おもしろい詩だなーと思いましたね。
山田　独特のリズムですよね。
細見　背景はサンパウロですね、やっぱり。
山田　そうですね。サンパウロの日本人街。
細見　ほんとにね、サンパウロって「乱立する高層廃墟ビル」なんですよ。危ういようなビルがひょろひょろ建っている。
山田　初めから廃墟みたいなビル？
細見　なんかね、くすんでいる。コンクリートそのままみたいな色なんですけど。この詩のオノマトペは意味があるようなないような。「おらりお」、「すずしろ」とかは普通に意味のある言葉だけど、ほとんどオノマトペになっていますね。
山田　そのどさくさに変な言葉を持ってきている。「おらりお」はキリシタン的な印象。「ぱらいそ」はもちろんパラダイス。これもキリシタンの言葉ですね。「かきあげ」とか「しまねこ」が出てきて、最後は「はなくそ」。わざとそういう汚い言葉を使って喜ぶ子供の遊びみたいな感じじゃない？
細見　「ぎょっと　ぎゃってぃ」はどうしても般若心経の羯諦羯諦を思ってしまう。
山田　呪文みたいな、お経みたいな、そういうところへ詩のイメージを重ねて、サンパウロのある種の混沌でもあれば、サンバのリズムでもあるようなものを表出している。
細見　クリスチャンは多いんじゃないかなあ。日本人街でもね。そういう時の、サンパウロなんかのクリスマス・モード、パレードみたいな、祭りみたいな、そういう感じ。
山田　キリスト教といっても南米でいろいろ変化していて、しかも南米の場合はクレオールが多いし。

細見　日系人も当然入ってくる、そういう民族の混沌みたいなのがあるし、その中で現地化されたキリスト教、日本の隠れキリシタンや土着化したキリスト教というイメージも重ねている可能性がありますね。

●推敲と改変

細見　同じような詩として、「黒い廃タイヤの歌」。これも不思議なオノマトペの詩で、これも初出は「びーぐる」ですね。

山田　「びーぐる」掲載時とずいぶん変わったんです。

細見　初出では「素描」というタイトル。

山田　大震災の翌年です。

細見　「本部から遠く／町ごと押し流され」という二行がありますね。

山田　それが入ってなかったら被災地のことだと分かりづらい。元は詩の行の並びが基本的に逆なんですよ。そして、初出では黒タイヤらしきものがまさしく素描で描かれている。

細見　初出と比べると、真ん中が冒頭のところに置き換えてあるね。

山田　詩集では最初に廃タイヤが出てくるんですね。震災のことは出てこない。ところが、元の形を見ると、前の方に「町ごと流されて」とあるでしょ。はじめから津波のイメージだと分かるように書いていますね。元は後半に出ていた廃タイヤを前に持っていって、「本部から遠く／町ごと押し流され」を後ろへ持ってきた。だからここまで読まないと、震災だと分からない。その途中に「あーはいはー」とか、「うーはいはー」とか、「おーはいふー」とか、奇妙なかけ声が入る。

細見　オノマトペは初出でも入っているけれど、詩集版ではさらにそれが強調されてますね。最後もオノマトペで終わる。「おーはいふー」という最初に置いてあったやつが、「あーほいあー」となって終わる。
山田　こっちでは「うーはいはー」（笑）。
細見　「う」から「あ」に戻っている。
山田　初出を見ると、黒いタイヤがまだ硬くてパンパンに張っているってことで終わる。詩集になると、「パンパンに張りながら」というタイヤのイメージが先に来て、途中で熟していく。そして、「とても軽くなり　自由になった」。そこで、「湧き上がる歌／あーほいあー」で終わる。「びーぐる」掲載時は大震災からまだ一年経ってない。だから、その印象がまだ生々しい時に書いたのが「びーぐる」版で、それを今回、詩集に入れる時に、全面的に改稿した。
細見　これは改稿版の方が「あーほいあー」と歌がそこから湧き上がるのがすごく強調されていて良くなっていますね。
山田　復興への希望とか意欲、そっちのほうに切り替わっている。震災直後は、まずその情景を描いてそこに何かを加える。廃墟のイメージのほうが強いんですね。だからタイトルも「素描」。
細見　その後、歌の方の意識が強くなった。
山田　素描から歌へ。五年くらいの間に変わった分かりやすい例ですね。そう見ると、小池さんの推敲の仕方、作品をまとめて完成へ向かっていく方法がちょっと見えるんですね。
細見　初出と比べて読むとかなり勉強になる作品ですね。あと僕は「草、アナキズム」。これは小池さんの昔からある詩のイメージかと思った。不思議な詩ですけど、初出時のタイトルは「芝刈り」。
山田　これはちょっと変な小池式物語。

細見　とにかく他人の庭でも芝が伸びていると刈りたくてしょうがない人が出てきて「さっきも、そこで――／と言った／さっきも、そこで――／人一人殺してきた／え？」。聞いている側が妄想しちゃう。

山田　「そこで、芝、刈ってきた」って言い換えるわけだけど。これ、うまいよね。

細見　それから、お茶の飲み方。「黒い眼鏡の人は　かぱっと麦茶を飲んだ／口でなく喉で。／そんな飲み方がある」。これやっぱりうまいなあと思いますね。確かに、口でなく喉で飲んじゃう、そういう飲み方がありますよね。

山田　江戸の人は蕎麦を喉で食うというけど（笑）。

細見　タイトルが「芝刈り」から、「草、アナキズム」に変わっているのも面白い（笑）。

●名前について

山田　「ひよこ」もね、実際にそういう友達がいたのか。さっきの「でこ」と同じ十一歳。だけどこれは幼い頃の友達じゃなくて、臨時教師のところにやってきた十一歳、小学校五年生ぐらいの女の子と書いてある。意外とこういうのは難しい。「今日だけの臨時教師」というのを設定して、フィクションで書いているのか、それともある程度事実を元にして、そこで出会った子のことを書いているのか。しかも途中で話がそれていく。

細見　それたところでの話が面白いですね。

山田　ひよこを育てていたら、実はそれが鴨だった。食うわけにもいかないから、放しにいく。後日行ってみたらその鴨が元の飼い主のところへ一直線で戻ってくる。その一直線というところに注目する。「その一直線が／「泣きましたよ」／思わず見つめる日耀子の首」。最後にこっちへ戻る。「青くはない／日焼けして黒い」。で、次の頁に日耀子の肖像画がどーんと来る。

細見　日耀子ってまた面白いですね。漢字で「日」が「耀（よう）」。

山田　音にしたらただの「ひよこ」。こういう名が本当にあるんだろうか。

細見　あってもおかしくはないけど、読めばほんとに「ひよこ」。

山田　小説を書いていると、登場人物の名前をいろいろ考える。子供の頃の同級生の名前を使ったりもしているみたいだけど、字面とかも考えるよね。小説を書くようになってからの小池さんの詩の書き方がここに反映されている気がしますね。

細見　詩集タイトルが『野笑』で、野原の笑いで野笑なんですけど、カタカナでノエミさんが登場しますね。

山田　最初はカタカナのノエミだけだった。詩集にする時にこの字を当てた。ノエミという名前は、日系ブラジル人で、どこに出てくるんだったかな。

細見　「舗道」という作品です。

●手紙としての詩集

細見　それでは「曲がりくねる水の土地」を読みましょうか。でも全部は長いなあ。たとえば、こういうところが好きなんですよ。

遠くの岩肌になすりつけられた白い筋
あれは　滝だよ
止まって見えるが
実は激しく落下している

こういうところが非常に小池さんらしいなあと思ってね。
山田　「水音もここまで届かない」それぐらい遠くにある。中原中也の「黒旗」みたいに。「はたはた　それは　はためいて　いたが」。
細見　「音は　きこえぬ　高きが　ゆえに」
山田　そういう遠近感の使い方。
細見　さらに「手紙」を読んでみましょうか。これは巻末ですね。書き下ろし作品。

こんもりと分厚く盛り上がった手紙
なだらかな
春の古墳のような手紙が
きのう
届いた
ぎっしりと書かれた毛筆の文字が
和紙を通して透けてみえるが

すべては裏側からしか読めず
眺めるしかなかった
放射されるあたたかい文字熱

長く待っていたような気がする
急所に届く
深みからの手紙を。
脅迫状あるいは中傷文あるいは借用願いあるいは訴状
しかしこれは　これだけは違う
続きながら　ゆるやかに広がる　字と字のあいだ
丸みを帯びた「あ」「す」「み」「て」「ふ」
夢とは常に不可能を生きるもの
もどかしさを。
わたしは裏側から
返事を書く
見知らぬ人は　知っているか
わたしがここにいて
文字の連なりを読んでいること
時折　紙を貫く光があり

そのとき　破れ
侵入する意味がある
けれど　全体は
常に不可解
まぶたの裏
毛羽立つ野原
燃えている一通の手紙

これは山田さんの言われる詩論詩の形になっていますね。

山田　書くことそのものをテーマにしている。

細見　裏からしか読めないとか、「全体は／常に不可解」とか、本当に詩そのものについての詩になっています。

山田　光というのが小池さんの一つのライトモチーフで、『感光生活』ってまさにそうだけど、一貫していますね。和紙を通して「裏側からしか読めず」というこの発想は面白いね。

細見　ええ。裏側から返事を書く。

山田　しかも、春の古墳のようだとか。まあ分厚い手紙ということだけれども、もう少し深読みすれば、古墳って、誰が埋葬者なのか、被葬者なのか、ほとんど謎でしょ。でもすごい存在感がある。そういうメタファーともとれるし、誰かから詩集が届いたということかもしれない。

細見　いろんなことが考えられますね。相手はだけど見知らぬ人なんですね。

山田　丸みを帯びたひらがなの例として、「あ」「す」「み」「て」「ふ」。ランダムに文字だけあげているように見えて、意味がありそうな気がしてくる。相当やっぱり意識して仕掛けていますね。あまり謎解きみたいな解読の必要はないけれど、意図的なものだってことは意識した方がいいですね。

細見　詩集の最後ですからね。最後に全体をもう一度自分で、メタレベルで読み直したような作品になっていると思う。

山田　この詩集自体が春の古墳のようなのかもしれないし、詩集を書いたのはまったく見知らぬ他者としての私かもしれないし、最後に「燃えている一通の手紙」では詩の光が発熱している。詩集とは燃えているものなんだということなのかもしれない。それからまた、一冊の詩集があなたへの手紙ですよ、ということかもしれない

細見　新川さんの特集をやった後だから思うことでもあるけど、新川さんのあの有名な「比喩でなく」。最後は一行の詩というイメージに行き着く。その点で、ずっと新川さんから小池さんまで続いている一つのイメージがあるような気がします。

山田　小池さんは『ラ・メール』出身でもあるし。最近、たかとう匡子さんが『私の女性詩人ノートⅡ』を出して、最後の章が小池昌代論。『ラ・メール』の時代のことを振り返って、小池さんのある種の奥ゆかしさ、あるいは奥手ぶり、はにかみとか、そういったところを強調していて、その中にはじめから既に物語とか小説に向かっていく気配もあった、と指摘していました。

●「濁音の／軽い抜け殻」

細見　短編小説のように展開できそうな詩もいっぱいありますね。

山田　ただ、これだけ小説を十何冊も書いてくると、物語にできるものは小説で書く。エッセイと詩とか小説とかがリンクするモチーフもたまにあるけれど、詩の中ではあまり物語性を意識しなくなったことはあると思う。

細見　小説、エッセイで書けない最たるものが歌ですね。

山田　だからさっきのようなオノマトペもあるし、リフレインもあるし、独特なリズムのものもある。どうしてもこれだけは詩でないといけないっていうのでいうと、三十頁の「濁音」。小池さんかなりピアノを弾くんですよ。聞いたことありますか。

細見　直接はないですね。

山田　僕は萩原朔太郎賞の授賞式の時に聴きました。舞台の真ん中にグランドピアノを置いて、弾き語りしながらスピーチをするという珍しいスタイル。

細見　何を弾いたんですか、その時は？

山田　その時は自作です。萩原朔太郎の「しづかにきしれ四輪馬車……」という「天景」に曲をつけて、それをピアノで弾き語りでした。で、「濁音」ですが、モーツァルトのピアノ協奏曲二十六番第一楽章の終わりの方に、ふっと不協和音が出てくる。そこに反応するわけです。最初はミスタッチと思ったけれど、誰が弾いてもみんな同じように弾く。これも長いので後半だけ読んでみます。一行空きがあって、コンサートの話が出てきて、その後。

譜面どおり
わかってる
なのに
聴くたび
つんのめる
はっとして
身構えてしまう
まるでその音が
間違いであるかのように
まるで
わたしが
間違いをおかしたかのように

音楽は止まらない
中断することなく
お終いまで行って
そこでいきなり
歩みを止める

一度始まったものが必ずそうなるというように

終わらないものだけが
音の少し先までゆき
やがてすべてが終わったとき

静寂のなか
遅れて水面に浮かび上がってくる
濁音の
軽い抜け殻

最後の二行がすごいね。「濁音の／軽い抜け殻」。これも書き下ろし。やっぱり全体を俯瞰しているような作品です。自分の詩の中の音楽性を何か不協和音でふっとはずしたように感じるということか。それを「濁音の／軽い抜け殻」と表現する。この「濁音の／軽い抜け殻」が小池昌代の詩ですよ、と。

細見　一種のモーツァルト論でもある。小林秀雄的な「疾走する悲しみ」に対して「濁音の／軽い抜け殻」を最後にイメージさせるモーツァルト。山田さん流に言うと、これも一種の詩論詩。一つのつまずきを与えて、そのつまずきがかえって終わりの先を意識させる。

山田　モーツァルトって、すごく心地いいし、快楽だけど、そこに淫していていいのかという反省が出てきて、それを繰り返す。

細見　一方でモーツァルトに閉じ込められてしまう世界があるけど、ここのモーツァルトはそういう自分の閉じた世界に対して不協和音である種の外部を置いているモーツァルトでもありますね。

山田　モーツァルトの音楽の流麗さの中にふっとつんのめるような瞬間がある、そういう発見。やっぱり自分でピアノ弾いたりする人じゃないと、なかなかこういう発見はないと思う。これ一般的な音楽論を途中でやっているじゃない。「音楽は止まらない」とか。「いきなり歩みを止める」とか。そういうことを踏まえながら、でも「終わらないものだけが／音の少し先までゆき」という。つまり沈黙ってことですね。音楽が終わった後の沈黙はいつまでもずっと続く。すると、その静寂のなかから濁音の軽い抜け殻が浮かんでくる。

●わかりやすさとわかりにくさ

細見　この詩集には難しい詩もあって、たとえば「円環」なんかはちょっと難しい作品です。「神の前で、神と共に、われわれは神なしに生きる」というボンヘッファーの言葉が引いてある。ボンヘッファーは、キリスト者としてナチスに徹底抵抗して逮捕されて、信仰を貫きながらナチスに殺されていった神学者ないし牧師の代表。

山田　ある意味で殉教者。初出は『森羅』。つい最近ですよ、今年の五月。書き下ろし以外では一番新しい作品でしょ。二つくらいモチーフが重なっていて、複雑な詩ですね。

細見　一つは昔別れたはずの相手がやって来る、というような設定ですね。

山田　別れた相手と言っているけど、神様ともとれる。

細見　ボンヘッファーの言葉があるんだから。
山田　神様に「あんたねえ」と、ため口で喋ってる。そういうイメージも重なっている気がする。神様が時々姿を現して、それに対して、あんた何しに来たの、みたいなことを蓮っ葉に言う。これも最後は歌なんですよ。
細見「円環」というタイトルになっていて。「ろーんどばし　わたれー／さあ　わたれー」。これが繰り返される二行なんですね。
山田　これはしかも中庭にいる子供が歌ってるでしょ。どこの国の言葉だろうって言ってて、ひらがなで、日本語ですね。実はこれ、なんか不吉な歌じゃなかった？
細見　ええ。ロンドン橋が落ちる。
山田　だから破局が待っているわけですよ。そういう不穏さみたいなこともあるし、いきなり「マイフェアレディーは登場せず」とか出てくるし。「幸せな円環は／永遠の二行を繰り返すばかり」って。これ、あんまり触れたくなかった、難しいから（笑）。
細見　いや、ちょっと不思議な詩だと思って。
山田　不思議だけど、やっぱり触れたからには少し解析しないといけない。
細見　本当に昔別れた相手がやってきたという形でもあるし、それが本当は神様のような存在でもあるし。
山田　書き出しがね、「ともにいるが／あらわれず／わたしのほうも／それなしで生きる」。最初の引用を合わせて読むと、これ、神ですね。ともにいるけれども姿は見せない。姿は見せないけれども、存在しているっていう、神のあり方。「そんな姿勢が身についたとき／久しぶりにあんたがやってきた」と、ここで「あんた」が妙に重なるわけですよ。

細見　ただその、「ともにいるが／あらわれず／わたしのほうも／それなしで生きる」は、そういう記憶の中の存在ともとれますね。具体的にはいないんだけれど、心の中にいるみたいな、お互いそういう関係の中でいたのに、実物がやってきて別れを言いに来るという話ともとれますね。

山田　なにもその彼を神格化しているとかそういうことではなくて、つまり不在であることによって存在しているかのような存在、という意味で神と彼と、そしてもしかしたら詩人、という三つくらいのイメージが重なって、それを構成して構造的に一つにまとめたらこういう詩になるということかもしれない。ともあれ、一つの読み方として。

●ポジティブな円環

山田　タイトルポエムがないけれど、それに近い「舗道」がある。ノエミが出て来るからね。これにもう少し触れておきましょう。

細見　さっき言ったように、印象的な他者ですね。そういった他者との出会いの中で、作品の非常に大事な部分が書かれている。しかも、ノエミは鼻歌を歌うということですから、歌のモチーフも重なっている。

山田　これは「びーぐる」の時よりも倍ぐらいの長さになっているんですよ。削る方じゃなくて、むしろ拡大する方への推敲。

細見　この詩集の中では一番ポジティブな歌のイメージが出ている作品ですね。

山田　すごく健やかで、たくましくて、でもしなやかで。そういうある意味で小池さんの理想的な女性像みたいなのを描いている。こういうタフになりたいっていう。

細見　ちょっと最後読みましょうか。最後のところ。

　　うれしいことがあったら
　辛いことがあったら
　どちらにしてもマテ茶を飲みにおいで
　　　一番大事なことは言葉では言えない

　この地で日系人はとても信頼されています
　　なぜか洗濯屋が多いんです
　裏庭に翻る真っ白なシーツは
　　　　子供百人が眠るよりも巨大

　湧いてくる影を邪険にしてはだめ
　　大事に育てましょう
　　　なだめながら　おだてながら

　ノエミがいなくなっても
　わたしがいなくなっても
　ブエノスアイレスの舗道

いつものように
樹の実が割れて
　青空がのぞき
　　流れる鼻歌は
ノエミのものか
　別の女のものか
　　ひくく　遠くまで

山田　こういう健全さ、地球の裏側まで行って発見して獲得してきた健全さ。やっぱりこう円環みたいですね。ある種の少女性の。

細見　ノエミみたいな人がブエノスアイレスにいる。そういうあたりの励ましね。

山田　いろんな土地との出会いとあとがきには書いてある。

細見　それぞれの人が土地の精みたいなところがありますね。

山田　そこがまた面白くてね。結局自分を発見しているんじゃないかって思えて。だから他者との出会い自体が円環しているってことですよね。このまとめ方は見事です。

第三十七回　池井昌樹『未知』　思潮社

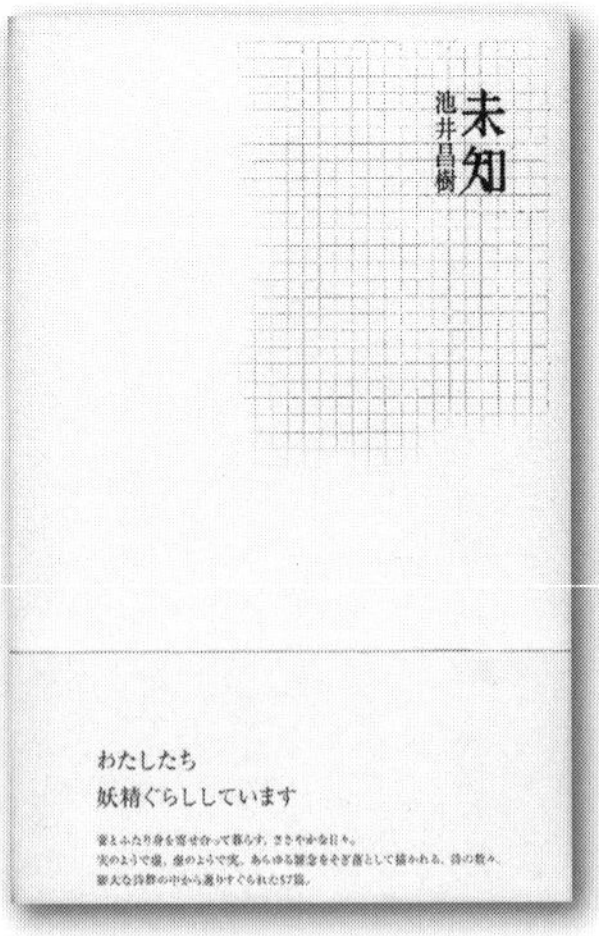
未知
池井昌樹
わたしたち
妖精ぐらししています

●池井昌樹の位置

細見　今回は私が選ぶ番ということで、池井昌樹さんの『未知』という一番新しい詩集を取り上げたいと思いました。発行日が一八年三月二十日ということになっています。

山田　まさしく今日だ。

細見　池井さんは今の日本の詩の中でかなり特異な位置を占めている人だと前から思っていました。作風が一見したところ非常に平明。言葉遣いもひらがなを多用して、いわゆる現代詩として肩肘張って書かれる詩とは対極にあって、それでいて評価も高くて人気もある詩人。僕らが「びーぐる」を始めた一つの出発点に、「詩学」、あるいは「るしおる」「ミッドナイト・プレス」が無くなったということがあって、池井昌樹さんはまさしくそのラインの人だという感じ。そういう点では、池井さんの詩を「びーぐる」でどう考えるか、もっと早い段階で論じていてもよかった。今回新しい詩集が出たので、山田さんとじっくり読んでみたい、と思いました。

山田　池井昌樹と高階杞一のラインは割と近い。いわゆる現代詩っぽくない、ある意味平易だけれども実は深い。一つにはやっぱりキャリアというのがある。今度十八冊目です。池井さんのごく初期のものは実はあまりわかってなくて、一九七〇年代前半ぐらいの、当時の現代詩っぽい作品も歴史的には気になる。天沢退二郎なんかが出てきて精力的に詩集を出したりしていた頃。実は池井さんは私とまったく同い年なんです。

細見　そうですね。

山田　だから年代的にはちょうど重なる。最初にちょっと古い話をすると、この「ユリイカ」、一九七三年の号です。この時たまたまビートルズ特集をやっていて、若手詩人特集があってね、この写真、二十歳の池井昌樹。

細見　ああ、こういう顔していたんだ。

山田　なかなかハンサム。草野心平に「歴程」の会で「うつくしい顔をしている」と言われたって本人もどこかで書いていた。出身が香川県の坂出ですね。一九七三年の「ユリイカ」掲載作品を読むと、「土讃線に乗って青森へゆく」って出てくる。土讃線って、土佐と讃岐の、言ってみればローカル線。当然、青森へ行けるわけない。行の運びなども含めて、相当前衛的な作風です。こういうところから始まっている。僕が池井昌樹を認識したのはもうちょっと後。個人的には『童子』辺りからです。

細見　僕は『晴夜』と『月下の一群』あたりから。今回改めて現代詩文庫を読み返してみて、今のスタイルが出来上がっていくのが『晴夜』の前後ぐらいからなんですね。逆に言えば、それまでは必ずしもこういう書き方ではなくて、いわゆる普通の現代詩のような書き方が中心だった気がする。第二詩集『鮫肌鉄道』は現代詩文庫に載っている解説で天沢退二郎が高く評価している。この中の作品はたくさん「ユリイカ」の現代詩特集で載ったようです。

山田　その頃は若手をまとめて掲載していた。

細見　この現代詩文庫は『晴夜』と『月下の一群』を全編収めていて、それ以前の作品はあくまで初期詩篇の抄録の扱いになっている。

山田　『晴夜』は一九九七年。四十三歳。

細見　ここから池井さんの池井さんらしい作品が始まったという気持ちかなと。

●初期の活動など

山田　ハルキ文庫は細見さん見た?

細見　見ていません。

山田　そこに自筆の年譜が入っていて、初期の頃、「歴程」に入って、会田綱雄とか山本太郎とかと付き合いがあって、けっこう詩壇的な動きはやっていたわけです。

細見　高校時代に山本太郎に見出された人。

山田　最初は「中二コース」。

細見　「中二コース」か。東京で詩を書くぞ、と勢い込んで香川から出て行った。

山田　たぶん「中二コース」の池井さんの投稿作をぼくは読んでいる。記憶はないよ。ないけど、時期的に見てね。僕も投稿したことあるから。一回だけ佳作になったことがある。

細見　へえー。選者は山本太郎でした？

山田　「中二コース」は山本太郎でしたね。その後、池井さんは「詩学」に投稿するようになって、多くの投稿仲間もできた。いわゆるポスト全共闘世代ですね。

細見　五三年生まれってことは二十歳の時が七三年ですね。

山田　さっき見た「ユリイカ」はまさに二十歳の時です。

細見　その時池井さんが山本太郎、会田綱雄に大事にされていた時の核みたいなものがあった。分かりやすく言えば、宮沢賢治とか中原中也の時代の人間がそのまま現代に現れた、みたいな感じ。そういう懐かしさを二十歳ぐらいの時に山本太郎とかに与えていた。でも、僕らがそういうことを思うのは、むしろ今の作品を通じてなんですね。そこが面白い。つまり、山本太郎らは、池井さんの中にある核をうまく見つけていたんだけど、それが本当に作品になったのは実はけっこう時間が経ってからじゃないかって気がする。

山田　池井さんが三十七歳の時に、会田綱雄が亡くなる。その前に「森羅」っていう同人誌を三人で一緒にやろうという話があって、もう一人は粕谷栄市さん。ところが会田さんが亡くなって、「森羅」の計画が潰えて、その後、同人誌の活動を一切放棄って自筆年譜に書いてある。それがずっと後に実現したのが、ここにある「森羅」。三年ぐらい前かな、粕谷栄市さんと二人で始めたのは。会田さんがいなくなったから、毎回ゲストを一人呼ぶ。これ全部、手書き。昔だったらガリ版ですね。どうやら会田さんらと「森羅」を計画していた頃、詩的覚醒があったと自筆年譜で書いている。「たとえば、使い古された摩滅した玉砂利のような日常語――おやすみなさいやただいまやごちそうさまやおはようや――の美しさに俄然目覚める。詩とは捕えるものでなく向こうからやってくる」。
山田　三十七歳というと、何年?
細見　九〇年です。その後、作風が変わる。九三年、四十歳で、第八詩集『水源行』、それから九五年に『黒いサンタクロース』。
細見　本人の感じではその辺から変わっていったっていう感じなのね。それが、作品として爆発的に結晶したのが『晴夜』ということになるんですね。
山田　『黒いサンタクロース』の「手から、手へ」には面白い話があって、実は僕もその場にいたんだけど、「現代詩手帖」の五十周年で二〇〇九年に東京で大きな会があって、そこで谷川俊太郎さんが池井さんの「手から、手へ」を朗読した。ハルキ文庫に収録の谷川さんの文章を読むと、「ミュージシャンの谷川賢作」から教えられたと。まあ息子さんですからね。
細見　こういう詩があるんだよって。
山田　じゃあこれを入れようかって、急遽入れた。池井さん自身は、全然そのことを知らなくて、後で人から聞いてびっくりしたって。
細見　その場には池井さんはいなかったの?
山田　いなかったらしい。もったいないね。それがきっかけになって、このハルキ文庫にも繋がっているらしい。
細見　その時まで谷川さんは池井昌樹のその詩は知らなかったんですね、池井さんのことは知っていても。
山田　そんなにちゃんと読んでなかった。二〇〇九年に賢作さんから言われて、声に出して朗読してみたら、すごいじゃないかってことになって、それから池井さんの詩をちゃんと読み直してみたら非常に面白かったと言っている。時間には刹那というのがあって、池井さんの時間はその刹那。刹那というのは垂直的時間だって言い方をしている。流れていく水平的な時間じゃなくて、垂直的に深くなる時間を表現していると。いかにも谷川さんらしいエッセイです。

●定型律と散文詩

山田　池井さんの垂直的時間の背景にあるのが五七調を中心とする調べになるんだけども、決して古くない。定型律というと、僕らは古臭いって思ってしまうけど、たとえば中也の七五調って古くない。文語定型じゃなくて、完全に口語。池井さんの詩もやっぱり、言葉はものすごく新しい。口語で現代の言葉であっても、七五調はリズムとしてそれなりに理に適っているんだなってことが分かる。でも、最近面白いのは、池井さん、そういうところの調べとはちょっとはずれたところで、新しい試みをしていて、それが散文詩なんですね。

細見　散文詩が出てきますね。

山田　自伝的で具体的な内容は散文詩で書いて、その中から掬い取ってきたような情感を定型に近いリズムで書いていく。ただ今回の『未知』について言うと、散文詩の割合がかなり減っています。一つ前の詩集『冠雪富士』が、散文詩が一番多い。四十四篇入っていて、そのうち十五篇が散文詩。その前の『明星』になると、四十篇のうち十一篇。それから『母家』を飛ばして、『童子』にはほんの数篇しかない。だから、最近だんだん散文詩が増えてきていたんですが、今回の『未知』になると、五十七編あるうち散文詩は九篇。六分の一に減っている。

細見　もともと散文詩は上手。本当に優れた短編小説のような散文を書く人ですね。

山田　本当に散文的な散文詩。気取った美文調の詩的散文みたいなんじゃなくて。

細見　どういうことが事実としてあったかがよく分かる。それでいて非常に印象深い。池井さんの行分けの詩の基調は……。それこそ宮沢賢治でいえば、ある物語があって、そこに挿入歌みたいなものがあるじゃないですか。『銀河鉄道の夜』でもね。あそこの部分をそのまま詩として抽出している感じかなあ。

山田　全体の流れがあって、その中の挿入歌。それだったらむしろ短歌とか俳句にならないかって気もするけど、行分けの七五調なんかで歌っている詩もけっこうストーリーがある。

細見　池井さんの行分けのひらがなの詩が平易でありながら深い感じがするのは、その背後に生きられている散文の物語があって、そこからふっと抽出された歌のような感じがあるからかもしれない。

山田　その背景にある生活とかね。三十二歳で結婚して子供が生まれて、男の子二人です。子供たちとの生活のことが散文詩になったり、行分けの詩になったり。父から子への伝言、「手から、手へ」なんてまさにそう。美しい父性愛でね。いいのは、父性愛だけじゃなくて母性も歌っている。父母が必ずペアで出てくる。美しい家族だなあっていうような作品。それがどうやらピークに来たのが『冠雪富士』。長年勤めていた書店を定年で辞めて、年齢は六十一。そこまでを振り返ってまた作風が変わっていく。物語ということでいうと、池井さんにとっては人生とか自分の生活自体が物語。その中でふっと歌になるものが定型に近い詩になっている気がする。それが定年退職を一つのきっかけにして、生活そのものも散文詩になって、その結果散文詩が増えてきたのが『冠雪富士』。それが一通り済んで、今度の『未知』は行分け詩の割合が増えている。

●断絶と連鎖

細見　ちょっとだけ補足しておくと、池井さんには自分の故郷を捨てた感覚があるでしょう。自分の親との付き合いを意識的に断つようにしてきた感覚を持っているみたいですね。

山田　大学生の時、祖母や両親からきた手紙をことごとく読まないで捨てたとかね。

細見　一枚だけ祖母からのはがきが残っていたという作品がありましたね。

山田　それがガラス付きの本棚の中になぜか残っていて…。あれ印象的な散文詩でした。

細見　ほんとにある種の私小説的なところがあるんだけれど、それがまた巧い。

山田　あの時代、本当に故郷を捨てるつもりじゃないと東京なんか行けなかった。

細見　そういうことなのか。

山田　すごく可愛がられていた一人息子、お姉さんがいたけど。すごく期待もされていて、小さい頃から優秀で、だけど高校受験で失敗する。その後、東京の二松学舎大学に入学して、その時、家族のすべてを切り離す。その感覚は、今のような時代になるとちょっと分かりにくいかもしれないけど、僕は同年代ですから、かすかに覚えている。大学生になって、故郷を捨てるという感覚。

細見　この『未知』になると、池井さんはいつも、なぜここに自分がいるのか分からないみたいな感じを表出する。

山田　ここはどこ、いまはいつ、ぼくは誰、みたいな。

細見　高階さんにも似たようなところがあるんだけど、ふっとここに産み落とされたっていう感覚がある。

山田　谷川俊太郎にもあるよね。宇宙人とかね。その感覚。

細見　ポストモダンかというとそうでもない。たまたま今ここに、こんなふうに自分がいて、でもそのリアリティを大事にするしかなくて、たとえばそれが家族であったりする。

山田　今回の詩でも、自分の幼い頃の家族団欒みたいなものを思い出している節がある。面白いことに、その追憶、ノスタルジーを辿っていきながら、次に囲炉裏が出てくる。囲炉裏は僕らの世代には普通もうなかった、よほどの農家じゃないとね。囲炉裏は実際にはなかったけど、そこまでノスタルジアは届いていく。そうすると、もっとはるか以前、未生以前の原記憶というのか、そこへつながっていく。原始の炎みたいなね、池井さんよく「ほのほ」って書くでしょう、炎のことを。やっぱり、原始からの火の記憶というところにまで繋がっていると思う。

細見　ほんとに明治に生きていても、江戸に生きていても、あるいは昭和初期に生きていても、全然おかしくない感じです。

山田　弥生時代でも縄文でも、なんなら石器時代でもいい。

細見　そういう時代にいても普通に「ああ、そうなんだ」みたいな感覚。

山田　それを記憶として歌う。それこそ囲炉裏端で家族と楽しくやっていて、僕にはそういう経験ないけれどって言いながら、それをそのままリアルに描き出してしまう。そんな詩が今回確かにあった。

細見　四十頁の「暁の炉辺」ですか。

山田　ああ、これ。散文詩ですね。煙草を明け方一人でふっと一服すると、祖父の笑顔が浮かんでくる。二服すると箱型ラジオが浮かんできて、マッチ売りの少女みたいだって、これもいいね、三服目。ここまでは私もまったく同じ経験がある。その先に「木製ラジオもなかった頃の囲炉裏のほのほが浮かんでくる」。ここからはもう現実じゃない。「私に囲炉裏の記憶はないが、ほのほの色は確かに私の瞳に焼き付いている。いまはない」と繋がっていって、自分では経験していないはずの暁の炉辺へイメージがまっすぐ結びついていく。現実の記憶、追憶が幻想まで何の仕掛けもなしにまっすぐ繋がっていく。これなかなか出来ないですね。最後にまた、「跡形も消えてなくなる一日が。」と、現在に戻ってくる。いい詩ですね。

細見　命の記憶みたいなもので、もっともっと昔に繋がっていく感覚が池井さんのなかにはあるんですね。

●詩と生活、手書きの同人誌など

山田　谷川さんのさっき紹介したエッセイの中で、池井さんの七五調の調べは、中也のように飾らないと言っている。本当に素直で素朴な言葉を調べにのせて、それが深い時間に繋がっていく。修辞やレトリックをとにかく減らして削って、生身の、裸形の言葉にまで削ぎ落としていくと、そこでさっき言った「おはよう」とか「こんにちは」とかがそのまま詩になる。そんな三十七歳の時の覚醒が現在まで繋がっていて、そこですごく吹っ切れて、自分のスタイルを作り上げた。一方で、その間、わりと社会人として勤勉な勤め人で、三十何年間ずっとやったわけじゃない。その間に、詩人としての肩書きを使いながらエッセイ書いたりルポルタージュやったりという――

細見　そういう色気を出さなかった。

山田　詩だけはずっと書き続けて、詩集だけで十八冊。ある意味ですごく正しい純粋詩人。

細見　家族の理解もないと、やっていけなかったと思うけどね。

山田　家族も理解してくれるような、勤勉な仕事人でもあったわけですよ。決して退廃的な生活をしないで、わりと淡々と生活をこなしながら、しかもその生活の中から詩の種を拾ってきて、それを純粋培養する。理想的な詩人生活、というとちょっと褒めすぎかな。
細見　いや、「森羅」というのがまさしくそうですね。かなりエネルギーいるし、これ、全部彼が書いているんでしょう？　手書きですね。今回の詩集の表紙のこの『未知』っていう漢字もこれ、彼の手書きなんですよ。題字＝池井昌樹とある。こういう明朝体の文字を書くのも一つの技術だと思うけど、こういうのがやっぱりすごく好きなんですね。
山田　これ、懐かしいのは、昔のガリ版刷りの同人誌の雰囲気。ガリ版刷りでこういうのを学生時代、作っていたからね。
細見　池井さんにこれだけの労力を費やさせるのはなかなか大変なことじゃないですか。
山田　やっぱりこれがしたかったんだっていう、若い頃の夢みたいな。
細見　本当に贅沢ですね。この一冊一冊をこうやって作る。
山田　確か、限定百部でしたね。
細見　要するに、永遠の高校生的なもの。
山田　そうですねえ。アドレッセンスがそのままずっと来ている、そこはやっぱり高階杞一にも通じるところがある。

●「弩」と「夕暮時は」

細見　具体的に作品を読んでくださいよ。
山田　散文詩もすごくいいんだけど、ちょっと長くなるんで、六八頁の「弩」。いしゆみって読むんですね、これ読みましょう。

一本の線路が敷かれると
自然が半分失くなるという
一本の道路が敷かれると
一万の野生が消え去るという
二度とは戻ってこないという
一本の線路
一本の道路が
私たちヒトの中から
半分の自然を損なう
一万の野生を滅ぼす
二度とはあらわれないという
果てなく続く人工を
果てなく走る人工の
この最新車は快適だ
完全密閉された窓
原子力駆動の空調
地球に優しい環境の

私たちはいま快適だ
この上もなく快適だが
果てなく伸びゆく人工の果て
果てなくふくらむ栄華の果て
原始のほうから
いしゆみをもち
だんだんこちらへちかづいてきた
そのヒトが
たちどまり
ペッと唾《つばき》し
何処へと知れず消えてゆくのだ
私たちヒトの胸から

細見　この詩でも「ペッと唾し」が激しいですね。こういう一言。

山田　線路が一本敷かれるってことは、世界を二つに分けちゃうわけですね。そうすると半分の自然が失われるという発想から始まって、地球に優しい環境とか、この辺りはかなりアイロニーですね。原子力駆動なんていきなり出てくる。そうやって人工の快適を広げて、栄華の果てに、「原始のほうから／いしゆみをもち」ってここでガラッと変わる。原始人、旧石器人や新石器人が自分の中にも生き続けていて、本能的な天然というか、そういったものが自分に対して抵抗してくる、攻撃してくる。この原始のヒトは普通他者だけど、池井さんの場合は自分なんですね。
細見　両方いる感じですね。
山田　最後、「私たちヒトの胸から」と、「私たちヒト」と言っているからね。自分もその原始のヒトなんですね。
細見　カタカナでヒトと書いているのは生物としてのヒトという感じですね。
山田　それこそ池井的調べの定型律で短めの作品を読みますか。一一二頁の「夕暮時は」なんかどう。
細見　タイトル「夕暮時は」には漢字が並んでいますけど、本文は全部ひらがなです。

ゆうぐれどきは　かえりたくなる
だれかがぼくを　まつあそこへと
そこがどこだか　しりはしないが
だれがまつのか　しりはしないが
ゆうばえのした　どこかはなやぎ
ゆうばえのした　だれかさざめき
ゆうばえのした　みずをわたって
みずにうつった　そらをわたって
あのひのように　ゆめみるように
それがいつだか　そこはどこだか
だれがまつのか　ゆうぐれどきは

山田　全部七音。間に一時空きをして、七音、七音、七音、七音……。

細見　どこかわからないけれども帰りたくなる感じは、池井さんの作品にずっと流れているものですね。

山田　魂のふるさとというと使い古した言葉だけど、具体的に香川県の坂出市での少年時代の記憶があって、しかもけっこう大家族。祖母がいて、叔父、叔母もいて、十人家族だったかな。そういうところから単身で東京へ出ていって、子供の頃からずっと憧れていた詩の種を具体化する。だからものすごい数の詩を書いたりする。自分の故郷が確かにそこに具体的にあるんだけれど、それも一つの通過点みたいな感じ、その故郷の遥かまた過去のほうにある人類の原郷を追憶する、そういう感覚なんでしょうね。

細見　それをずっと体の中に持っている。

●家族の詩

山田　短歌だと家族詠というジャンルがあるんですが、その家族詠を詩にする人って現代詩であまり多くない。池井さんの家族の詩って、しみじみしてるけれど決して俗じゃない、俗に傾きすぎない。かといって超越してるわけでもなくて、すごく安定してますよね。

細見　逆に言うと、あくまで池井さんの世界なんです。実際に奥さんがどうだとか、子供がどうだとかっていう、そういうことはある意味じゃ関係ない。彼が思っている世界、彼が捉えている家族の姿で、それが家族のある原型を提示しているのも確かなんですね。

山田　吉野弘とか、ちょっと近いものを書いていると思うけど。

細見　確かにね、吉野弘さんとか。

山田　その子供が育っていく途中のことまで詩に書いている。で、今度の『未知』について言うと、まさに未知なんですね。お子さん二人がもう三十代。確か前の『冠雪富士』だったか、独立した息子のアパートに連絡がつかなくなって、夫婦でそのアパートを訪ねていくと、電話番号を変えただけだと分かって、そうかとオロオロしながら一万円渡して、帰り道で、もったいなかったな、いやそれぐらいいいじゃないの、などと夫婦で会話している、という話。今回の『未知』は子供たちが巣立っていって、二人きりになった現在の家族生活を書いていますよね。いわゆる空の巣症候群なんて言い方があって、子供がいなくなって、あと空っぽになった夫婦が残されて、さあどういう生活していくか。

細見　夫婦二人の感じでいくと、「芳香」という詩がありますね。これもひらがなばかりの詩です。

におうわよ
つまにいわれた
ぼくにはわからなかったけれど
そのひだまってからだあらった
としをとったらだれでもそうよ
べつのひつまにまたいわれた
どんなにおいかしらないけれど
そのひもだまって
そのときだった

ちちがゆぶねにはいってきた
しらがまじりのちちとかたよせ
おさないぼくはゆのなかに
めをつむりたくなるような
うっとりとするあのにおい
あのひのちちのにおいだった
ぼくはすっかりみちたりて
そのひはからだあらわずに
ゆからあがった
えもいわれないこのにおい
ちちはどこにもいなかった

細見　においで繋がっている父と子の関係。加齢臭に対する開き直りでもある（笑）。

山田　自分も年取って、あの時の父の匂いを思い出す。それを嫌なにおいと思わないで、納得しているところがいいね。で、「ちちはどこにもいなかった」で最後終わるけど、さりげなくいい詩ですね。

●本復から未知へ

細見　僕なんか平易だけど使わない言葉がある。やっぱりそれは太宰とかああいう時代に繋がる言葉なのかと思う。たとえばそういう言葉が出てくる、巻末の「恢復期」。詩集の最後にこれ置くの上手いなあと思うんですけど。

ひとりまどべにほおづえついて
ぼんやりそらをみあげている
おさないころからそうだった
おおきなやまいしょわされて
おおきくなって
おいさらばえて
ぼんやりそらをみあげていると
いきなりとびらがおしひらかれて
ひかりがさっとさしこんで
ひかりのなかからやさしいこえが
おめでとう
ほんぷくですよ
ぼくはおおきくうなずいて
とびたつようにかえっていった
ひかりのなかへ
あとかたもなく

要するに「ほんぷく」という言葉、僕は自分では使えない。完全な回復という意味ですね。こういう言葉がぽこっと出てくる。

山田　病院では使われる言葉ですよ。子供たちが巣立っていって、元の二人きりの家族に戻って、しかも長い労働という病から解放されて、まさに詩人としての「本復」、これからいくらでも書けるぞみたいな感じ（笑）。

細見　そういうこともきっと入っているでしょうね。

山田　だから詩集全体のタイトルが『未知』。まさにこれからこそ未知へ乗り出していけるっていう。

細見　で、その「未知」という作品自体はガリレオになりきった話。シューベルトになったりガリレオになったり、すぐそうなってしまえるって面白いですね。そういう浮遊感覚が池井さんにはある。

山田　やっぱりある意味での憑依能力があると思うし、それも難しい憑依の仕方じゃなくて、ほんと感覚的なものね。ガリレオだったら、ガリレオの作品とか理論じゃなくて、ガリレオの生活ですね。ある日のガリレオのある感覚みたいなものね。そういうところで「未知」という詩になるわけですね。

●妖精ぐらし

山田　今の生活実感を一番池井詩学らしい形で表現しているのがたぶん「薄羽蜉蝣」でしょうね。子供たちが家を出て行って、ある程度仕事から解放されて、悠々自適とまではいかないかもしれないけれど、まあゆったりとした、それなりに落ち着いた生活をしている。それを「薄羽蜉蝣」で、「妖精ぐらし」と言っているのは、面白いよね。ちょっと長いけど読んでみてくれますか。

細見　じゃあ「薄羽蜉蝣」を読みますね。

わたしたち
妖精ぐらししています
とはいえ雲に乗るわけじゃなし
霞をたべるわけじゃなし
まちのどこかでほそぼそと
ごはんをたべてふとんでねむり
ほそぼそくらしているのです
こらはとっくにたびたって
ささえるものはなにもない
わたしたち
ふたりでささえあいながら
ほそぼそくらしているうちに
だんだんからだがすきとおり
うすばかげろうみたいになって
ときどききえたりあらわれたり
それをゆびさしあったりしては

わたしたち
ふたりわらっているのです
このままどんどんすきとおり
きえてしまっていいのだけれど
こまったことに
こころはだんだんわかがえり
あかちゃんみたいにわかがえり
それがすっかりすけてみえ
ひとまえにももうでられない
こっそりものほししていたら
あなたどこのこ
おむかいのこに
そういわれたのよといって
つまがさめざめ泣いている
うすばかげろうみたいに澄んで
さめざめ泣いているのです
なぐさめようとするのだけれど
どんなことばもみつからなくて
ふたりして

やっぱりわらって
わたしたち
妖精ぐらししています

山田　こういう老夫婦、実際にはすごく若いよね。心がどんどん若返って、まあ二度童なんて言葉もあるけれど。

細見　「あなたどこのこ／おむかいのこに／そういわれたのよ」（笑）。

山田　「つまがさめざめ泣いている」。これ定型に近いけど、本当にしみじみ今の生活実感が漂ってくる。唐突だけど池井さん、まだ孫がいないんだろうか。

細見　どうなんでしょう？　孫ができたら、孫の詩でまた違う話を書く（笑）。孫の一人称になるかもしれない。

山田　やりかねないな、この人だったら。それで一冊作ったりとか。で、おじいちゃんおばあちゃんにあれこれ訓示を垂れてたりとかしてね。一瞬でまた入れ替わって、次は祖父から息子を通して、孫へとかね。そのへんの視点の自由自在な入れ替えができる人なので。そもそも池井さん、全然大げさな物言いをしない。いつもさりげない。こういうさりげなさは、ある程度ちゃんとした解釈を誰かがして、価値を明確にしていかないと、それこそライトバースのひと言で片付けられては面白くないのでね。

細見　そうですね。きちんとした池井昌樹論が書かれるべきですね。

山田　ある程度は書かれているけれど、やっぱりまとまった形で誰かがしないとね。

細見　何となく良さは感じるんだけど、どこが本当にどういいのか、ということをきちんと書いてみることは必要じゃないか。そういう感じが強くする人ですね。

山田　次は『未知』の先ですから、これからも注目して、楽しみに待ちたいと思います。

第三十八回　犬飼愛生『stork mark』

モノクローム・プロジェクト

●ストークマークとは

山田　今回選んだのは犬飼愛生さんの『stork mark』という新詩集です。犬飼さんは二十年ぐらい前の私のゼミ生で、卒業後は「詩学」に投稿をしていた。二十七歳のときにその最優秀新人。その時の同時受賞が文月悠光でした。その後「詩学」が終刊して「びーぐる」が創刊しました。当初、編集アシスタントをしてもらって、詩誌時評も担当してもらいました。数回連載した頃に赤ちゃんが生まれて担当が代わった。そういう事情があるので、言ってみれば身内みたいなものです。今回の作品の評価はそのこととは別ですが、一応先に断っておいた方がいいかと。これは大変重要な詩集で、現在の詩の状況、とりわけ女性が置かれている状況について、大事な問題が提起されている。結婚して子供を生んで、仕事をしているお母さん詩人が、子育てをしながらあれこれ苦労している。その現場報告がどうやって詩になっていくか。

細見　前の詩集『なにがそんなに悲しいの』が二〇〇七年、十一年前。出産する前ですね。

山田　そう、前ですね。

細見　まずこの、『stork mark』というタイトルがすごく印象深かった。僕は正直この言葉を知らなかった。あとがきに書いてあって、ああなるほどなあと思って。実際そういうのが子供にあるんですね。

山田　一般には首の後ろ辺りの赤い痣で、蒙古斑とは違うようです。コウノトリが運んできた痕だという言い伝えがあって、幸福の印とも言われる。表紙もストークマーク関連ですね。女性の上半身とコウノトリを組み合わせた、一種のダブルイメージの面白い絵。

●働くお母さんの苦労と不平

山田　犬飼さんは大阪芸大の文芸学科を卒業してから看護師の学校に通って、現在芸大出身のナースです。ちょっと珍しいケース。かなり努力して資格を取って病院で働いている。やっぱり仕事しながら子供を育てて、なおかつ詩人として活動するってことが、この世代にはしんどい。ちょうど転換期といっていいのかな。たとえば、私の年代の頃には専業主婦がかなり多くて、細見さんぐらいの年代までわりとそういう人が多かった。残念ながら、今の日本社会の現状では、そうした働くお母さんの環境があまりうまく整っていない。育児支援とか補助とか、あるいは男性の育児休暇とかね。そういったことも含めて社会全体のシステムがまだ整ってない。そういう状態で、お母さんが相当苦労していて、その分の不満とか不平ということも当然出てきますね。

細見　前半はわりとそういうのが出てきますね。僕も、子育てとか家族とかをテーマに二冊詩集を出していますが、僕と犬飼さんとで違うなと思ったのは、いわゆるママ友関係とか、社会とか世間とか、そういうものとの関係が大きい。僕が作品に書いた時は、自分と娘との関係でいわば閉じている。自分がどう娘を育てているかを社会から見られている感覚がない。そういう部分を全部嫁さんに委ねていたんだと思う。

山田　例えば学校のＰＴＡなんかはどのぐらい関わっていた？

細見　基本的には嫁さんが中心ですね。キャンプファイヤーがあるから薪を割るとかって、そういう時に出ていくけれども、こっちが中心になってやるって感じではなかった。公園デビューってわかります？

山田　わかる、わかる。

細見　はじめて娘を公園に連れていって、他の子供たちと仲良くできるかどうか。公園デビューで、ドキドキって感じはやっぱり父親はあんまりないわけですよ。

山田　少なくとも私達の頃にはなかった。母親というか嫁さんにもう任せっぱなし。

細見　一緒についていって自転車に乗れるように娘を二人ともしたけれど、それは娘との関係の中で終わっていることで、それを社会からまなざされる感じはあんまり持たなかった。

●子育て最中の詩作

山田　我々の世代の感覚だと、子育てに協力ぐらいだけど、本当はそれじゃ駄目で、一緒にやる。今の若い親たちは父母一緒に育児をする、一緒に子供を育てるという感覚になりつつある。犬飼さんはその少し前の過渡期で、いろんな常識とかさまざまな思い込みが社会にあって、上の世代からも下の世代からもすごく無理していると思われる。ある程度、幼児を育てて落ち着いた頃に回想して、子育ての作品を書いた女性詩人は今までもけっこういる。例外はあって、伊藤比呂美なんかは子育て最中からでしたが。

細見　もっと過激なところあったけどね。

山田　わりと普通のお母さんが普通に仕事して、子育てもして、普通であることにこだわりながら、社会との違和感とか、詩を書いている仲間との齟齬だのが出てくる。そういうところをリアルタイムで詩にするということはなかなかこれまでできなかった。そういう意味で非常に新しい気がする。

細見　仕事が終わった、子育てが終わったということで、後から書く場合が多いですね。

山田　なかなか現場で書くことは難しい。例えば「牛の子ではない」というのがあって。「牛の子ではないから／人間は人間のお乳で育ててほしいの／牛のような助産師が　そう言ったのだ」といきなり始まる。こういうフレーズを書くのはけっこう勇気いると思う。うちは母乳がでなくて牛乳で育てました、ってさっそく言ってくる女性詩人がいるかもしれない。私たち男はあまり実感がないので、「ああ、そうだよな。できるだけ母乳で育てるほうがいいよな」と簡単に納得してしまう。それはおかしいという反感は必ずある。

細見　これを本人は違和感を持って書いていると思うけどね。その相手の牛のような助産師の言葉をそのまま真に受けてはいなくて、むしろ違和感を持っていると思う。

山田　違和感を持ちつつやっぱりそれに従う。幸い乳の出は良くて、良すぎて捨てることもあるぐらい。「私の乳だけで　ここまで育った／歯が生えた、髪も伸びた／よつんばいになった子の／手が　もうすぐ／一歩出る」。赤ちゃんがハイハイを始める。手放しで母乳一番というふうに読めないけれど、母乳じゃなきゃという決めつけに対する反感とかは別に言っていない。

細見　実際に自分の乳だけで育ったっていうところに喜びを感じないというと嘘になると思う。そうじゃない人もいるからそこを配慮してというのは、なんか僕、変な気がする。牛の乳でも立派に育ったというのと等価だと思う、この冒頭の一行の書き方からすると。

●鬼親をめぐる考察

山田　具体的に書いていないけれど、母乳一番に対する違和感がある。なぜそう思うかというと、作品相互の関係です。この作品だけ読むと、違和感をあまり覚えないかもしれないけれど、詩集全体の流れで読むとそんな単純じゃないことがわかっていく。例えば「鬼からの手紙」は相当凝った形になっている。自分が鬼親になりかねないという自省がありますね。

細見　これね、僕よくわかる。ちょうど子育てしていた頃に電車に乗ると、女性週刊誌の大きな広告があって、そこに「この鬼母を見よ」みたいな、そういう記事の見出しがあった。鬼婆に対しての鬼母なのかと思うけれど、「オニハハ」と読むのか「キボ」と読むのかもよくわからない。だけど、週刊誌の釣り広告とかに本当に書いてある。

山田　実際、時々変な事件が起こるし、そうするとやっぱりそれがクローズアップされる。

細見　この字を見ると、ものすごく嫌なんですよ。ものすごくこう、辛い思いがする。

山田　細見さんの詩の中にも、ひょっとしたら自分も虐待しているんじゃないかっていうのがありますね。今思えば忸怩たるものが、私にもあります。その感じがこの詩ではかなり多方面で書かれていますね。実際に小さい子を育てる現場で、こういう距離をとれる見本みたいで、これは面白いなと思った。子育てでイライラして自分に鬼の角が生えてくる感覚があって、鬼母ではないかという自省が働いて、今度は息子の方に憑依する。「息子は／やっと前に進みはじめた／プラスチックの車に乗って／鬼退治にでかける／きっと／もう一度　産道まで／確かめにいくのだ」こういうフレーズは絶対僕ら書けないし、子育て中の母親にもそう簡単には出てこないと思う。作りも凝っているし、だからといってそんな無理に技巧に走っているわけでもない。そのまんま見据えたら、そのままこういう詩になるはずなんだけど、なかなかそういうふうには書けない。で、終わりの方に、「ちなみに／鬼母というのは人間界の造語です」なんてね、突き放したある種のユーモアですね。

細見　全くの善人と全くの悪人の境界があって、鬼母といわれるとどうしようもない悪の世界。もう戻れないような決めつけをされる。その言葉が自分に対して突き刺さってくるような局面があってね、だから本当にこれは嫌な言葉。でもそれは本来鬼の世界にはない言葉だという救いがこの作品にはある。

●料理詩の構造

山田　鈍いタフさというのもありうるけど、この作品見ていると、相当感受性強いし、敏感だし、繊細ですね。そういう繊細な感性を持ちながら、タフネスを身につけていく過程が読み込める。子育ての間に自分も一緒に成長していっている感じ。そういうところがドキュメントみたいにして伝わってくる。

細見　犬飼さんの書き方の特徴で、二つのテーマとか、モチーフを重ねるっていう書き方をしている詩がいくつかありますよね。わかりやすいのは料理の場面を書いている作品。

山田　佃煮の作り方とか、料理のレシピみたいなね。それがそのまま詩になる。

細見　そういうレシピだけじゃなくて、他のやり方でも二つを重ねるのがある。元々犬飼さんこういう書き方していたんですか。

山田　前の『なにがそんなに悲しいの』にもけっこう出ていたと思います。ちょっと今、覚えてないけども、第二詩集の中には料理の話も出てきたような気がする。料理でいえば、「おいしいボロネーゼ」。そうか、パスタを先に茹でるんじゃなくて、ソースの中にパスタ突っ込んでこうするのか、と思わせられる。そこに出てくるのがマ・マー。

細見　「マ・マー・スパゲティ」ね。

山田　これ、母親のママと掛けているわけだけど。そのママってのは、横から余計な口を出すママでしょ、自分の……。

細見　母親ね。

山田　まだ格闘している。途中でまた子供と自分との「ねぇマ・マー」と掛ける。で、「熱湯にマ・マー投入。」マ・マー・スパゲティを投入した。そしたら「パラパラと放射状に自我を広げて、」ここで自我が出てくる。「その後沈む。／あ、死んでしまったか、と凝視していると／何食わぬ顔で浮かんできて／いいお湯でした、と上気した頬でいう。」これ自分の母親を重ねている。ボロネーゼが「重い、重い。」と言って、「母の乳はもういらないのです。仕舞ってよ。」って、これは自分の母親に対して言っている。で、「こっちの乳を出しますから。」って、自分が子供に乳をやっている。

細見　三代の葛藤みたいなものをボロネーゼに重ねて書いている。ものすごく楽しみながら書いていますね。その点がすごくいいなあ。

山田　子育てってことで言うとね、非常に印象的なのが「四歳」という作品。四歳の坊やにいろいろ共鳴していって、四歳児の気持ち、生理感覚とか身体感覚を一人称で書いたり、それから母親からの語りで書いたり。

細見　これ結局僕はしなかったですね。娘の方から書くというのは僕は一回もしていない。こういうところも違うかな。

山田　息子だからね、しかも。「僕、悲しかった／ママ、涙ふいてというので／ある日　悲しみを捨てることにした」この感じはちょっと前の詩集とも似ているかな。子供に委託してるけれど自分自身の悲しみも少し捨てていく。四歳児が全身で悲しみを表現していて、それと自分が共鳴している面白さ。

細見　僕は「水都」もいい詩だと思った。出産前の作品かと思うんですけど。

山田　そうね。妊娠中ですよね。妊娠中に尿蛋白が増えるでしょう。

細見　その診察場面ですね。水の話でずーっと書いてあって、最後のところで診察を受けていた場面というのがようやくわかる。

山田　「羊水もまだありますね／赤ちゃんも居心地が良さそう」という二行ね。

細見　ひょっとしたら、ちょっと調子が悪くなって医者に見てもらうということになったのかもしれないね。こういうわりと丁寧に書いてある形の詩というのはどうですか、犬飼さんの中では。

山田　やっぱり成熟したんじゃないですか。ある非常に重要な体験を経て、それを丁寧に書くっていうふうになったんじゃないかな。

●「たね」「トタンの壁に秋が宿るの」

細見　「たね」を読みましょうか。そんな長くないから。

さくらんぼのたねを
新しい庭に埋める
いつ、さくらんぼになるかなぁと
地面を覗き込むから
君が大人になって、もしかしたら
おじさんになったころかもというと
ぼくもおじさんになるの？　と
えいえんの少年はいう

今日、ダンゴ虫ゲットした！　とポケットから
丸まったそれを取り出すから
やったね！　と目を細めてやると
やったねは埋めたら育つ？　という

君のなかにたくさん埋まっている
やったね
いっぱい　お水あげるよ

やったねっていうのが、やっ種という種になる。自分で書いてみると分かるけれど、子供が与えてくれるのはヒントのようなもの。必ずしも子供の言葉そのままではない。

山田　まあでもそれらしい書き方をする。ジョバンニが出てくるのもあったね。ここの「えいえんの少年」って何歳ぐらいかな。

細見　言葉をしゃべるようになっていて、四歳のその先だから、六歳ぐらいかな。

山田　小学校一年生。ちょっと、知的な欲求みたいなものが出てきてね、やっぱり幼児というよりはもうちょっと少年って出るよね。これはわりと最近の、七歳ぐらいの感じか。子育てとは直接関係ないけどこれはよくできているなぁ。「トタンの壁に秋が宿るの」。こういうのもあるんですよね。

順序良く並んで、秩序を守って
ほんの少し乱してみて
渋滞を抜ける
その先になにがあるの
みんなが欲しがるものの先に光る例のやつ

赤い橋の上から
いまとか
嘘とか
色とか降って

みんな自撮りが上手
紅葉狩りってさ
形のないものを欲しがることに似ている
真っ赤なもみじがいま
自ら落ちてくるよ

誰もいない路地をまがったところに
崩れた日常があって
点と点の完成が交わって朱くなる

君がカメラを構えたところで
トタンの壁にも秋が宿ってみえる

帰りには
夢と希望をあきらめない現代っ子が
#（ハッシュタグ）を使いこなす指先に
愛と憎悪を含ませながら
美味しい珈琲を淹れてくれるから
わたしたち、ひとやすみしたらまた

狩りを続けていける

これなんか普通の恋愛詩みたいに見えない？　「君が」ってね、気になるけど。これ夫かな。女友達？　でも「わたしたち、ひとやすみしたらまた／狩りを続けていける」この狩りって紅葉狩りですね。

細見　いろんなものを含めてだと思う。

山田　ひとまず目の前に紅葉狩りというのがあって、そこから、これからの人生を一緒にやっていく。子供がもう学校行くようになって、夫と二人で紅葉狩りに行っているという、生活の一コマのように見えるんですけどね。

細見　「夢と希望をあきらめない現代っ子が」って辺りは距離感がありますね。年齢的に（笑）。僕らから見たら犬飼さんは若いけど。

山田　「＃（ハッシュタグ）を使いこなして」ってね。自分よりも更に若い子たちを観察している。現場報告的な実況性に驚くところがあって、普通そういうのは下手するとすごくベタな生活報告になるから、詩としてつまんない。ところが、ちゃんと詩になっている。

●「ヒトホルモン」「お父さんは高気圧」

細見　「ヒトホルモン」はちょっと変わった作品。焼肉屋さん、情熱ホルモンの場面なんですけど、それが「牛漁船」、牛を釣り上げるみたいな話とセットになっている。

山田　ユーモア満載というか、そこに風刺がありますね。「さばかれるのは誰のお母さん？」とか、「某お母さんの中から／ホルモンさんが飛び出してきて」とか。ベビーカー横づけとか出てくるでしょう。ホルモン店にベビーカーで子供連れてきて、ホルモン食い続けている家族がいるんですね。

細見　その、「ベビーカー横づけとはどういうことか。」の後に、「子がぎゃあぎゃあ泣いているが／母たちは構わずホルモンを喰い続け、また醸造する。」

山田　これは母乳でしょう。

細見　ホルモンを食べて、乳をつくる。

山田　で、「父親たちはまだ冒険中。／あれですよ、牛漁船ですよ。／モーモーと沖から聞こえてくる。／よく太った牛が釣れる。」情熱ホルモンのコマーシャル、テレビでしょっちゅうやっているやつ。「目の前に突如として現れる情熱ホルモン、の看板。」って。情熱ホルモンの実景ですよね。それを、「冒険に出たまま帰らない父がいる」という書き始めですね。これは面白いと思う。すごく幻想的な場面、大げさに言えば『オデュッセイア』みたいな神話的な設定。そこから始まって、すごく卑近な情熱ホルモンの店で、家族がいて、そのことと牛と漁船とを重ねてって、かなり複雑なことをやっています。犬飼流の幻想詩って言えるのかな。

細見　「あ、打ち上げた。／人類最初のロケットが飛ぶ。／上で砕けてしまって、紙吹雪。／と思ったら大量の紙おむつだった。」（笑）

山田　ユーモアあるよね。

細見　母親のエネルギーみたいなものかなあ。父親は出ていていないわけですよね。

山田　有り体に言えば太母というか、グレートマザー的な、エネルギッシュな母のイメージ。でも、そういうふうに自己認識しないとやってけないところもある。その辺、やっぱり繊細さなんですよ。最後の着地が、「私は勘定を済ませ、卵を茹でに持ち場に戻る。」

細見　最初の方に、「卵を茹でてみる。」とある。すごいエネルギッシュな女性がいて、もうその女性が情熱ホルモンそのものみたいな感じになっている。

山田　情熱ホルモンでアルバイトしているお母さんみたいな（笑）そんなふうにも見えてくるね。卵を茹でるのが自分の持ち場で、調理場にいて。いろんなふうに読めますね。

細見　「アレ、なかったことにするのかい。」って、どこにつながっていっているのか。

山田　ちょっと不思議なテイストのところもある。韜晦しているんじゃなくて。まあそうなると、やっぱり「お父さんは高気圧」。これ子供が出てくる。まさにこの詩集のいちばん中心部というか、中心的なイメージの作品ですね。子育てのさなか。

これ以上、大きくならないで
小さいままでいてというと
ちょっと困って
ごめんな、俺
おにいちゃんにならなあかんねんと
丁寧に断られた

スーパー戦隊を
すんぱー戦隊と歌う君の

不可思議な世界

死ぬことを
しむという
からだを
かだらという
君は
高血圧のことを
高気圧という
お父さんは高気圧だから辛いのはあかんなぁと

高気圧なんて
いつ覚えたんだろう
炎暑といわれた　夏

陽気なことばだけで
世界ができていればいい
君の
まだ三年しか生きていない

細見　よくまとまっている詩。
山田　ちょうど言葉を次々と覚えて、語彙が増えていって、言い間違えとか、言い換えも多くて、いろいろ面白い発見がありますね。
細見　高血圧より高気圧の方が確かに良いというか（笑）。陽気な言葉ということもある。
山田　三歳ぐらいでね、「これ以上、大きくならないで／小さいままでいて」という、これも勝手だけど母親の願望だよね。どんどん大きくなって自分から離れていって。しかも男になっていくからね、息子は。娘の場合、またちょっと違うと思うけど。そういうことを口に出したら「ごめんな、俺／おにいちゃんにならなあかんねん」って（笑）。
細見　だいぶ大人になっている。
山田　三歳で。もちろん弟が生まれるとか、妹が生まれるとかいうわけじゃない。だけど、保育園なんかもう行っているから。
細見　下の子が入ってくるからね。
山田　ところでこの子供の、「おにいちゃんにならなあかんねん」、これ関西弁ですよね。住んでいるのは名古屋です。名古屋はこういう言葉は使わない。こういうところもね、関西テイストへのこだわりが面白い。

●今後の方向は

細見　今後は、こういうテーマで書いていくのか、違う形になるか。特に男の子だからね。
山田　親子の軋轢が出てくるでしょう。父親との関係もある。これからジョバンニの年齢になっていく。十歳、十一歳って。子育て詩というのとはちょっと違う。
細見　書きにくくはなるよね。相手がもう、思春期とか入ってくるとね。
山田　その辺りのことも引き続きリアルタイムの現場報告で詩にしてほしい気が僕はしますね。子供の成長とともに、お母さんも成長していって、それが同時に詩人としての成長ともパラレルになっていくっていう、そういうモデルになってくれればと。
細見　子供自体が一種の社会に入っていく、サークルとかクラブとか。それがほんとにややこしい。サークル、クラブのまた親の付き合いとかがある。その親たちが力を持っているから、コーチとか監督とか顧問にいろいろ不満を言ったりする。
山田　昔と違う。だけど、それ細見さんの子育て期のことでしょう？　私も子育てしましたけど、十年単位ぐらいで大きく変わってきていて、これからどうなんだろう。これから、僕らが思ってなかったような展開があるかもしれないし、その辺はまた引き続き書いてほしいと思いますね。そういうエールを送る意味でも、この詩集の評価を高めたいですね。

第三十九回　金時鐘『背中の地図』　河出書房新社

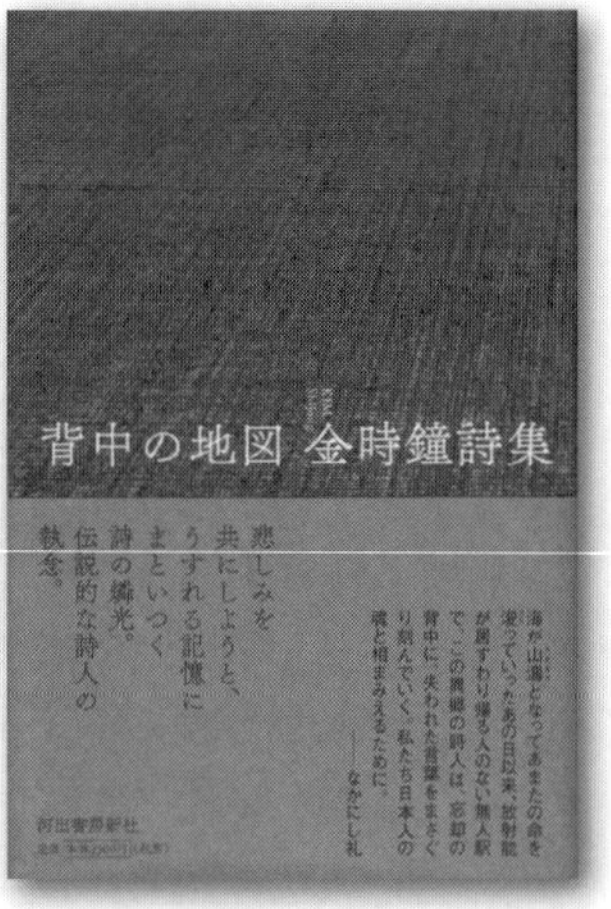

●大震災から七年

細見　今回は私が選ぶ番で、金時鐘さんの『背中の地図』。前の詩集『失くした季節』で高見順賞を受賞されたんですが、そのときの授賞式が東日本大震災の当日になっちゃって。僕も贈呈式の司会をやることになっていたんで、新幹線で東京に向かっていた。

山田　僕はお祝いに行くつもりで細見さんの少しあとの新幹線だった。

細見　僕は三島で止まりました。

山田　私は豊橋。

細見　金さんは僕よりも前の新幹線に乗られていて、その震災の当日を結局東京で過ごすことになった。贈呈式は延期になって、一年後に今度は辺見庸さんが高見順賞っていうことになって、二人合わせての贈呈式だった。その東日本大震災のあと、金さんは震災にこだわった詩をずっと書かれてきた。

山田　七年経ったんだよね。

細見　今回の詩集に関しては、最終プロセスをあまり知らなくて、いきなり出たような感じだった。ただ、あとで聞くと、ちょっと体調を悪くされていた時期で、本当にこれは危ないと思われてたみたいです。

山田　初出一覧を見ると、結構「樹林」がありますね。

細見　「樹林」に毎年頼んでいましたから。

山田　同時に書き下ろしも多いね。

細見　一冊にまとめるために、ここに欲しいというのがあるんですね。三部構成で特に二部でもう少し作品が欲しくて、書き下ろしという形になっているんだと思う。

山田　あとは朝日新聞とか神戸新聞。東京新聞もあったかな。

細見　新聞の場合は短いものが多いじゃないですか、注文自体が。金さんの場合、割とたっぷり書きたいだけ書けたみたいですね。

山田　確かに長めの作品が多いよね。だいたい二ページくらいで終わる作品は少なくて。

細見　金さんの一篇の詩の息の長さみたいなものがあると思う。

●日本の背中

山田　今回テーマははっきりしてて、震災以後というか、特に原発ですね。

細見　「陽炎」のところの「「渇く」に寄せて」という文章にあるように、東京新聞で震災の翌月に、ノアの洪水のようなこの光景もすぐに忘れ去られるだろうと金さんは書いた。それは私の周辺でも話題になった。そんなことを言った金さん自身が逆に忘れようのないこととして書いていった。それが非常にはっきりしている詩集です。詩集では背中のイメージですね。日本では逆に日本海側が背中みたいなイメージがあると思うんですね。

山田　それは僕も思って。朝鮮半島の方を向いているとすれば、背中は三陸沖になるから。

細見　日本海って見ようによっては地中海みたいなところがある。朝鮮半島とロシアと日本の間での文化的な交流が長く続いてきた。元々アメリカはめちゃくちゃ遠くて、向こうが背中で、その背中を突かれた感じ。

山田　この中にも出てくるけど、「ウラ日本」という言い方あるよね。でも実はそっちの方が顔じゃないか。自分自身の背中の軋みとか痛みとかと日本列島の軋みというのを重ねていく。この辺なんか上手いね。

●「道の理由」

細見　具体的な作品に入ると、例えば「ゆらめいて八月」という、「陽炎二題」というのがあって、こういう作品の言葉遣いは割と、『新潟』のあと、『猪飼野詩集』があって、そこから『光州詩片』にいって、「季期陰象」という集成詩集でまとめられている枠がある。ああいうところの作品の言葉遣いとちょっと通じるところがある。「陽炎」のイメージとかね。

山田　「道の理由」は詩のスタイルとして、小野十三郎の影響が強いと感じました。

細見　どういうところでそれを?

山田　例えば、歩きながら観察していって、その先に原子力発電所がある。そこにピンポイントで焦点を結ぶ。この書き方は小野十三郎が『大阪』の中で、大阪湾沿岸の例の葦の地方を歩いて葦の観察をしながら、そこに何か幻を見る。その向こうにコンビナートがあるとか、そういう空間構造と同質のものがありますね。

細見　では「道の理由」を読みましょう。

この舗装道路の固い仕切りのまえでは
いかな誰も行き暮れる。
そっくり腑抜けになるのだ。
新たに仕上がった区画整理のように
整然と則《のり》が交叉して
ゆらゆら越えられない境界が照り映えている。
入道雲が頂きから染料となって溶けはじめる。
山の端《は》にかかった色むらが燃える。
いかにさかったところで
ここではもはや村の消防士さえいない。
ただ赤い畦蟹《あぜがに》だけが
技術の枠のアスファルトを這っている。
かなりの数の謀反である。

ついに目を剝く犬の極限。
私とて眺める位置でなら牙を剝く。
お互いが寄りつけないへだたりの中で適応するのだ。
そうとも、帰ってくる人はなくても日は暮れる。
私の背後で堰を超えた濁流が溢れ
沖合のどこかでか航路を失くした船が一隻
夜陰をついて喉をしぼっている。
遠吠えは尾を引いて
麓の森からも流れている。
道はまっすぐ海へ突き出て
行き着くまえに立ち消える。
その先が原子力発電所だ。

山田　非常にストイックな口調で、いかにも淡々と書いているように見えます。抑えられた抒情があって、それが小野十三郎と似ているかな。それに、非常にモノ的でしょ。短いけれど、非常に凝縮した作品ですね。

細見　「喉をしぼっている」が印象的。

山田　「航路を失くした船」というのが非常に象徴的ですね。行き先を失くしてしまったその過去の情景がここに重なって蘇ってくるということでしょうか。タイトルが「道の理由」。舗装道路があっても「村の消防士さえいない。」つまり無人。道だけはある。

細見　犬が結構たくさんいたって、これね、よく別のところでも出てきますね。ほとんど野良犬化してしまったんですね。

山田　猫も出てきますね。人が二万人死んだけれど、動物達が大量に取り残された。牛や豚、それから鶏の話も出てきましたね。

細見　さっきの「「渇く」に寄せて」に書かれていますね。何度か実際に震災の現場に行かれていたようです。僕も一度行ったことがあります。広野というところに行って、そこで話を聞くことがあったんですけど、地元の人たちは「シロノ」って言うんですよね。僕は最初シロノというのがピンと来なくて、なんだろうと思っていたんだけど、あとで広野のことを「シロノ」と言っていたのが分かった。

山田　Hの音がSになるんだね。

細見　そう、シになっちゃう。まわりでは家が崩れかけていて、でもまだ残っていて、そして人の気配がなくて、どことなしに糞尿の匂いが漂ってくる。そういう状態でした。

山田　要するに廃墟。

細見　そういう感じですね。建物に大きいポスターみたいな紙が貼ってあって、この建物解体します、とかね。要するに、危ないから近づくなみたいな、そういう感じのことが貼ってあったりした。そういうところを見て回りました。

山田　浪江町とかあの辺りとは近いの？

細見　近かったと思います。

山田　今も無人地帯だよね？

細見　ゼロではなかったですね。でも人がかなり減っていた。いわゆる三〇キロ圏内の少し外れたところだったと思います。
山田　帰還してる人達もいるわけね、今では。
細見　そのときでもそこに暮らしてる人は若干いましたが、ただ、子ども達がいなくなっていたんですね。だから小学校とかがほとんど機能しなくなっていたんじゃないかな。
山田　そのことははっきりと金さんがあとがきで書いてるところがあります。「いかな大震災だって、自然災害は郷土までは奪いつくせない。人はやがて居つくのである。ところが原発破綻となるともうその地域に人は居なくなる。隣り合っては過ごせないのなら、それは端からそこに在ってはならないものだ。ゆめゆめ原発の青い火に未来があってはならない」。かなり強い口調ですね、ここは。つまり地震とか台風とか、そういう自然災害がいくらあっても、そのときは大変な被害でも、いずれ人はまた居つくようになる。人は帰ってくる。まあ国破れて山河在りと言って、山河は残ると。ところが原発災害だけは山河が残らないというか、人が居つけなくなる。そのことは分かってるといえば分かっているんだけども、いろんな形で言い続けなければならない。震災以後、そういうことを書いてる詩人は結構いますけど、でも金時鐘さんにはある種の詩的レトリックとか表現方法があるでしょう。これがすごく深いよね。アジテーションのように単純じゃないですね。

●「うすれる　日日」

山田　では「うすれる　日日」を読んでみたいと思います。

辛《つら》いからといって
お題目にはしないでくれ。
眠りつけない真夜中
ひとりごちている独白があるなら
それは持ち越してもよい明日の誇りだ。
今はただ目をつぶって手を合わせる時。
日もま近に浚われてしまった花嫁の
母のために唇を噛み
窓枠の闇を叩いて帰った若者の
嗚咽のために声をしぼろう。
悲しみとて疲れはてては白んでゆくのだ。
それでも佇んでいる悲しみを見据えて
居つけなくなった街の白い夜明けと向き合おう。
明けようと暮れようと
いかな誰にもそれは見えてはこない。
大気の芯でそげて尖っている放射のノイズは
どこの誰にも聞こえはしない。

変わりなく朝に朝顔を開かせ
ひまわりは炎熱に首をもたげて
長い日差しもいつものように暮れてゆく。
見渡すかぎり蟬の絶唱だ。
理由もなく季節を競って
こともなく夏が盛りだ。

細見　「こともなく」というのが金さんの独特の言葉。詩の言葉じゃないのに詩になる。
山田　「いかな誰にも」もそうですね。現代の私たちにとっては幾分古めかしい言い方。近代と現代の狭間ぐらいの語法ですね。

●「背後は振り返れない」

山田　『背中の地図』という表題作はないんだけど、しばしば背中が出てくる。
細見　「背後は振り返れない」という作品があって、これがタイトル詩に近い形になっている。あのときの震災に遭遇したときの感覚が大事なモチーフになっています。
山田　しかもこれ書き下ろしなんですね。
細見　詩集をまとめるために書き下ろされた作品。ちょっと長いけれど読みましょうか。

むずかゆいとか
刺されて痛《いた》かゆいとか
どのようにうなじで肘を曲げて角《かど》を立てても
右が駄目なら左の指先とんがらせて
這わせてみても
年寄りの骨格ではどうにもならない一点が
背中にはあって
三面鏡を背に映したところで
振り向けばなおその一点はねじった方向の
側面に隠れて眼《まなこ》からますます遠くなってしまう。

ばつ悪くも私はそのとき新幹線のトイレの中にいた。
着ぶくれの肩胛骨のくぼみはやたらと深くて
珍奇な所為をくり返しているうちに
突然列車が止まったのだった。
どうにもならない何かが
日本で一番手の届かないところで突発したのだと
私はすぐさま自分の体で感じ取った。

深夜の東京駅は
都市のにわか難民であふれ返っていた。
不気味なほど黙りこくって
群衆はてんでにぞろぞろと動めいていた。
「ウラ日本《ニホン》」とはたしか
脊梁山脈を北へ越えた
日本海寄りの地方のはずだ。
大津波はまさにその裏のうらを衝いて
弓なり状の本州の背を襲ったのだ。

私はなぜか
事はいつも自分のいないところで起き
自分では見定めようもないところで
異変は突発する。
その私がその瞬間、まざまざと
自分の背中に亀裂が走るのを覚えたのだ。
あまたの禍いを残して
山濤は海へと帰った。
当の日本人にも多分

人に言われてからしか振り返れないところがあるのだ。
原発建屋がふっ飛んだのも
その死角のただ中でだ。
厚着の季節がまたぞろやってきて
改めて自分の背中をまさぐってもみる。
やはり届かない。
何がそこに取り付いてあるというのだ?!
自分のま後ろの
背に。

山田　まさに二〇一一年の三月一一日、午後二時四六分、その瞬間に新幹線のぞみのトイレにいた。その瞬間ですね。まさにそのときに「自分のいないところで起き」たという。

細見　「自分のいないところで」というのは『光州詩片』のときが特にそうだった。光州事件が韓国で起こったそのとき、自分は日本にいたというあの感覚がずっとある。ここではまさしく現場にいるんだけど、手が届かない背中でそれが起こっているっていうことと重ねてある。新幹線のトイレの中というのはおそらく事実ではないと思いますけど。

山田　「夜汽車を待って」という作品に、自分がいないところで事が起きるということを非常に象徴的に語っている箇所がある。最初だけちょっと読みます。

そこへはまだ行ったこともないのに
なぜか大事な何かを忘れてきた気がしてならない。
夜ともなれば列車はきまって三陸海岸を逆のぼり
無人駅にも桜は例年どおり舞っていて
そこでもまた私は
朴訥な誰かを見捨ててしまっている。
特定の誰かでもなく
定かには見分けもつかない人びとなのに
それでもありありと顔が見えるのだ。

「自分のいないところで」というのと、「大事な何かを忘れてきた」。多分一つのことじゃないと思うんですよ。震災のことだけではなくて、自分の人生の中の大きな重要なポイント。その場に自分が居合わせなかったとか、あるいは知らないうちに失くしてしまっていた。『失くした季節』もそうじゃなかった?

細見　春もそうだし、夏もそうですね。金さんの場合は、一つは日本に渡ってきたという問題がありますね。しかも四・三事件の真っ只中ですから。一九四九年六月六日。そのときに両親を置き去りにして日本に渡ってきたという感覚がずっとある。しかも故郷に帰ることができないまま、両親は済州島で亡くなっていく。もちろんお葬式にも行けないし、墓参りもできないままだった。一九九七年か九八年くらいによようやく済州島を訪れた。

山田　テレビのドキュメンタリーがありましたね。冒頭で金さんが「クレメンタインの歌」を歌う場面が登場した……。

細見　成長してゆく過程で誰しも何か自分がおとし物をしたんじゃないかという感覚があるんですけれど、金さんの場合にはそれが同時にかなり具体的な人生上の問題と関わる、重い歴史的な問題とね。

●最もよい人々は帰って来なかった

細見　フランクルが『夜と霧』の中で、最もよい人々は帰って来なかったと言い、それを読んだ石原吉郎が自分のシベリア体験を重ねて、最もよい私自身も帰っては来なかったと言った。ああいうものと通じるところがある。

山田　よい人というのはそこでもう帰って来なかった。帰って来たことに対する罪障感と、大事なものを失くしてきてた喪失感。抜け殻みたいな、残滓みたいな形で帰ってくる。そういうものが必ずつきまとってくる。それが東日本大震災のときの災厄と重なって、自分自身の背中が痛い。日本の背中、「裏のうら」をかかれたというのと、そこで自分の背中がきしむという身体感覚。こういうのが独特だと思いますね。

細見　震災体験のことを書いてるんだけど、それ以前の自分の体験と被ってくるんですね。「夜汽車を待って」でも最後の方は、「がらんどうの四つ辻で行き暮れて／膝をかかえていたのももしくは／帰れるところへ帰れない／己れのふるさとだったのかも知れない。」三陸で故郷を失くした人の姿と自分自身が故郷を捨てた感覚とが重なる。

山田　「己れ」も微妙で、誰のこと言ってるのかちょっと分からないところですね。こういう荒涼さと寂寥みたいなものが入り混じった心象風景があるんでしょうね。

細見　何を書いても、表現の核としてそこに行き着くところがあって、僕はずっと金さんはプリーモ・レーヴィとかパウル・ツェランとかと同じような表現をしてきたと思っています。不幸なことに、レーヴィもツェランも最後は自殺してしまう。二人ともそれくらいのトラウマを抱えていた。僕は金さんもほとんど同質的なトラウマを抱えている人だと思っている。梁石日さんなんかはずっと、金時鐘は気が狂うんじゃないか、自殺するんじゃないかとか心配していたようです。それでも金さんは何とか生き延びて、日本で震災に遭遇しても詩を書いている。僕からすると身近にツェランが生きてて、あるいはレーヴィが生きていて、僕らと同時代を生きながらが奇跡的に表現を続けている感じです。

山田　繰り返しということが重要なテーマになってくるよね。その間に世の中にはいろんなことが起こって。東日本大震災に遭遇するまで生きてきたから、こういう作品もできた。そのときにまた蘇ってくるものがあって、更新していくけれど、必ず別のモードで書いていく。そういうことは老人になっていくと、ますます強くなるのかもしれない。

●独特の語彙、言い回し

山田　今回難しいと思ったのは、背後があるでしょう。その辺は細見さんがこれまで金時鐘をずっと書いてきている背景があるから、そこと重ねてもらうといいと思っていた。

細見　この詩集でもね、ちょっと僕らが普通使わない語彙がありますね。例えばさっきの「夜汽車を待って」では「打謎」が分からなかった。「打」と「謎」でルビが「だめい」。

山田　グーグルで検索すると、中国語で「パズル」ですね。

細見　朝鮮語の問題でもあると思うんですよ。『光州詩片』には僕が調べた限りでは日本語ではない漢字が一つ出てくる。「弾皮」と書いて「タンピ」。朝鮮語で薬莢の意味です。これもそういう語彙かもしれない。

山田　そうか。つまり中国から日本には来なくて、朝鮮には行って、使われるようになった言葉かもしれないということ。

細見　だから言葉自体がディアスポラというか、狭間なんですね。何語か決定できない。

山田　作者は、現在日本語ではこれは使わない言葉だということを意識して使っているんだろうか。たまたま出てしまうんだろうか。

細見　タンピの場合は、『光州詩片』で光州事件のことを書いてるから、それが朝鮮語だというのがあったかもしれない。それに金さんには折り目正しい日本語を崩すところがあるじゃないですか。さっきの「いかな」もそうだと思う。それに対してこういう「打謎」のような言葉はどの意味で使われているのか。僕らが標準的日本語と思ってるものに対して、かなり違う語彙とか言葉が使われているところがあるということなんですね。僕らも英語やフランス語を勝手に日本語の詩のなかに織り込むことはよくあるのですが。

山田　滑らかで綺麗な美しい日本語に対する違和感、それこそ谷川俊太郎的な詩の語彙に対する違和感があって、自分はそこで書いているという自覚は常にあるでしょうね。

細見　例えば「弔い遙か」という作品には次のような一節が登場します。「生身《なまみ》はからみ合った流木の／澱《よど》みの底でずり落ちていた。／判別がつかぬほど／人間を脱した亡骸《なきがら》だった。」これには四・三事件のときの風景が重なっていると思いますが、さらにこう続きます。「夜どおし台風の余波の雨がしぶき／人々は息を詰めて還らぬ家族の権化を拝んだ。」こういうときの「権化」って、僕ら普通こういう風には使わない。元々権化は仏とかの化身という意味ですね。

山田　菩薩とかね。

細見　権はつかの間とか、仮のという意味らしいですね。仮の、つかの間、仮初にそれとなっているというのが元の意味らしいんですけどね。すると「家族の権化を拝んだ」という一節の「権化」とは何なのか。「息を詰めて還らぬ家族の権化を拝んだ。」つまり、生きていてくれよと思って、今はまだ帰って来ない家族のことを祈ってるんだと思うんですよ。そういう場合の「権化」は僕らが知らない次元の言葉だと思う。

次の詩集への期待

細見　今回の詩集でも、前の『失くした季節』でも、実は四・三事件のことがずっと伏流しているところがあるわけですが、同時にははっきりと四・三事件のことをテーマにした詩も書かれている。四・三事件の記念式典とか記念冊子とかの依頼があって作品を書かれていて、それがいくつかあるということなんですけど。金さん自身が四・三事件のことを中心的に書こうと思ってこれからやられるかどうかはまだ分からない。そういうものを軸にした、もう一冊また新しい詩集が出て欲しいなと思ってしまいますけれど、ちょっとこれは他人がおいそれと期待したりしてはいけないことですね…。

山田　何といってもそこは一番のトラウマというか、自分の存在を決定づける事件でもあったわけですからね。

細見　光州事件とは違って、金さんはその只中におられたのですが、一年後とはいえ、両親を残して日本に渡って来たということを、深い倫理的な負い目として抱えられているところがあります。特にお父さんが身代わりで捕らえられたりしているんですね。本人が出頭しないときには身内が身代わりで出頭するという無茶苦茶な法律が当時あって。そのあたりはほんとうに辛い記憶だと思います。ともあれ、来年で年齢としては九十歳。日本に渡られて七十年になる。そういう記念の年でもあるわけです。

山田　今まで書いてきたものに加えて、書き下ろしで一冊の本にする可能性もあると。

細見　あるし、これから何か依頼がある度に四・三事件のことにこだわって書いていかれることもあり得ると思うんです。だけどそれは本人の気持ち次第ですね。書くのがしんどいテーマだと思う。

山田　やっぱり読者として次を期待したいから、次のテーマはこの辺だなってことで予測したくなるけれどね。できるだけ長生きしてもらって続きを読ませて欲しいですよね。この作品の書き方見ていると、体さえ元気だったらまだまだ書けそう。全然衰えてる感じがしません。むしろ何か力がみなぎってるみたい。小野十三郎の最後の詩集は八十九歳でしたよね。そこを越えていただきたい。

第四十回　**時里二郎『名井島』**　思潮社

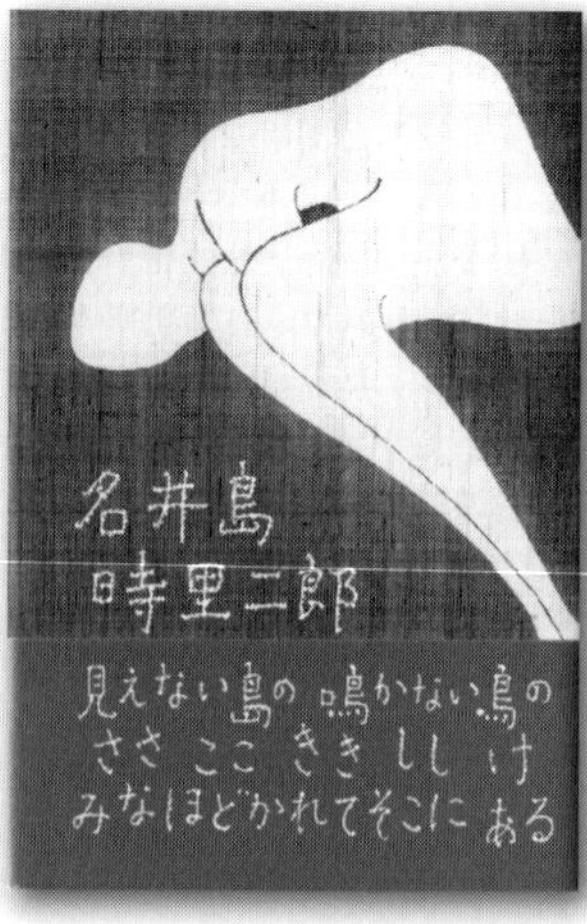

●五年ぶりの新詩集　その問題系

山田　今回は、特集で時里二郎『名井島』を取り上げるのでその一環として。これまで一人の詩人の特集は何度かあったけど、一冊の詩集を特集で丸ごと取り上げるのは初めて。もう一つ初めてなのは、時里さんの詩集は『石目』に続いて二回目。この対論は四十回ですけど、同じ詩人を二回というのは初めて。この特集企画が決まった後、高見順賞、読売文学賞と、立て続けに受賞が決まりました。

細見　年末に四元さんが、笑福亭智丸さんと神戸で朗読とトークの会をして、時里さんもいらしていて、みんな時里さんの詩集を読んで感銘を受けていたところで盛り上がった。

山田　そういう話題の詩集の全体をどう取りあげていくか。もう特集の原稿があちこちから届いている。細見さんは読んでいる？

細見　いや、全部読んでいるとはいえない。

山田　私は編集上の責任があるので、ざっと目を通した。本人へのインタビューもある。いろんな論者がいろんな方面から論じていて、四元さんの企画もうまい。ここでは読者の側に寄り添って素直な読みで、時里さんの言葉でいえば陸と島の中間ぐらいな境界、半島的なところで、読者への接点を提供したい。

細見　僕自身は今回、あえて批判的な視点を出したいと思います。

山田　『石目』の時にも話したんだけど、詩の領域をどこまで拡大できるか、物語の方へとか、科学の方へとか、あるいは美術とか音楽とか、境界をどこまで広げられるかというのが一つの基準で、もう一つはどこまで純度を高められるか。ダブルスタンダードという言い方を『石目』の時にしたけれど、その両方の伸び縮みがあって、これは非常に問題作。

細目　『石目』はいくつかの作品の断片という印象が強かったんだけど、これは一冊丸ごとがコンセプトを持っています。最後に「母型」という自己解説を置いて、全体が一つの統一された作品世界になっている。

山田　『石目』が短編の連作とすればこれは長編。

細見　とにかくやわらかい言葉がものすごく上手に出てくる。僕らが普段は使わない、あるいは知らなかったような古語、雅語。

山田　旧仮名を使っているのもあるしね。

細見　造語もね。「コホウ」なんかもよくわからない。ベケットのゴドーみたいな感じ。こういう言葉を活かしながら、これだけの物語を作るというのは、たいしたものだと思う。

山田　すごく時間がかかっていると思う。前の『石目』から五年経って、第七詩集ですから。その間にずいぶん書いているでしょう。

細見　個人誌「ロッジア」に載せているだけでもたくさんあると思う。

●言葉遊びと書き方のスタンス

山田　さっき調べたら、年一度の「別冊・詩の発見」のうち三冊、十三、十四、十五号がこの「名井島」と関わりがある。まさに「ないしまの」というひらがなのタイトルの詩があって、今回の詩集には採られていない。雰囲気は、折口の詩とかに、かなり出ています。それから、「名井島」という島の名前が出てくる「ふるいてのひら」という詩があって、「――名井島はちいさな島」と出てくる。これもプレ「名井島」です。でも、採られていない。

細見　これ、いい意味で中島みゆきみたいですね。「――名井島はちいさな島／――ひるはうみにまぎれ／――よるはやみにきえて／あることをないことにしてある島」。

山田　もう一つは「雲潤」。これはかなり改稿しているけれど、この詩集に収録されている。

細見　雲潤は作者の地元の加西市にある。

山田　「雲潤の里のお米」とネットで出てくる。ここでは雲による潤いで、文字通りの「雲潤」という普通名詞。ほとんど造語ですね。

細見　「名井島」はもちろん「ある」と「ない」で、ユートピアみたいな「ない島」と思うけど、地震のことを「なゐ」というでしょう。そっちの意味も入っているんじゃないか。

山田　「言語構造物」の出てくる文脈は明らかに原発事故ですね。「なゐ」は気付かなかった。実際にいろいろ言葉遊びとかをやる人でしょう。「をりくち」も「をりふし」から来ているし、紙を折った時の「折り口」があるし。

細見　普段会って話をする時里さんは、実に落ち着いた穏やかな人じゃないですか。

山田　実直な国語教師という感じですね。

細見　話すとどちらかというと訥弁。それからすると書く時の時里さんの言葉の奥行き、鮮やかさには、感心してしまう。

山田　勉強もしているしね。特に和歌のことなんかすごくよく勉強している。お父さんが歌人だったしね。

細見　時里さんの言葉の使い方は、勉強で身につけたというより、自然と体に染み込んでいるような印象。

山田　和歌とかいろんなものが本当に好きで、楽しんでやっている。そこから自然に内在化しているものが書く時になると濾過されて出てくるんでしょうね。

細見　入沢康夫さんは亡くなってしまったけれど、入沢さんが持っていたような雰囲気もあります。

山田　『かりのそらね』、対論の第一回でやりました。あれがまさに隠岐に流された後鳥羽院がテーマでした。あの雰囲気が確かに入っています。ただ入沢さんは学匠詩人的に註をつけて、批評的な方法で詩にしていく書き方だった。時里さんはちょっと違いますね。

細見　時里さん自体が「名井島」みたいなもので、「いつの時代のどこの人なの?」と思ってしまうような透明感があります。

山田　最初に序詩みたいな、「朝狩」があるけど、古代の縄文人の狩猟生活みたい。そこから始まって、どこへ連れて行かれるのかと思ったら、フォークロア的な世界からSF的な世界へ一挙に飛躍していく。

●残闕・断片・オノマトペ

細見　思いきって全体を言うと、「母型」より前の作品は、「わたし」と称する人がリハビリしている機関の中でチップから拾い出された一篇一篇、という理解でいいんでしょうか。

山田　語り手が必ずしもアイデンティティを確立していないでしょう。猫になったり、人工知能だったり。全体を通して同じ語り手というふうには見えない。

細見　そのチップの中から取り出されたそれぞれの記憶装置の中から、すべては引き出せなかったけれど、ある程度これだけは再現できました、というようなものが並べてある。そういう理解でいいんでしょうか。

山田　プロットとしてはそうでしょうね。

細見　谷川俊太郎さんの『タラマイカ偽書残闕』と同じで、失われた文化、文明の中で、意味不明な箇所もあるけれど、かろうじてこれだけは残りました、ということですね。

山田　フォークロア的なこと、神話的なことを前提において、膨大な記憶装置があって、その中の一部分が残ってここに再現してある。

細見　意味不明の言葉が出てくるでしょう。例えば八三頁だと、「いち　ぬひ　たづ　わか　やよ」「そひふく　ゆう　とし　ほみ」これはそれ自体意味がわからないけど、他の断片が回復されると、意味がわかるかもしれない、というような感覚でいいんでしょうか。

山田　赤ちゃんの喃語は擬音語、擬態語ですね。ここに出てくる「すぽら」は擬態語だけれど、それが意味を持ってしまった。オノマトペというのは言語以前の言語だけど、何かそこに自己表出性とか思いがこもっている。その意味では、言語の発生状態で、それを表しているように見える。

細見　後になると何か意味を持ったりもしうる。まさしく「すぽら」がそうですね。

山田　「コトカタ」もそう。カタコト、コトカタ（笑）。言葉遊びもいろいろするからね。

細見　でも、それが滑稽とか嫌味とかにならない、時里さんがやると。

山田　大真面目でやっていますね。ところどころユーモアもあるけど、下品にならない。「夏庭」、「なつのにわ」とわたしたちは呼んでいるとあるけど、プロセスの「過程」、ファミリーの「家庭」と、いろいろ遊んでいる感じがします。ついでに「春庭」「秋庭」「冬庭」がある。こじつけている感じもするけれど、物語の中ではちゃんと嵌っている。ただし、一つの長編小説のように辻褄が合っているかというと、実は合っていない（笑）。

細見　詰めていけばそれは難しいと思う。

山田　あちこち破綻していますよ、物語とか、小説ならば。でも、それこそが時里さんの意図という気がしてくる。

細見　長編小説として文字通り書いてしまうと、その辻褄合わせの部分にかなり取られてしまって、作品としては面白くなくなる。むしろここから全体を読み手の方で考えてほしい、ということでしょう。

山田　これは問いかけだから、答えは考えてくださいという態度は、徹底して詩人です。

●抽象性と具体性

山田　あえて批判的意見をと、最初に細見さん言っていたけど、それは？

細見　要するに、後鳥羽院とかは一見具体的だけど、それ以外があまりに抽象的な印象を僕は持つ。例えば、島と陸と半島も、概念としてはわかるけれど、日本に暮らしていて、半島というと朝鮮半島を思う。でもそういう具体的な半島じゃない。あくまで概念としての半島。陸があり、半島があり、島がある。でも、現実には具体的な陸であり半島であり島だということを言いたい気持ちにもなる。

山田　本人も明かしているけど、具体的には瀬戸内海の多島海ですね。

細見　大島、犬島、豊島ですね。

山田　そこを訪れて、具体的な着想を得た。豊島には、内藤礼による「母型」というオブジェがある。

細見　表現が伝承されていく際にAIのような機能を持っていて、詩人はすべてAI的な機能を果たしているというのは、そうかもしれない。でも、それこそ民俗学が捉えてきた、芸能の民の問題がある。山の民、海の民、川の民、そういうなかの芸能の民を具体的に考えたくなる。まさに釈迦に説法ですけど、実際にAIに継承されていく芸能のプログラムを継承していったのはかなりは被差別民だった。そういうものが全部抽象的なプログラムの世界に落とし込まれている。高橋睦郎さんなんかはそこへのこだわりがあるでしょう。

山田　高橋さんがギリシャにふれる際には、手触り、肌触りとか、具体的ですね。でも、その意味で言えば、「雲梯」に「オキナ」が出てきて、能のような感じもあるけど、このオキナにはそういったイメージが入っている。このオキナが後鳥羽院の御製歌をあずかって、脊梁山脈で失くしてしまう。このオキナにはさまよえる芸能の民のイメージがあります。でも、かなり濾過していますね。

細見　考えると古来、日本のマジョリティは百姓。百姓それ自体には大した文化はない。というか、いらなかった。とにかく米を作るのが大事で、それでなんぼの世界。その外に芸能の民とかがいる。貴族だってそうで、百姓の外部ですね。上の貴族に対して下の芸能の民などがあって、百姓の世界の外側の事をみんなやってきた。そういうことをもうちょっと考えるとどうなるのと思ってしまう。

山田　メリハリという感じで、一部出てくる可能性はある。書ける人だと思う。今回に関しては本当に抽象化している。濾過している。まあ潔さみたいなのがあるわけですけどね。

細見　例えば時里さんの手法でいくと、そういう記憶が言葉の中に沈殿している。例えば「傀儡」と書いて「くぐつ」と読む。この「くぐつ」はそういう芸能の民です、流れはね。

山田　「木偶」もそうですね。

細見　そういう木偶とか傀儡という言葉の中に、かろうじて生々しい芸能の民のイメージが残ってはいる。だけど、ほんとうにその言葉だけ。たぶん、時里さんは「傀儡」という言葉がまさしくフェティッシュに好きなんだと思う。でも実際の傀儡や、傀儡と呼ばれていた人間に対する関心は薄い印象になる。

山田　そういう関心も含めて、すべてこの言葉の中に埋め込まれていて、そこから抽出してきたのがこれですよと。

細見　僕が言っていることもまさしく傀儡という言葉にしか残っていないんだ、と言われたら、まさしくそうなんです。けれども、その傀儡という言葉から具体的に足蹴にされたり蔑まれたりしながら、それでも芸能を伝えていった存在の方に僕らの意識が向かう、そういう作品世界ではない。

山田　むしろ詩人は本来そっちの方じゃないかと。歌舞音曲からいえばね。

細見　百姓から見ると一番いらん奴らです。

山田　むしろ近未来という設定をして、人類の歴史とか記憶とかが断片化してしまって、それでも何が残るかといった時に、やっぱり詩が残る。だから、ある意味ユートピアなんですね。それが人工知能に引き継がれていって、ヒト文化は継承されていくというような。そういう世界を打ち出しているプロットだから、細部はどうしたって抽象化してしまうしかない。かろうじて雛人形を海に流す伝承、風習、そういう部分でしか残らない。それでいて言葉に対するとてつもない信頼感がある。これは何なんだろう。いろんなものを否定していって、人類は壊滅して、「言語構造物」が残る。福島の原発もその背後にイメージとしてあるとして、言ってみれば原発だって言葉が作ったもの。それでカタストロフが起こる。そういう社会問題も背景にあるけれども、決してそれは表に出さない。「そういうふうに読めば、読み取れるでしょう」というように、かなり突き放しています。それも含めてポジティブにもネガティブにもすべてが言葉。

●言葉論と後鳥羽院そして断片

山田　『石目』の時にも、空白とか、穴とか、井戸とか、そういうものが出てきました。今回は「保育器」や「空ろ舟」がある。その空白に何があるのかといったら、言葉がある。集積されたり、凝縮されたりしながら、何もない真空状態の中でも言葉だけが舞っている。銅の精錬所が「歌窯」になっていく。ここにも言葉に対する圧倒的な信頼感がある。

細見　「歌床」「歌窯」、面白いですね。

山田　人類は滅びても言葉は残る。時里さんの場合は、そのポエジーが徹底して言葉。だから作品自体も言葉論になるし、そういう言葉の限界の話になるし、その限界を超えたところにあるものもまたある意味でのメタ言語という話になる。

細見　あと、それは音声なのか文字なのか、という問題もありますね。時里さんは文字好きだと思う。ひらがな好き。漢字好き。

山田　音楽ということとはちょっと違う気がしますね。ちょうど後鳥羽院の時代は、定家とほぼ重なってくるし、言葉とか詩歌の大きな転換期だったことが確かにある。でも、言葉遊びやる人だから。後鳥羽院って、「ことばいん」じゃないか。その音に惹かれてここに持ってきたんじゃないかという気もする。十二世紀から十三世紀にかけてはもちろん大きな転換期だけど、もっと他にたくさんある、たとえば西行の時代とか、芭蕉の近世とか。わざわざ後鳥羽院の時代にして、オキナが登場して、能のような場面がある。能だと室町ですね。もうちょっと後。この中で宗祇が出てきます、煉瓦＝連歌ということで。

細見　これも掛詞。

山田　ダジャレで可笑しい。煉瓦＝連歌ができる工場だから、歌窯ができたと。

細見　保田與重郎は後鳥羽院を大事にしている。そういう影響もあるのかと思ったりして。

山田　折口は出てくるけど、ちょっと日本浪曼派的な素養があるかもしれないですね。

細見　一方「コロニー」は社会主義ソ連と、カフカの植民地のコロニーを思わせる。

山田　機関というカフカ的でもある言葉が出てきますね。このコロニーも村上春樹の『世界の終り』の図書館を彷彿とさせます。意識の裏のところで進行しているドラマみたいな、そういうところがあります。

細見　アンドロイドのイメージも、村上春樹から直接影響しているのか。

山田　カズオ・イシグロから影響受けていることは本人も打ち明けていた。『わたしを離さないで』かな。それとフィリップ・K・ディック。そういうSF的なことでは、どうしても先駆者はいるので、比較されてしまう。

細見　『石目』はかなり村上春樹的な印象がありましたね。『世界の終りとハードボイルド・ワンダーランド』。

山田　辺境へ行くイメージでは、『羊をめぐる冒険』もあった。『石目』はほんとにフォークロア的な世界観を作り上げましたという短編の連作だったけど、こちらは未来形のフォークロア。つまり近未来から過去を振り返る。後鳥羽院時代も入ってくるし、縄文時代も入ってくれば、今の私達の現在も入ってくる。
細見　それも全部チップに残っている痕跡に過ぎないから、等距離ですね。後鳥羽院のほうが古い、とかにならない。チップに残っているという点では全部等距離。
山田　フォークロアは本来そういうものでしょう。古事記だって日本書紀だってそう。
細見　過去自体はどこにも存在しないから。

●「脱衣」「鳥のかたこと　島のことかた」

山田　行分けの詩のリズムも、時里さんはうまくて。少し読んでみましょう。いろんな人が引用しそうなところは避けて、私は百七頁。この作品「脱衣」は散文詩と行分け詩からなっていて、散文詩の形で「伯母」と「蚕室」という言葉が頻出する。蚕室も蚕の部屋だけど、産室にも思えてくる。人型ロボットや機械のことも出てきて、その後アスタリスクがあって、急に行変えになる。そこを読みます。

遅刻は
深海に棲む
ことばの
ほねの

名

かたちを喪った
耳の記憶をつついて
剥がれていく
半島の
翳

胸のあたりまで
陽を浴びて
廊下に立たされている
ぼくが
見える

ぼくは何に遅れたのだろう

埴輪のような口もとから
こぼれ落ちる
島山の名に

ここでアスタリスクが来て、また続くのですが、ここだけ見ると凝縮した寡黙な抒情詩。これだけで十分詩です。だけどこれが実はアンドロイドの人工知能の模造記憶かもしれない。元は普通の子供の記憶をコピーしたものかもしれないので、元は人間の情緒かもしれない。それを突き放して、チップに埋められていた記憶の断片という形でここへ拾ってくる。これってフォークロアですね。それこそ断片だけがかろうじて残って、どう読み解くかは全部読者に任されている。学校に遅刻したのかな。それで立たされたんですよね。

細見　そういうことでしょうね。

山田　そういう幼年期の、わりと人が持っていそうな記憶が前提にあって、それを全体の中に埋め込んでいる。これは面白い意匠だと思った。そこに「せみど　さん」なんて後で出てきて、「半島の森の朝」という叙景がある。最後のところを読みましょうか。

養蜂家がいつもやってくる
半島の段丘
彼は辺りのレンゲ蜜は採らない
ぼくの母の密をのぞくために
幾つもの　ぼくに擬態した巣箱をしかけた

これなんか、オペラで言えばアリアですけど、それが前後のレシタティーヴォに挟まれている。この巣箱が例の蜜蜂の箱ですね。そこに人形が入って、猫たちが可愛がって、交信するようになって、それがコトグラとなる。そういう全体の構造があって、その中の断片だけを歌っている。こういうところが僕なんかは好きです。全体のストーリーやプロットと関係なしに、朗々と歌い始めたところで、その美しさだけでもういいっていう感じ。だけどそれが全体の大きなストーリーやプロットの中へ組み込まれていると意味もまた別になってきます。そのへん巧みですね。

細見　僕は九八頁の「鳥のかたこと　島のことかた」。1ぐらいは読めるかな。

小径の暗部をぬけて
せんぶり　みつむり　げんのしょうこ
そわかるこえの　ほとほと
い行き　そむほぎ　はやそぐひて
けにけに　ひそひそ　そひ
ふるえている　のは
みみ　まま　さひ
見えない島の　鳴かない鳥の
ささ　ここ　きき　しし　け
みなほどかれてそこに　ある

に　ににぎ　ほぎ
あらかし　さわがに　さあい　ほに
ちぎり　みつり　あふれ
このみも　そのみも
ひそかに　ことのはを　はこぶ
ふね

それこそカタコト、コトカタのところにかなりメッセージがこもっていますね。

山田　意味の分かる言葉の間に意味の分からない言葉がすっと滑り込む。それでもちょっとしたら意味になるかもしれない。

細見　そういう生成過程にある言葉みたいな感じがします。

山田　それこそ喃語ですよ。「けにけに　ひそひそ　そひ」なんてね、

細見　意味としては分からない喃語みたいなものを運んでいるけれども、ひそかな言の葉を運んでいるんだということですね。

山田　それもかなり断片化したチップに埋め込まれた残滓としての言葉。面白いことに方向が逆で、その残滓としての言葉が逆に生まれていくプロセスのように読める。過去と未来が一緒になっている、ループしている。

●生成のありかたと今後への期待

山田　それにしてもこういうのを読むと、詩は割に合わんという感じがします。エネルギーのかけ方がこの一冊に対して半端じゃない。

細見　読者が千人、二千人とつくわけじゃないしね。村上春樹なら何十万と読者がつく。

山田　費用対効果で考えると、詩じゃなかったらできない。やっぱり好きでやっているとしか言いようがない。さて、こういうものを作ってしまって、さあどうするんだろう。

細見　「ロッジア」で小説みたいなのをずーっと書いていた。図書館のモチーフを活かした作品。『名井島』に至るモチーフ自体は『石目』以前にもあったみたいだから、すでにいくつかあるんじゃないですか。

山田　次は「ある島」だったりしてね。「詩の島」とか。島はもう離れるか。時里さんの場合は、少し発酵の時間があって、その間にはいろんなタイプの作品を書いて、その中のあるものが結びついて、最後に一つのプロットが発見されて、そこに集合していく。当然捨てるものもたくさん出てくるし、変えるものもたくさん出てくる。構築してく運動と解体してく運動、その往復運動を一冊の中でやっている。こういう世界をあらためて作るとなったら大変ですよ。

細見　村の古老とかが現にいて、伝承した芸能について語ったりしていたら、僕はその重みにやっぱり惹かれるところがある。

山田　『石目』にはそういうところがありましたよね。奇妙な異形の人物がすごく生々しい。『名井島』はその点でいうと、『石目』とは対照的かもしれない。

細見　すごくきれいに濾過されて脱色された世界と、ネガティブにいうと思ってしまう。

山田　そこは相当意図的でね。意外と今度はそういう生身のポエジーの声、新しいフォークロアを作るみたいな、そういうことをやる可能性もあると思う。いろんなことをやれる人だから。

細見　そうね。年齢的にもまだまだ。

山田　これから一段階も二段階もありそうな気がします。

第四十一回　野村喜和夫訳『ルネ・シャール詩集』

河出書房新社

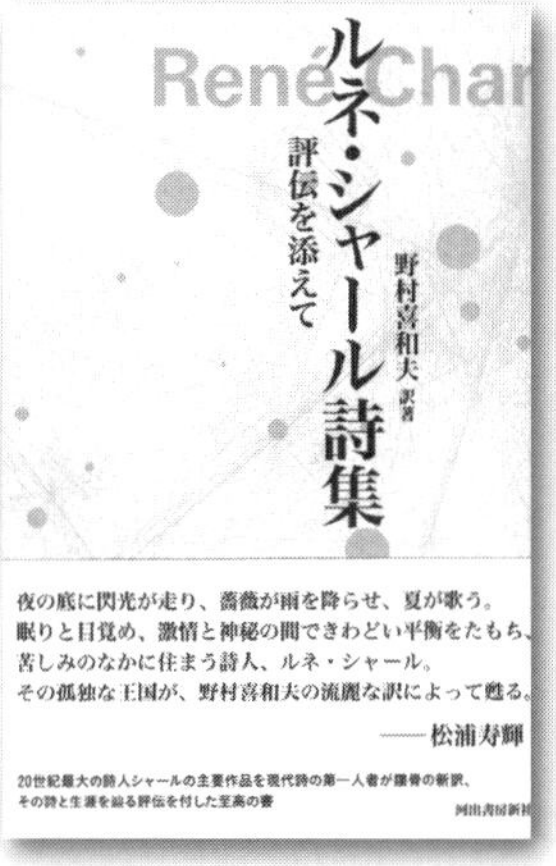

●ルネ・シャールとその時代

細見　野村喜和夫さんの仕事を取り上げようという話は前からあった。この間に詩集、小説、評論がどんどん出て、ルネ・シャールの翻訳が出ました。ルネ・シャールの訳に加えて、充実した評伝が載っている。僕はブーレーズが作曲した『ル・マルトー・サン・メートル（主なき槌）』を学生の時から聴いていて、不思議な詩だと思って読んでいて、ちゃんと読んだことがなかった。それと、実はハンナ・アーレントがルネ・シャール好きで、これはハイデガーとの絡みがあるかもしれなければど、一九六三年に出た『革命について』という本の最後のところでルネ・シャールのアフォリズムを引いている。以前、吉本素子さんの全訳詩集がありました。でも、きちんと読み通してなかった。野村さんの場合は、全体を抽出した形なので、逆に読みやすい。ざっとルネ・シャールがどんな作品を書いて、どんな人だったかがよく分かる一冊になっている。それで、対論では初めてだけど翻訳を取り上げようと。幸い山田さんが相手だし（笑）。

山田　本当に厄介なものを選んだなと思って（笑）。吉本素子さんの全訳詩集もあるし、西永良成さんが大部なルネ・シャール論を書いていて、本当はそういうところをきちんと読み込んで臨まないといけない立場。今回はそこまでの時間がなくて、せめて野村さんのを何度か読み返してきました。シャールはちょっと変わった出し方をする人で、最初に一つ一つは小詩集、冊子みたいに出す。それが何冊か集まったところで、「総合詩集」と野村さんは言っているけれど、一般の詩集のような形にする。それが全部で十数冊。八十歳まで生きて現役だった人で、時代でいうと、中原中也と同じ年に生まれている。小野十三郎より四歳下。全体を大まかにいうと、まずシュルレアリスム。エリュアールに大変気に入られたのが初期のきっかけになる。次いで、戦時中はレジスタンス。アレクサンドル隊長という偽名で抵抗詩を書いて、やがてカミュと親しくなる。そこに当時のフランスの気鋭たち、モーリス・ブランショやジョルジュ・バタイユ、更にフーコーなど燦然たる二十世紀フランス文学史上の人物たちが関連してくる。そこで、まず過去の翻訳ということで、一九六〇年代の終りに出た思潮社の「セリ・ポエティク」という叢書の一冊がルネ・シャールなんです。

細見　誰が訳しているんですか？

山田　これは山本功。バタイユの翻訳なんかやった人。ただし一九六九年の翻訳なので、晩年の作品は入っていない。この当時の評論も何冊か読み返しました。ブランショの『虚構の言語』とかバタイユの『詩と聖性』にシャール論が入っています。それからジャン＝ピエール・リシャールの『現代詩11の研究』。こういうところから日本現代詩もいろんな養分を受け取って、それなりにこなしてきたわけです。翻訳者のメンバーを見ると、例えば、ルネ・シャールは天沢退二郎、エリュアールが飯島耕一、ジャック・デュパンが多田智満子。改めて一九七〇年代頃の仏文詩人たちの活躍ぶりがうかがえます。

細見 やっぱりこういうのを読みもしないで詩、評論を書いていて大丈夫かしらって自分でも思ってしまう。

山田 ドイツの場合でいえば、ハイデガーとかツェランですよね。細見さんの守備範囲。汎ヨーロッパ的な一つの時代精神とか、抵抗とか、確執とか、そういったこともいろいろ関わってくる。どの辺から切り込んでいったらいいか。

●多様な詩人たちの網の目

細見 やっぱり、基本は素直に作品を読むことだと思う。ルネ・シャールの場合にはレジスタンスの隊長をしていた。マキ、林の中ですね。「叢林」と訳してある。ゲリラ戦を戦うときに山とか林が大事な拠点になりますね。

山田 レジスタンスに加わっていた詩人というとあの時代、他にもたくさんいる。エリュアールとかプレヴェールとか。だけどシャールは実際に武器を持ってナチスと戦った。

細見 まあ命がけですからね。

山田 しかもかなり優れた戦士だったみたい。身長が一九〇センチで、ラグビーやってたとか。それに地域的ことでいえば、南仏プロヴァンスのソルグ川。

細見 よく出てきますね。

山田　野村さんは、宮沢賢治の北上川に重ねて風土的なことを書いています。賢治の岩手は厳しいところだけれど、シャールの場合は気候温暖な南フランス、プロヴァンス地方。だけど山寄りでヴァントゥー山。そして海よりも川。そういう土地に根ざした土着性、大地性が最初にある。宮沢賢治とも重なるし、二十歳で詩をやめなかったらランボーはこうなっていったんじゃないかという気もするし、中原中也がもし戦後まで生き続けていたらどういう作品を書いたかとか、八十まで詩を書いていたルネ・シャールを見てると、そういうことにも結びついていきそうな気がする。

細見　僕が素直に連想するのは谷川雁ですね。谷川雁の場合、それこそ、若いときに詩をやめて、「瞬間の王は死んだ」という。谷川雁の場合は炭鉱現場での戦いだったわけで、それはルネ・シャールのレジスタンスとはまた違いますね。それから、長谷川龍生さんのことをこの間、考えることがあって、『パウロウの鶴』なんかは想像した世界ですね。作品の背景にああいう集団の存在を長谷川さんがなにか実感することが必ずしもあったわけじゃないと思う。シャールの場合は『パウロウの鶴』みたいな詩の世界がレジスタンス体験を背景に出てくるようなイメージ。

山田　長谷川さんに「追う者」という詩があるでしょう。原爆投下の実行者をつきとめて、どこまでも追ってやる、という。

細見　呪ってやるって。

山田　長谷川龍生の師匠にあたる小野十三郎が、大阪にいてある意味でひとりレジスタンスやっていたような人じゃない。まさにアフォリズムの形式で詩論を書いて。

細見　僕も、初期のシュルレアリストだったときの行分けの詩から、シャールが散文詩、アフォリズムに入っていったときに、やっぱり小野さんとの重なりを感じた。要するに、詩とはなにかということをメタレベルで問うところが常にありますね。自分の知り合いの画家の絵の話が出てきたりして、小野詩論と通じるし、アフォリズムを重ねていくと短い一行ずつのものが出てくるリズムにもなってゆく。

●ランボーからシャールへ

山田　ルネ・シャールと野村喜和夫との接点として見逃せないのがランボーです。野村さんにはランボーについての著作もある、特に『イリュミナシオン』ですね。僕は野村さんとほぼ同世代で、大学生の頃にどういう詩を読んでいたか、どういう評論に出会ったかとか、わりとよく似た文学体験をしてきていると思う。その頃、確かにルネ・シャールはまだ現代詩の中でミショーとかポンジュみたいに日本での評価は確立していなかった。さっき見た「セリ・ポエティク」が出ていた程度。それから窪田般彌さんの翻訳があったかな。

細見　この解説でもランボーとシャールの繋がりが絶えず出てきますね。それで改めて思ったんだけど、野村さんは、いわゆる現代の言葉の世界で詩を書いているイメージが強いんだけど、ランボー、ヴェルレーヌ、ルネ・シャール、こういう辺りがかなりバックグラウンドとしてある。特にルネ・シャールを通じて、生き物とか大地とか、そういう自然的なものとの繋がりを意識して自分は書いているんだと言っていますね。

山田　確か野村さんの初期の詩集は『草すなわちポエジー』。草はまさにルネ・シャールのモチーフでしょ。それから『川萎え』はソルグ川と重なる。ルネ・シャールに重ねて野村さんの初期の詩集を改めて読んでみたら、野村喜和夫論が書けそうな気がするね。

細見　ルネ・シャールがこんなに故郷とか大地とか、自然とか、そういうものにある種根ざしながら書いていた。これは実は表面的には見えにくいことですね。

山田　日本で評判になった頃のルネ・シャールはやっぱりレジスタンスの詩人で、戦後詩の前衛的な思弁的・観念的な巨匠に見える。

細見　『主なき槌』にしても、原点はほんとに具体的な鍛冶屋さんのイメージ。要するにシャールの故郷の町には鍛冶屋さんが何人かいて、シャールはそういう職人が非常に好きだった。そして詩を書くのもある意味ではそういう職人の仕事みたいに思っていた。

山田　野村さんの解説を読んでいて印象的だったのは、ランボーが自分は農民だと言うでしょう。ある未知の世界へ行くんだけれど、その先はもう自分がしなくていい。次は次に来る農民たちがすればいいんだという言い方をする。ルネ・シャールはランボー以降にそれを実践したと野村さんは捉えている。

細見　ランボーの後に続いて、言葉を耕すことをやったんだということですね。

山田　そういう大地性が一番根底にある、そこがまず発見。で、野村さんが繰り返し全文引用している、具体的な作品を見ると「ジャックマールとジュリア」。

細見　モデルになっているのはジャックマールが父で、ジュリアが母の姉。最初は姉と結婚するんだけど亡くなって、父はその妹と再婚するんですね。

山田　評伝ではそうなっていますが、本文中の注では「姉」と「妹」が逆ですけどね。それはともかく、これを野村さんが素晴らしい詩だと絶賛している、散文詩ながら音楽的リズムも素晴らしいと。じゃあ原文で読まなきゃと思って、読んでみたんです。

細見　どうでした？

山田　まず、翻訳でいうと五連で大体四行ぐらいずつでしょ。原文は四連までが全部「Jadis, l'herbe ジャディス・レルブ」つまり「かつて草は」から始まる。この繰り返しの音楽的効果が一つ。特に定型的なリズムがあるわけじゃないけれど、わりと十音節とか八音節という偶数脚の文が多くて、適宜行わけを施せば、韻文詩にはならないまでも、かなり音を意識した自由詩にはなりそうですね。そういうリズムで草というものに対する親近感と、深い親和力みたいなものを感じさせる。実際、草の中を転げ回って遊んでいるような腕白小僧だったみたいですね。あまり家族とは馴染めなくて、嫌なお兄さんがいて。

細見　昔ながらの大きな屋敷を持った一族みたいだったからね。

山田　で、ちょっとあれって思うところがあって。最後の一連が、

　　癒しがたい渇きの時が流れた。人間はいま、曙には無縁の存在。

　しかしながら、まだ想像もできない生をもとめて、そよぎたつ意志があり、ぶつかり合おうとするつぶやきがあり、発見する姿勢のすこやかな子供たちがいる。

ここにランボーとの関わりを感じますよね。

いい訳だと思うんですけれど、「発見する」は原文ではイタリックです。通常、日本語訳ではイタリックのところは傍点をつける。強調のためですね。野村訳ではそれが落ちている。ところで「発見する découvrir」というのは他動詞。通常目的語が来るはずですが、ここにはない。何を発見するのかをあえ

て言わないで、イタリックで強調している。あらゆるものを発見すること、発見そのもの、と取れると思う。「姿勢のすこやかな子供たち」と訳されているところは「des enfants sains et saufs」で、「sains et saufs」は「無傷、無事」というほどの意味で「無傷な子供たち」でしょうね。「発見する無傷な子供たち」。

細見 今の作品では、「かつて、大地と空は憎みあっていたが、それでも、ともに生きていた」という言い方をしている。それに対して、フーコーが大好きだと言っているのが、その次の詩「鮫と鷗」。「きのう、気高さは荒涼として、枝は芽からへだてられていた。鮫と鷗とは交わらなかった。／おお、あなた、磨き立てる岸辺の虹よ、船を希望へと近づけよ。推測されるどんな終わりも、朝のけだるさによろめく人々にとって、まあたらしい無垢、熱に浮かされた前進となるようにせよ。」昨日は鮫と鷗とは交わらなかった、つまり空と海とは交わらなかった。ところが、今日は何が起こるか分からない、本当に空と海とが交わってしまうかもしれない。

山田 ランボーだね。

細見 抽出しているから並んでいるのかもしれないけれど、（実際は間に一篇あり）この「ジャックマールとジュリア」と「鮫と鷗」は、似たようなことを裏と表で書いている。「ジャックマールとジュリア」の場合には基本的には空と海は交わらなくて、傷のない子供がいるという可能性の話。「鮫と鷗」の方はもっとそれをポジティブに書いている。すべての法とか規範が超えられてしまった純粋ポジティブな世界、光輝くニヒリズムの世界で、フーコーはこれが好きだっただろうなと思う。

●ルネ・シャールの思想系列

山田　よくルネ・シャールの思想の根源にヘラクレイトスが置かれますね。
細見　よく出てきますね。
山田　万物は流転するという思想ですね。
細見　あるいは万物は争う、とか。
山田　だから戦いとか火とか、激しいものとか、すべて火に関連する。現象学的ですね。
細見　バタイユもそうですね。
山田　ヘラクレイトスの思想は、どっちかというとペシミズムでしょ。
細見　わりとポジティブなペシミズムですね。だからフーコー的な感じ。
山田　つまり進歩とか進化とかということはあまり信じてなくて、あらゆるものが循環していくという世界観。
細見　だから、生真面目な人から見ると刹那主義に見える。最初に言った、ハンナ・アーレントの『革命について』で引かれているのは、こういうアフォリズムです。最後の六章のまず頭で、ルネ・シャールが引かれている。「われわれの遺産は遺言書なしにわれわれに残される」。
山田　それ、どこに出てくるの？
細見　「眠りの神の手帖」です。出典は一九四六年版からとなっています。アーレントがこの本を書いたのは一九六三年です。その時点でアーレントは非常にこれを大事な形で引用して、その章の最後でもう一度シャールについて長く記述しています。そして、現代の詩人シャールと対比して彼女が持ち出しているのが古代ギリシアのソポクレスです。
山田　ソポクレス？

細見　さっきのヘラクレイトスだったらわかりやすいんだけど、ソポクレスとシャールがある意味同じことを言っていると語っている。
山田　ヘラクレイトスは大体紀元前五百年前後でしょ。ソポクレスはその少し後か。
細見　これ面白いと思ったんです。つまり、「遺言書なしに我々に遺された遺産」というのは、日本でいうと鮎川信夫の例の「遺言執行人」と逆ですね。鮎川にとっては、死者の遺言執行人が存在して、我々がその遺言執行人であるというのが出発点にあった。死者と自分の間に遺言という繋がりがあるのが前提になっていた。シャールにとっては、遺言書なしにその遺産が遺された、つまり死んだ者たちが本当は何を希望していたか分からないままに解放が与えられた。実は鮎川も結局同じ目に遭う。遺言執行人といっても結局、死んだ者と自分たちは違いますからね。
山田　戦後のある一つの精神性の表現の仕方ですね。ルネ・シャールは最後にとにかく解放という福音を受け取った、しかも当事者として、現場で戦った者として。鮎川の場合は敗戦国ですからね。戦争で死んでいった者の無念さとかルサンチマンをどう今後の日本の社会の中で表現に結びつけていくのかという負の遺産。この辺りは非常に難しいところで、フランスがそもそも戦勝国かどうかという問題があるわけだよね。
細見　半分はナチとの協力ですからね。
山田　ヴィシー政権は傀儡ですから。ただ、レジスタンスがあったことと海外に自由フランス軍というのが残っていた。要するに植民地にいたフランス軍。それが連合軍に加わってノルマンディー作戦に参加する。戦勝国ということに最終的になるけれど、まずドイツに対する敗戦国。自分たちが敗戦した相手が敗戦したから、裏の裏で表になった。そこの屈折を感じなかったはずはない。それを受けてカミュの「反抗的人間」というテーマ、不条理、理由なき反抗、殺人とかがあって、そのカミュとシャールが非常に仲が良くて、認めあっていた。
細見　サルトルが盛んに活動していたときに、シャールからどう見えたのかとか思いますね。サルトルの哲学のかなりはハイデガーからのパクリですからね。カミュとサルトルが論争して、サルトルが勝ったことになっているけれど、そこにはシャールもいたはずです。
山田　戦後しばらく、一九五〇年代ぐらいまでのフランスの思想界、文学界全体が非常に複雑な関係で、そこには対独協力者として批判されるジャン・コクトーまでいた。今回厄介なのはルネ・シャールが生きたその時代のいろんな登場人物が出てくるから、素直に作品を読むといっても、なかなか難しいところがあるわけです。

●アフォリズムとポエジー

山田　この辺で具体的な作品の話をしないと詩についての対論にならないんで、ちょっと読みましょうか。大地とか草との親密さがよく出ていて、ブーレーズの『ル・マルトー・サン・メートル』でも歌われている「美しい建物と予感」、これを読んでみましょう。スタイルとしては句読点を使わない自由詩。これ、今私たちは当たり前のように思っているけど、フランスで初めてやったのがアポリネール『アルコール』ですから、それからまだ十数年しか経ってない。読んでみます。

ぼくは聴く　ぼくの歩みにつれて

死んだ海がすすみゆくのを　その波は頭上を越え

こどもとは　荒々しい遊歩防波堤
おとなとは　模倣された幻影

純粋な眼が　森のなかで
泣きながら　住まうべき顔を探している

最後の、「住まうべき顔を探している」、面白い言い方。森の中とか草原の中をさまよい歩いていて、たぶん幼年期の体験だと思うけど、そこにこどもとおとなを対比させてね。幼年期の純粋さとか至福感とか……この辺はランボーの幼年詩と近い。すごく瑞々しい。これ書いたのはたぶん二十代、やっぱりランボーを思わせるような初々しさ。

細見　僕は、詩論的なやつで、「断固たる配分」の二七。

動くものである、おぞましく甘美な大地と、異質な人間の条件とが、互いにつかみあい、性格づけあっている。詩は、それらの波紋の昂揚した総和から引き出される。

ちょっと小野さんみたいですね。そのまま二九の方にいきます。

詩篇は、主観的な圧力と客観的な選択とから生まれ出る。
詩篇は、こうした状況が最初に招き寄せた者と時を同じくした関係にある、独自の決定的な諸価値の、動きつつある集合である。

続いて三〇です。

詩篇は、欲望のままであり続ける欲望への、ついに実現された愛である。

山田　「詩篇」と訳しているのはポエジーじゃなくてポエムですね。ごく断片的、フラグメント。だけどそのフラグメントをさまざまに重ね合わせていって全体として大きな建造物にしていく。これは全体で読みたいですね。

細見　さっきの「眠りの神の手帖」なんかも全部訳してほしい。一番評価も高く、作品として充実しているということだから。

山田　代表的な一冊の全訳を次に野村さんに期待したいね。吉本さんの全訳もあるんだけれど、詩人が現代日本の詩語でどう訳すか、どういう世界観を出していくか、というところを示してほしい。

細見　断片的なのがまた抽出されてしまうとその断片性が分からなくなる。抽出によって作られた断片性みたいに見えちゃうから。

山田　まあ、断章スタイルというのは常にそうならざるをえない。晩年のアフォリズム的な詩があるじゃない。そこからも挙げてみましょう。「朝早い人たちの紅潮」という中の九番ですね。ルネ・シャール的な向日性、光に向かうというポジティブな詩ですごくよくて。

よい光をつくるためには、微光のいくつかに息を吹きかけなければならない。燃える美しい眼がこの贈り物を仕上げる。

叙情的でいいですね。こういう叙情的な、アフォリズムというより短詩といったらいいかな、こういうのも書くんですね。

●恋愛体質とトラウマなど

山田　ルネ・シャールってすごい恋愛体質ですね。解説にも出てくるけど、カサノヴァ的な。結婚は若い頃に一回と……。

細見　八十歳になってもう一回（笑）。

山田　それこそ遺言執行人ですよ。自分の作品を死後、管理してもらうための。結婚はその二回だけど、その間にすごい数の恋人、愛人と付き合っていた。

細見　ただね、ツェランもおんなじようなところあって、石原吉郎もそうでしょう。どっかトラウマがある気がする。ただの性欲じゃなくて、根本的なところでの飢餓感というか。

山田　それはやっぱり幼児期の母親との桎梏とか。そんな詩があったね、小さい子供を救い出してくる夢の記述みたいな。

細見　レジスタンス体験も大きいと思う。それこそトラウマ的なものを抱えちゃうんじゃないかな。自分の弟子みたいな位置にいた若者が処刑されるのをじっと見ているしかなかったと書いているじゃない。

山田　一つの村を救うための犠牲として。

細見　ハイデガーのことでふれておくと、彼にはちょっとずるいところがあって、自分のナチス加担の問題から名誉回復していくために、フランスの知識人たちをずいぶん使うというか、役立てる。フランスの知識人からすると、ハイデガーがナチに加担していたのは当然知っていて、だけどハイデガーは面白いという評価。日本から見て戦勝国のアメリカが、西田幾多郎を面白がるようなところがある。ハイデガーはフランスの知識人、ボーフレとかが自分に声をかけてくるのを、戦後社会のなかで復権していく手がかりにしようとした節がある。ルネ・シャールなんかも、レジスタンスの頭目で詩人で、そういう人がハイデガーを評価して、お互いに評価しあえているというような関係は、僕たちはちょっと距離を置いて見たほうがいい側面がある。とうとうハイデガーと出会った、というような野村さんの書き方はちょっと違うと思いますね。

山田　最後に晩年のアフォリズムを。『風を越えて』の中の、一行だけ。一五二頁。

眠れ、絶望した者たちよ、もうすぐ陽射しだ、冬の陽射しだ。

この言い方、ちょっと野村喜和夫的でもあるね。一行空けでずっと続いているんだけど、ノンブルも振ってない、ひとつずつのアフォリズムなんですね。だから次の行に全然違うのが出てくる。

死に対しては、われわれはただひとつの方策しかもたない。死を前にたくみをつくすこと。たくみな死に方……最後、遺言執行人と再婚して死んだ人だから、そこまで意識していたのか、八十歳で。だとすれば大往生ですね。

細見　この機会にルネ・シャールをちゃんと、一応見渡せてよかった。

山田　これで野村喜和夫の詩学が初めて見えてきたところもある。そのあたりはまた次の機会にしましょう。

第四十二回　吉田義昭『幸福の速度』

土曜美術社出版販売

●詩と歌と化学の人

山田　吉田義昭さんのこの本は、奥付を見ると、去年の十一月十五日。

細見　山田さんが入院して、一ヶ月弱くらい。

山田　まさに生死の境をさまよっている間にこれが自宅に届いていた。五月の連休明けに退院して、その時にはじめて読みました。切実に伝わってくるものがあって、やっぱり詩はいいなという風に改めて素直に感じた。吉田義昭さんの作品ということになると、二年前に、小野十三郎賞を受賞した時に僕がインタビューしました。これまでの来歴とかいろいろたくさん聞いた。ごく若い頃の詩集も含めて吉田さんのこれまでの詩をほぼ全部読みました。面白いのが『歌の履歴書「ミスティ」はもう歌えない』というエッセイ集。これにはジャズ・シンガーとしての吉田さんの来歴が書いてあった。聞いたことありますか、吉田さんの歌。

細見　ええ、聞いたことあります。日本現代詩人会の集まりで最後に歌っていました。

山田　歌は吉田さんの一つのテーマですね。職業はずっと理科、化学の先生。退職する直前は、横浜の高校で校長先生をやっていた。

●世代的なことなど

山田　吉田さんは私より三つ年上なんですが、私たちの世代で二歳、三歳の違いってすごく大きい。ある意味で同時代を生きているんだけど、かなり違う。万博の年に大学生だったか高校生だったかとか、一九七〇年に高校生だったか大学生だったか、六八年の時点で中学生だったか高校生だったか、とか。で、同時に同じ時代を生きてきて、いろいろ共鳴するところもあります。それと、個人的な共鳴を今は感じます。今回僕自身がちょっと大きな病気をしました。全く不意打ちで未だに原因が分からない。ウイルス性の病気で、気がついたら二ヶ月経っていて、もし一人暮らしだったりしたら完全に死んでいますね。そういう臨死体験というかそれに近いような経験をして、その時に死を近く感じたことが感覚としてある。そういう経験をしてみると、吉田さんの書いていることが一層身にしみて分かる気がした。彼も六十過ぎてからかな、二回ほど危ない目にあって。

細見　なのに、奥さんが先に死んでしまう。

山田　一回目の臨死体験の次に奥さんが死んで、それから半年後くらいに本人がもう一回死にかける。いつそういうことが起こっても不思議じゃないという覚悟は必要だね。細見さんは僕より十歳近く若いから、ちょっと感覚的に違うかもしれないけれど、本当に元気いっぱいで健康な人なんて、周りにいないですよ。そういう状態の中でも、朗らかにというか軽快にというか、健気に生きている初期高齢者の悲哀みたいなものがあってね。悲哀と同時に、現代人ならではのある種のユーモラスな余裕ですね。そのあたりの感覚をどう読んで位置づけたらいいのか。細見さんのようにちょっと若い年齢の男性からどう見えてるのか、聞いてみたいと思います。

●人生詩とドラマ

細見　今度の吉田さんの詩集はちょっと突き抜けたところで書かれている印象があります。やっぱりそういう人生体験が大きかったのだろうと思います。全体が六行ずつで四連並べた定型のスタイル。しかも全て割と脚が長い。かつ全体を「人生論詩篇」「いのちの詩篇」「社会学詩篇」の三部に分けている。いつの時代だということこの分け方、少なくとも「現代詩」では考えられないですね。そして作品は、読者をびっくりさせたり感動させたりするために書くんじゃない、という感じ。そこはもう突き抜けたものを感じます。自分の知り合い、知人で亡くなった人のこととか、うだつが上がらない状態のままのこととかを、まるで短篇小説のように、この定型の中で書いていく。すごく肩の力が抜けていて力まない、随分推敲はされているみたいだけれど。そういう点で新しい場所で書いておられると感じますね。

山田　全部見開きで終わるけれど、短めの短編小説くらいの情報量がある。ちゃんとシチュエーションを作って、キャラクターを立てて、バックグラウンドがあって、それこそ物語的な作り。吉田さんの詩集はいつもだいたい三章か四章で構成している。

細見　最初から自分で設計図を書いてから書くんだと言っておられましたよね。

山田　こういう設計図でこういう詩集を作ろうと考えてから、三年、四年くらいかけて、いろいろな機会に、その一つの部品になるものを書いていく。一冊になったときにどういうストーリーを持って、どういうプロットになるのかをあらかじめ全部計算している。そこが非常にユニーク。

細見　ここに出てくる知り合い、面白い人が多いですね。花屋さん、古時計屋さん、元俳優、靴職人とか。決してスポットライトが当る場所にいるのではないけれど、それぞれがしたたかに生きている。しかもその人たちがそれぞれに老いている。その姿に吉田さんは強いシンパシーを持っている。

山田　実際にこういう友人がいて書いていると判断した方がいいのか、フィクションで造形していると考えた方がいいのか。

細見　巻末に「詩を解説した私的な補足」があって、そこでは実在の人物という書き方。

山田　だけど全部ではないでしょう。

細見　例えば、「花屋の場合」は、最後に「様々な仕事を経験した大学時代の親友の話です」という書き方。「陽気な古時計屋」だと、「高校時代のバンド仲間でしたが、不思議な男でした」。これもまたフィクションかもしれないですけど。「靴職人の憂鬱」も、「私が知り合った頃は歌の伴奏が専門の老ピアニストでした」と書いている。こういう人たちって、ヨーロッパではよくいそうじゃないですか。元はピアニストでいまは靴を作っています、とか。

山田　そういうきっかけになるようなモチーフのある人物とどこかで知り合って、そのあとの人生についてはフィクションで展開しているという可能性もある。本人は人間嫌い的で社交的じゃないと言っているけど、これだけ愉快な仲間が次々と現れる。

細見　こちらが見当もつかないような人生を生きている人たちの、本当にヨーロッパ的な物語のような気がしますね。もちろんそういう人たちは日本でもいるんでしょうけれど。

●最初の世代？

山田　ある意味でそういう人たちが出てきた最初の世代かもしれないですよ、私たち——私も三歳違いだからあえてそう言うけれど。一九六〇年代くらいに少年時代を送って、万国博覧会で初めて外国人の顔を見たとか、フランスのヌーベルバーグがあちこちの映画館で上映されて、二十世紀の世界の最先端の文化と風俗を、まだ純真な少年時代から全身に浴びてきた。そういった状況の中で、いろいろな変な人物、面白い人物が出てきて、そういう人たちがそれなりのユニークな人生体験をへて、今かなり人生の終焉に向かっている。

細見　僕のもっと下の世代でまたそういうタイプの人はいっぱいいますね。企業に就職するのではなく、農業をしたり、カフェをやったり、そういう人たちがまたいます。僕らの世代は律儀に一つ所にいるような感じ。

山田　かなり無理していたという感じはある、偽らざる実感でいうと。例えば作家とか詩人とかで、初めてこういう種族が日本人で出てきたという感覚がある。ある雑誌で映画の特集があって、『ヒロシマ・モナムール』で最近書いたんですよ、あの映画がなぜ『二十四時間の情事』なんていう日本語のタイトルになったのかをちょっと深読みして。『ヒロシマ・モナムール』で演じていた日本人の岡田英次なんてもうほとんどフランス人の感覚。もちろんアラン・レネが監督で、マルグリット・デュラスのシナリオですから、フランス的なシチュエーションだけれども、見事に岡田英次さんが演じきっている。初めて大学生の頃に見た時に、日本人もフランス人になれると思った。私なんかはフランス文学を専攻して、ある時期まである程度本気でそう思っていた。

細見　ここでは吉田さんの社会生活そのものはあまり出てきません。むしろ、他人の姿を映す鏡のような役割を果している場合が多いですね。化学の先生で、長い間高校で教え、校長をしたりしたけど、あまり出てこない。そこの部分を、別の詩集では出しているものがあったかもしれないけれど。

山田　『空気の散歩』ですこしありましたが、あまり社会生活は前面に出てこないですね。音楽のことはしばしば出てきます。若い頃、学生時代から、ジャズをやっていた。実際プロとして稼いでいたんですね。事務所に所属して、一ステージでちょっと上等なスーツを一着買えるくらいの収入を得ていたという。それが怖くなってというか、あるいはそれが嫌になって辞める。それから大学に行き直したりとかもあって、結構若い頃、青春期に試行錯誤していろいろなことをやった人なんですね。

●真剣なユーモアと孤独

細見　具体的な作品に入りましょうか。

山田　僕は、吉田さんの意外と剽軽なところが好きで。本人はすごく真面目で、決して冗談とかふざけているというつもりはないんだけど、ある意味で天然なボケ方があってね。例えば、具体的にいうと「悲しい親子」。時々母親のことが出てきます。将来の進路についても親と対立したり、親にいろいろ心配させたり。親子の葛藤みたいなことが出てくる。

子供の頃から貴方は行儀が悪く親不孝癖
息子を上手く躾けられなかった母の声を聞いて下さい

――これ母親の言葉で、子育てに失敗したということを言わせているわけですよね。

それは親の私が悪かったと諦めてもいいのですが
それなのになぜ急に人生も未定のまま大学へ
それも文学をやりたいと言い出したのですか
私には貴方がこの時代に抵抗しているとは思えません

簡単な母親の言葉だけで見事に要約しています。文学をやりたいなんて唐突に言い出して、かといって「貴方がこの時代に抵抗しているとは思えません」。これ、いわゆるノンポリ学生でしょう。大学行って文学やって哲学やって思想もやって、それで社会運動というような熱い青年じゃないわけですよ。僕の場合なんか、この人より三歳若いので、余計そう。母親が自分をどう見ていたのかというところにかえって、自分を反省している冷めた書き方。冷めているからこそ等身大の自分のことが正直に見えている。実はこれ相当したたかな書き方。このあとの二連、三連もずっとそうで、「貴方は小学校の卒業文集に／「この国を豊かにしたい」と書いて私を泣かせた」とある。嫌なガキでしょう、これ。冗談で言っているのか、本気でボケているのか、天然なのか。「貴方の文学で誰を豊かにさせられるの」って、これ批判ですね。「貴方を育てたこの時代の母親が悪いとは絶対に言いません」と、その母親の立場になって、今度は母親に感情移入していますよね。それで最後は「私は間違って貴方を産んだとは思っていません／「あぁなんて悲しい親子でしょう」」と、これで終わる。ここで爆笑しました。

細見　この作品の二連目のところで「「あぁ　なんて四季の美しい国でしょう」の／「あぁ」は何を表していますかという問いに／「感嘆」でも「感動」でもなく「感性」も貧しく／貴方は十六歳の時に「深い溜息」と答えたのです」と言ってまさしく最後に母親の言葉が深い溜息になっている。確かにそういうユーモアをもって、距離を置いて書いている詩ですね。

山田　その中で本当に真剣な付き合い、真剣勝負的な心のぶつかりあいがさり気なく書かれている。なかなか書けないいと思う。この軽やかさってどこから出てくるんだろうというのが、今回の一番大きなモチーフです。

●新しい老人？

細見　僕は「幸福な無人駅」というのが良かった。「私」がいるのが「無人駅」という設定。最初の二連を読んでみます。

鳥よりも鳥らしい小さな鳥でした
美しい銀白色と赤と青の柔らかな羽根

名前が分からないので仕方なく
ひとりぼっちの小鳥と呼ばせてもらいます
鳥よりも鳥らしい可愛い小鳥と
人間よりも人間らしく生きていたい私と

背景は山並みと空よりも空らしい空に夕陽
小鳥と私と木のほかに生き物は見えません
私は人間よりも優しく生きていたいのです
優しさの基準は判らないので
私は自分を善人で愛すべき正直者と決め
鳥らしい小鳥に私の小声で囁きかけています

山田　静かな作品ですね。
細見「木よりも木らしい」とか、「鳥よりも鳥らしい」とか。ある種プラトニズムなんですけど、現象よりも一層本質的なものみたいな。言葉の上で重ねるだけで、そういう雰囲気が出てくる。
山田　これは駅ですけど、吉田さんの今出てこなかったもう一つの面がある。山登り――登山家ですよね。若い頃からよくあちこち行って、それも一人で登る。大丈夫かなと思うときもあるんだけど、体がね。
細見　元来はがっしりした体格の人ですね。
山田　骨が太すぎて自分に合うスーツがなかなかないって、そういう人。山に登って、山小屋で一人で過ごしたり、そういうのが好きみたい。「幸福な無人駅」を読んでいると、書き手の人生観のメタファーみたいに見えてきません？　世界観とか自然観とか、それから社会まで含めてね。

細見　さっきちょっと触れた人間嫌い的な部分が出ています。「人間よりも優しく生きていたい」。

山田　人間嫌いだけど人間好き、みたいなね。

細見　人間よりも人間らしく生きていたい。

山田　まったく矛盾しているようだけど、その矛盾がとりあえず矛盾でなく同居している不思議な感覚。ある意味で憂鬱なんです。だけど同時にすごく軽やかさがある。軽快な憂鬱みたいな変なところがあって、割とそういう感覚が普通のことのようになってきているんじゃないか、自分の感覚を含めてね。ある意味なかなか老いることができない時代でもある。明らかに老いていくことは分かっているけれども、老いきることができない。七十歳になってもプロで、ジャズのライブをしていますからね。割と自然体でそれができてしまっているという、そういう新しいイメージの老人。新しい老人って変かな、これ。なんとなくそういうイメージなんですね。

●これは抒情詩ではない

細見　例えば「宿命と運命」にはまさしく今言われているような境地が出ています。これも最初の二連を読んでみます。

この木から花の重さをひくと夏

もう抒情詩は書けません
空を見て散っていく花　これは運命です
私が墜ちる瞬間を見ていてあげたのです
昨日は死者を見送った私　これも運命です
花を育ていつしか老いた私　これは宿命です

暖かな地面は
墜ちた花を受けとめなくてはなりません
私もまたこの地面に支えられ
墜ちていく予感を感じて生きていたのです
どこまで歩いていっても
辿り着けない場所があることに気づきながら

山田　二行目で「もう抒情詩は書けません」っていきなりくる。それから最後の方には「もう抒情詩は読みたくはありません」という詩句がある。こういう構成感覚もうまいですね。
細見　書いてある詩自体は抒情詩。
山田「これはパイプではない」というマグリット流。これは抒情詩ではないという抒情詩。「運命」と「宿命」という使い分けも実にコントロールできていますね。絶対逆にはならないでしょう。それぞれの言葉の重みをよく測って正確に使い分けているという書き方。これまでの吉田さんの過去の作品の系列に置いてみたらよく分かるんですけど、『結晶体』で一度自分の書き方を正確に把握したというところがあった。そのあと、しばらく詩は書きたくないとその時言っていた、それよりも歌詞を書きたいと。でもやっぱり性分というのか、それこそ宿命というのか。書いてしまう、詩人は。ああ詩人だなと思うんですよ。やっぱり書きたいことがあって。まだ二年しか経ってないですね、『結晶体』が出てから。ある種冷静な熱狂みたいなところがあって、今の「宿命と運命」も一種の認識がそのまま抒情に届いているという詩だと思う。

●昭和の時代のまま生きてやる

山田　来歴的なことが書かれているということで言うと、「隣町についての考察」。「隣町」という言い方をしているんだけど。これは「八ヶ岳方面に旅行をした時のことです」と書いてある。この「隣町」は吉田さん自身の出身地ではないですね。

細見　違うでしょうね。

山田　確か福島じゃなかったと思うから。「隣町」という風に言っているのは、これは第三者なのかな。

細見　要するに、原発事故で福島から逃げてきたというひとの話ですよね。

山田　そういう人物を設定して一人称で書いているということで、要するにフィクションの書き方なんですけど、他人に仮託してとかなりきってじゃなくて、自分のことをそのまま書いているようなリアリティ。ある種の切実さというのを感じて、一瞬ぎょっとした。原発の町の隣人……あれ？　そうだった？　と一瞬そういう風に読んでしまったのはこれちょっと不思議でね。このあたりの書き方をもう心得ているという。そういう中にあって、最後の二行ですごくストレートな本音が出てる。その二行だけちょっと読んでみます。

この国ではどちらかの方法で次々と町が消えていくが
どの時代に変わっても私は昭和の時代のまま生きてやる

「どちらか」というのは要するに原発の隣町で寂れていくか、原発のある町かどちらかなんですね。それから「昭和の時代のまま生きてやる」。かつて私たち子供の頃は、明治の男という言い方がよくあった。明治の精神がそのまま服を着て歩いているとか。それに対して「昭和の時代のまま生きてやる」と宣言する。ああ、そういう時代で、そういう年齢になったんだなということをふと思いながら、でもここに吉田さんの覚悟というか、意地というか、人生観というのか、それがすごくストレートに現れています。

細見　僕らの世代くらいまでやっぱり昭和世代的感覚が強いですね。それこそボンカレーのあの看板とか、何かそれ自体が懐かしい。あとは蚊取り線香の女の人の顔とかね。

山田　美空ひばりね。

細見　それでいて僕は時代がすこし違う。僕は、自分が「昭和の時代のまま生きてやる」という風には断言できない。気がついたら自分が生きた昭和の時代よりも遥かに長く生きてしまっている。確かに自分の感受性が固まる時が昭和だったということは抜き難いんですけど、でも、何年自分が昭和を生きられたかと言ったら、結局僕の場合は二十二、三年ですね。それで平成の時代が意外と長くあって、今や令和になっちゃったという感覚。

山田　吉田さんの年代だと今でも昭和の方がちょっと長いんです。僕がちょうど半分ですよ。昭和が三十三年で、以後が三十三年。

細見　僕は山田さんより十年若いから二十三年でしかない。それを思うとちょっとびっくりしてしまう。それで実際に記憶しているとなると四、五年は引かざるを得ないでしょう？　そうすると僕の場合は十八年くらいですか。意外と短い。それなのにやっぱり昭和世代と思われるし、自他共にそう思っているのが不思議なぐらいですね。

山田　人は自己形成した時代から抜けられないという宿命が常にあるわけで。こういう断言をあえてしてしまう。これ、詩人としてというよりも、人間としてのある種の覚悟というのかな。もう肝が座っているというのか、もういつ死んだっていいし、逆にだからこそ、いつまでも生きてやるよという。ある種の爽やかさみたいなもの。僕はすごく潔いと思って、ある意味憧れますね。

●優しさの伝言

細見　「笑い方の研究」とかも面白い詩だなと思ったんですが、僕としては、「優しさの伝言」というのが、いい詩なのに最後にちょっと違和感が残るという詩なんですね。これ山田さん、どう思われるかなと思いました。

山田　父親と子供の詩。盲目の父親なんですね。子供は両側にいて、子供は目を開けている。そういう家族の情景を見る。

細見　これすごくいい詩でね。巻末の作者の自己解説のなかの言葉もなかなかいいんですよ。「電車の中で三人を見かけた翌日に、偶然に、母親も一緒に四人で笑いながら歩いている姿を見かけ、私も暖かな気持ちになりました。母親も盲人でしたが、二人の子供は元気に親たちの手を引いていました。親たちの目が見えなくても、両親の健康な形質、遺伝子を受け継いだのでしょう。兄は母に、妹は父によく似ていました。」これはなかなかいいんですよ。ただ、詩の最後なんですよ。山田さんはどう思います?

父親は子供よりも無邪気な顔で笑っていた
声で我が子の動きを見つめているのだろう
幼い二人のあどけない声は聞こえているのだ
私の手も父親と小さな兄の手と繋がりたかった
不意に友人の息子の盲目の青年の顔が浮かんだ
彼にもこの暖かな光景を見せてあげたかった

山田　「友人の息子の盲目の青年」ってちょっとたどたどしい言い方ですが、「友人の息子」が「盲目の青年」なんですよね。

細見　そうですね。

山田　この「盲目の青年」の詩をどこかで読んだ気がするんだけど。そういう過去の作品の記憶が浮かんできて、それと繋いだような気がするけど、これはちょっと無理な繋ぎ方ですね。

細見　ちょっと唐突だなと思ってしまった。

山田　ここは盲目の父親と二人の子供の風景だけで終わっていいと思うんだけど、その「盲目の青年」のイメージがふっと浮かんできて重ねたかったんでしょうね。

細見　ちょっと一篇の作品としては、惜しいなと思ってしまう。家族の場面だけでいけばよかったのに。

山田　この「盲目の青年」のことを書きたかったのであれば、こういう言い方ではなく、最初に戻ってもう一回推敲すべきだと思う。最初に戻って、伏線で「盲目の青年」を入れて、ある日見かけた家族の情景を入れて、それを重ね合わせるぐらいの技量というか、技巧というかがほしいところ。

細見　要するに、ここに出てくる「私」というのが、この親子に注意を向けたということの背景として「友人の息子」に「盲目の青年」がいるということがやっぱりあったんだろうな、ということですよね。

山田　その思いがふっと出てきた。

細見　そこがちょっと惜しい。すごくいい詩だなと思っているのに。特に僕が好きなのは、こういう言い方はなかなかできないと思う、二連目の最後の二行です。

私の身体は急に震えだし涙が零れだした
それが私の優しさの伝言であって欲しい

この二行はなかなか書けないと思う。つまり、書いたら嘘になってしまうというようなところを、嘘にならないで書いているのが優れた二行だなと思うんですね。

山田　普通の技量の持ち主だったら書けないですね。こういうのは恥ずかしいと思って。

細見　書くと、ここはだめだ、削れ、と言われる書き方になってしまう。

山田　「私の身体は急に震えだし涙が零れだした」。この一行だけで終わったらこれはだめだ、恥ずかしい。

ただこの次、「それが私の優しさの伝言であって欲しい」。このフォローの一行があるからすごく効いているし、前の一行を消さなくて済む。そういうことをよく心得ている書き方。これはちょっと恥ずかしい言い方だから消そうじゃなくて、それがストレートに伝わるように書き足す。引き算じゃなくて足し算で書いていく。その書き方でいくと、吉田さんの技量から言えば、最後の「盲目の青年」と上手く重ね合わせて同じ長さで書けると思うんだけど。

細見　例えば、「幸福の速度」というのも詩集としていいタイトルだと思う。山田さんが最初から言われている、年齢とか、その中での体調とか、そこで振り返って思うこととか、いろいろなことが「幸福の速度」というタイトルに込められていると思う。ただ、詩集タイトル自体、「優しさの伝言」であっても良かったと思うくらい、大事な作品だと思うんですよ。だから最後が惜しいなと思ってしまった。でも前の詩集とかには出ていたんですね、その「友人の息子」が。

●未知への納得

山田　この「人生論」、「いのち」、「社会学」という三つの持っていき方ってものすごくストレートでしょう。

細見　本当に自分のやりたいようにやっていますよ。

山田　すっかりもう振り切ったというか。好きで書いているというか。

細見　もう自分の書き方で書きたいように書くっていう印象がある。

山田　それがちゃんと個性的な詩になるということはある意味すごく羨ましい状態。

細見　自分が納得したらいい、まずはそれが一番大事だという書き方。それこそ自分の詩が持っている「幸福の速度」みたいなものを自分のなかで一番大切にしようと思っている書き方だと思います。

山田　いろいろな経験を積んで、悲喜こもごもで、悲劇もあって、苦しいこともあってという、そのプロセスの果てに重い憂鬱もあるだろうけれど、そういう果てにある種の清澄さ、清々しさみたいなものが現れる。そういう瞬間が時にあるなら、まあ歳を取るのも悪くないよなと思えてくる。

細見　その悪くないなというところを、自分ですごく納得しながら生きているというのがよく分かります。

山田　ある意味で救いがあると思う。こういう詩を読むとやっぱり自分でも書きたいと思うし、それから、もっと読んでいきたい。こういう作品をより説得力のあるように、本当にいいんだってことを説明できることも一つの課題になってくる。なかなかシビアな問題がまた次に待っているんですけど、少なくともさらなる未知への出発点になるという意味で重要な詩集だと思いました。

第四十三回　阿部日奈子『素晴らしい低空飛行』

書肆山田

●作者について

細見　阿部日奈子さんとはかなり長い付き合いになるんですが、直接会ったことは三回か四回くらいしかなくて、だいたいお互いに詩集とか評論とかを送り合うという関係。最初からとても丁寧な手紙の返事を寄越してくださる感じでした。最近はメールになりましたけど……。世代的には山田さんに近い人ですね。

山田　同世代です。一九五三年生まれ。

細見　僕も世代的にはちょっと古い感覚を持っている人間ですから、阿部さんの感覚と合うところがあるんですね。とはいえ僕は阿部さんの作品についてなかなか批評しにくいところがあって、あまりきちんと感想とか批評を書いたことがない。いわゆるプライベートなことは何も知りません。ただ文学とか思想関係の膨大な蓄積があって、読書家であって、文章が非常によく書ける人ですね。詩に関していうと、鎧が堅くて、ある種の形式を持った作品を行分けで書かれている場合が多い。どこかヨーロッパの作品の翻訳みたいな感じがする。それで、地の声というのをあまり響かせない人です。あるとしたらそれを複雑な形に折り畳んだり、フィクショナルに構成したりというような感じで、僕が書いている詩とは全く違う。『海曜日の女たち』で高見順賞でしたね。今度の作品は小説のような作りになっていて、またやっかいだなと思った。山田さんはどんな風に思われました?

山田　読者のためにちょっとだけ補足しておくと、詩集がこれで五冊目です。随分キャリアの長い方だけど意外と少ない。最初の詩集は一九八九年で、出発としてはそう早くはない——三十代の半ば。それでもかなりの年数が経っているので、五冊目というのは割と寡作ですね。だけどその割にはしょっちゅう作品と名前をあちこちで見ている記憶があるのは、いろいろなところで発表はしているんですね。詩集の数としては五冊だけど、たくさん書いている人。一冊の詩集はあるテーマとかスタイルを決めて、書き下ろしとはいわないけど、それに沿いそうなものだけを抜き出してきて一冊にまとめるというかなり戦略的な出し方。だから、一冊の詩集を作るときの意匠とか意図があるので、そこを正確に読み取らないと間違う。

●等身大の自己像、か

山田　私も実は個人的なお付き合いはあまりない。ただ、以前、福永武彦研究会で、長田弘さんと小池昌代さんと阿部日奈子さんと私とで、「詩人たちが読む福永武彦」というシンポジウムを東京でやった。その時の阿部さんの発言が非常に面白かった。『死の島』の相馬鼎、こんなだめな男はいないっていうのね。

情けない、どうしようもないだめな男だって。そのことはもちろん福永武彦という作家の評価とイコールじゃないですよ。このことで小池さんとすごく意気投合してしまって、私はどうやって相馬鼎を救い出そうかなと相当苦労した記憶がある。長田弘さんがそこをうまくまとめてくれましたけど、相当辛辣な読み方をする方ですね。小池さんと阿部さんはかなり以前からのお付き合いがあるみたいで、例えば「ラ・メール」でとか。

細見　八〇年代ですね。

山田　そのことが今回の詩集の読み方にも関わる。世代が非常に複雑。まず、主人公の「私」を作者と等身大と見ていいのか。最初私は、全くのフィクションだと思った。全くのフィクションの三人称で書いていると思ったのが、再読、三読している内に、これ自伝じゃないかって思いはじめた。もう一回考えてみたら自伝であるはずがない。だけどかなり巧妙ですね。例えば戦後六十三年の話が出てくるでしょう。するとニ〇〇八年です。その時は何歳になるかとか、全部分かる。ほかにも微妙なヒントがあちこちにあります。スマトラ島沖地震が出てきます。あれはニ〇〇四年。それから、天安門事件で逃げてきた中国人の話が出てくる。そうするとこれはいつ頃かとかね、その時にこの語り手が何歳であったか。

細見　あと、総括とか自己批判という言葉に恐れをなして日本を逃げ出したという書き方がある。やっぱり出発点は七三、四年ということになるのかなと思う。

山田　だいたい何年頃に何歳でどこにいてってことをたどっていくと、ほぼ年齢的にいうと時代とぴったり合って等身大の自己像を描いていることになる。四十女がなんとかって何度も出てくるのがインドネシアのジャカルタあたりの話ですが、そのあたりを彷徨っていたり放浪していたり。日本語教師になるために修士号をとろうとしてオーストラリアで勉強していたのが何歳とか、たぐっていける。

細見　ただこの詩集は大きくは二部構成になっていて、第一部は「さまよう娘たち」と、一応複数形になっている。そして後半は「行き暮れる親たち」とまた複数形になっている。後半は特定の一人の人物ではなくて、複数の様々な母親だろうと読める。そうすると前半の方も、かなりの部分は一人の「私」の物語として読めるけれど、ここも「さまよう娘たち」といって複数形になっている。特定の「私」が年代を追って、日本の男性に送った手紙という形をとっているんですけど、複数であることが前提になっている。それからマレーシア、ジャカルタ、あるいはオーストラリア、このあたりの土地勘というのは確かに相当ありますね。滞在していないと分からないような情報がだいぶある感じがして、でも僕が知っている限り、阿部さんってそんなに海外に行っていたという感覚があんまりない。ちょっと不思議な世界です。

山田　少なくとも滞在経験はあるとして、そこにフィクションを重ねている。ある女性のロールモデルみたいなのがあるんじゃないか。「娘たち」と題には確かに書いているけど、一人の娘でも構わない。ここに登場しているのは、娘って一般にいえる年齢の人物じゃないですね、四十女だったり、知命過ぎていたり。何か複数性のある、多重人格的な娘と読める。そうするとそれを娘と呼んでいる相手は、語り手が手紙を送っている相手から見た娘。ということは手紙を送っている相手は父親かな?

細見　確かに父親的な存在ではありますね。お金を無心して結局踏みにじることになる。

●ロマネスクとポエティック

山田　実像のことも含めて分からないところが多すぎて戸惑うところはある。

細見　つまり小説として読むと穴だらけですね。作品としてよくないという意味じゃなくて、読んでいて追いきれない部分がある。だけど、現に残された手紙というのはこういうものだということもある。

山田　阿部さんと私は同年代ですから、思い起こしてみると、二十代前半の頃に随分ヌーヴォー・ロマンが読まれました。その書き方というのは、従来のリアリズムの発想ではなくて、時間もあちこち行ったり来たりするし、視点も動きまくったり逆に全然動かなかったりする。ある意味で実験的なことをするんだけど、ある断章と断章とが物語的な意味では繋がっていかない。つまり、どちらかというとロマネスクではなくてポエティックですね。ポエティックな繋がりで物語ができていく。その代表はロブ＝グリエといわれるけれど、阿部さんの書き方を見ているとデュラスを思い浮かべます。想像でいうしかないけど、かなりデュラスに惚れ込んでいたんじゃないかな、と思わせるような書き方を何箇所か指摘できる。小説として読んだら穴だらけという言い方されたけれど、ヌーヴォー・ロマンの小説って穴だらけなんですよ。むしろその穴のところにポリシーがあってそこを自由に想像力で埋めて読んでいくというような作品。それでいうと今いった後半は違う。むしろ後半のこの何篇かは機会がある毎にどこかで書いたものを編集したように見える。それに対して、前半は一つのプロットにまとめたように見える。その二つを合わせるという組み立てと見ていいいんじゃないか。

●世界体験のことなど

細見　前回の吉田義昭さんとある点では似ているところがあって、世代的にもそうですね。つまり、これは本人の体験も入っているでしょうけれど、同世代にこういう人はたくさんありえた。ヨーロッパではなくて、アジアを彷徨う体験をしている人たちはやっぱりいただろう。そういうものも入っているのだろうなという気はする。その中でやっぱり言葉の問題が非常に大きい。ここの「私」も日本語教師で食いつなぐこともするし、そのために英語を一生懸命身につけようとするし、もっと他の現地の言葉なんかと接する。言語的にも多様でその中で生き抜いている、そういう在り方があの七〇年以降の世代では随分あったんじゃないかという気はするんですね。

山田　ただ、私の記憶とか感覚でいうと、例えばバックパッカーなんかで海外旅行する女性は少しあとに出てくる。八〇年代、九〇年代くらいからね。例えば六〇年代っていうと、一番よく目立つというか有名なのはオノ・ヨーコ。一方でジャズの方では穐吉敏子。そういう人は五〇年代、六〇年代にもいたけれども、ごくごく特別だし、大抵ヨーロッパかアメリカなんです。アジアにはあんまりいなかったと思う。

細見　インドに行くという流れもありました。ビートルズ以来のインドへの憧れも強かった。

山田　憧れはあってもなかなか実践するのは難しくて——女性が一人で世界へというのは、もうちょっと経ってからではなかったかと。最近はそういう作品が多くなって、女性目線の世界と直接渡り合う作品がこのところすごく目立ってきているし、いいものになってきている。長田典子さんの『ニューヨーク・ディグ・ダグ』とか、宮内喜美子さんの『神歌（ティルル）とさえずり』などです。前のバックパッカーの女性の驚きというのとまた少し変わってきて、成熟してきているというのかな、新しいものが出てきているような気配。この阿部さんなんかは詩歴の長い方だからいろんなスタイルで書けます——前の『キンディッシュ』なんか面白い詩集でした。あれはかなり実験的で前衛的なものだと思う。今回のでもフィクショナルなところで、それがまた成熟していてこういう形である程度年配の女性を軸に描いていく。吉田さんの時にもお話したけど、新しい老い方というか、こういう新しい成熟の仕方というところをうまく意味付けて説明できないかということを考えながら読み直したんですよ。で、細見さんとこういう問題を話していく内に何かこう、弁証法的にふっと見つからないかなと思って期待しているんですが、どうですか。

●複数の自己

細見　いろいろ考えさせられるところはありますね。例えば、この「私」というのがたどっていく地方、バンドンとかよく出てきますけど、日本が侵略していった東南アジアからオーストラリアに至るようなところという感じもする。そこを舞台にしているような感じですね。それから、インドはそんなに出てこないですけれど、中に三島由紀夫の話がちらっと出てきます。あの『豊饒の海』と作品世界は全然違うんだけれど、裏返し『豊饒の海』的なものを感じたりもして。

山田　輪廻転生の話で若者がしゃべっていた箇所がありました。

細見　こういう風に七〇年代から二〇〇〇年代くらいまでにかけて、女性が東南アジアからオーストラリアに至るところで、とにかく何とか生きている。かなり厳しい状態で、複数の言語、様々な人間関係にもまれて何とか生きている感じ、そこに、日本の侵略していった地域とか、三島由紀夫が『豊饒の海』で書こうとしていたことが裏地にはずっとへばりついているのかなという印象があります。

山田　『豊饒の海』は時代的にももっと長くなるけれど、ある意味その裏返しというのは分かるような気がする。多少なりとも滞在の経験があるにせよ、そこで生活したり仕事したりという経験は阿部さん自身にはなくて、誰かをモデルにしている。具体的なモデルがいたのか、それともそういう人物を造形したのか。そういう意味でいえば小説的、物語的なアイデアが出てきているということがいえますね。物語的な構成をバックにもった詩的断章文。散文詩なので、結構日常の細かいところまで書き込まれていますが、その断片から断片の間がすごく飛んでいる。リアリズムがあまりない。そうすると、自分のことではなくて、でもそこに共鳴をして、モデルとなるような他者に語らせてあるような、そういう成り立ちかなというような風に見えてくるんですけどね。

細見　どちらかというと私は受け取る側かもしれないなという気もします。作者の位置がどこにあるかというと、こういう手紙を受け取った側ね。そういう位置でも読めるかもしれない。

山田　友人とか、誰かそういう近いような経験をしている人が何人かいて、その何人かいるのを一つの通時軸に繋げると、一人の女性の生き様みたいに見えてくる。だとすれば「娘たち」というタイトルもそこから出てきていると言うことができますね。別々の女性なんだけれど、あたかも、輪廻転生ではないけれど、化身、変身みたいにして繋がっているかのように、そういう書き方をしているのかな。

細見　阿部さんの作品は、今回の作品でも、場面場面は深刻なんだけど、深刻に落ちこまない。深刻になるところで結構はっちゃける。

山田　あっけらかんとしている。あるいは自虐的だったり、突き放したりしているところがありますね。こんないい加減な生き方してごめんなさいみたいなところもありますし。

●詩的飛躍と難解さ

細見　最初に「詩・イカ・潜水夫」という散文詩が載っていますね。

山田　これある種の詩論。「あなたの詩を読んだあとの余韻のようなものです」といっていますよね。これが最初に独立して出てくるのは、全体の序詩でしょうね。だからこれがどういう隠喩で読むことができるかということも解読の一つのポイントだと思う。

細見　要するにこれは読者代表みたいな感じで、あとの作品に対してのある種の読み方を示唆している。

山田　なぜかこれ焼津なんですね。なぜいきなり焼津からはじまるのか。三鷹も出てくるし。焼津と三鷹って東京の人にとってみたら特別なメタファーとかあるんでしょうか。

細見　その詩の後半を読んでみますね。「イカを喰いながらあなたの詩を想う奴がいてもいい、あなたの詩の深度を「イカの対極」とか「イカより遥か彼方に」とか「イカと同じくらい孤独」とか、さまざまに測量する潜水夫がいて、海面をぴしゃりと打って躍り上がるボラみたいに、焼津港から気まぐれな合図を送っていることを、あなたはあんがい面白がってくれるかもしれない……と、最近になって考えています。」このあたりは確かに詩論、詩に対しての読み方ですね。

山田　こういうタイトルのヌーヴォー・ロマン的な作品があるでしょう。『カフカのように孤独に』（マルト・ロベール著）とか、フランソワーズ・サガンの『愛と同じくらい孤独』とか、ちょっと詩的な含みを込めた小説のタイトルみたいなの。村上春樹がよくやる「〜について語るとき」「〜が語ること」みたいな。そういうメタファーの使い方。以下の詩をどういう読み方をして、どういう人物像というのをそこに与えていくかということは、何通りもあっていいですよ、というように読めます。無難な読み方としては、さっきいった具体的なモデルがあってその中には自分自身の経験も一部含まれているんだけれど、全体としてはやっぱりフィクション。

細見　その時にね、さっきも出ていたんですけど、いわゆる小説としてきちんと書くのではなくて、こういう穴があったり飛躍したりの状態で書くことによって、読者にいろいろ考えさせるというところがあると思う。でも、そこを補わないとそもそも読めないという問題ですね。それが詩だといえば詩なんですけれども、そこまで読者が一緒についていけるかという感じがちょっとしちゃう。

●詩の禁欲と贅沢

山田　阿部さんの来歴も感性も、たぶん私なんかとは全く違うし、どう繰り返し生き直したところで絶対にこういう人生を送れない。これは文学作品の中でしか出会えない人生だなと思うからこそ、余計に気になる。こういうものを遠ざけるのではなくて、むしろ登場人物のこういう経験、私のできない経験を書いてくれているんだから、すごく大事にしたいとは思うんだよね。

細見　以前の時里二郎さんの時にも思ったんですけど、詩というのはかなりの準備があって、背景とかを考えて、しかし小説のようにそこを全て書ききらない。ある意味ではとっても贅沢でしょう？　一方で、これだけ作っているんだったら全部書いちゃえよといいたくなる。小説だったら三百頁くらいになるだろうところを、詩はこういう風に穴だらけの状態で読者に差し出す。時里二郎さんのだって丁寧に書いたら六百頁とかの長篇小説になりますよね。

山田　長篇叙事詩ですね。

細見　それくらいの背景があるんだけど、詩としてはそうやらない。ある意味とても贅沢なジャンルだという感じがしますね。

山田　禁欲的というべきかもしれないけど。なぜそういう禁欲的な姿勢にこだわるのかといったら、そこにやっぱり詩でしかできないとか、そもそも詩を書きたいとか、詩ならではの欲望とか魅力とか、そういった本質的なことが全て詰まっているような気がするね。

細見　小説でもできるかもしれないけれども、この量で、詩の場合にはある種のポリフォニックな形とか語りとかそういうことが可能なのかな、という感じもするのはする。それは読み手の方にも相当なハードルを課してきますけどね。

山田　プルーストみたいな、あれくらいの分量を時間をかけて読む覚悟をすれば、大抵の難解な詩は読めますよ、相当辛いけど。そこまで辛い必要があるのかというとまた別の話。極端な言い方をすれば、長篇小説を一冊読むくらいの手間暇をかけて詩集一冊を繰り返し読むくらいのことが必要で、僕らもそれが正しい詩の読み方だといつもいうけれど、本音は、あまりそうはいかない。一日で詩集五冊読まなきゃいけないという日もある訳だから、現実にはなかなかそうはできない。だけど本当はそれくらい時間をかけてじっくり裏返してみたり、角度を変えてみたりという風にポリフォニックなやり方しないと本当はいけないんだということを思い出させてくれますね、こういう詩集を読んでいると。

●低空飛行ということ

細見　タイトルはどうですか。『素晴らしい低空飛行』。「低空飛行」という作品はありますね。

山田　第一部の最後の作品に「低空飛行」というタイトルがつけられていますね。それがなぜ「素晴らしい」のかということだけども、ここはちょっと読みます。「しかも私が書くとぼやきにしかならないことを、あなたは別様のものに創り変えて打ち返してくる。フィクショナライズされた〈ある女の世過ぎ〉と見なして、読んでいます。自分のようで自分ではない、幻の女、ですね。彼女の低空飛行はいましばらく続くでしょう。来年か再来年には、ダーウィンに引っ越そうかと考えています。」これ、作者の本質というか本音を詩的に表現しているフレーズだと思うんです。「フィクショナライズされた〈ある女の世過ぎ〉」、つまり虚構化されている訳ですから。「〈ある女の世過ぎ〉」を虚構化して私はこういう風に表現しましたということだから、「自分のようで自分ではない」ということで、虚構と事実というものの淡い微妙なズレ、それから重なり方ですね、そういったものを微妙にこういう形で宣言している。それを「彼女の低空飛行は」と言っている訳ですね。こういう「フィクショナライズされた」自画像というのは決して上空を強く激しく滑空する訳じゃなくて、あくまでも「低空飛行」なんだという、ある種の自己批判を含む。でも「低空」とは言っても「飛行」は「飛行」なんですよ。だから自在に世界中を飛び回る訳ですね。パスポートがどうとかビザがどうとかいっぱい出てくるけれど、その割には気楽に移動してますね、都市から都市へも、国から国へも。いろいろな苦労はしているけれどそこは書かない。書かないから気楽に飛んでいるように見えるだけで実はかなり苦労していると思う。そこが「フィクショナライズされ」ているということだと思うので、こういうスタンスがタイトルに現れている。

細見　オノ・ヨーコさんの例でいくと、これは「高空飛行」、最終的にはね。要するにアーティストとして成功して、世界的に著名になる。でももっと地道なところで「低空飛行」を続けている、そこでのその体験とか経験、「世過ぎ」というものが持っている何か大切なもの、リアリティとか、そういうところでしょうね。それがもっともっとたくさんあるんだってことでしょうね。

山田　そこに注目して表現するのが詩だよといっているような気がする。

細見　それを最初の詩の「詩・イカ・潜水夫」、あの話からいくと、その「低空飛行」が如何様にも読めるというところかな、詩のよさというのは。

山田　海でいうと、イカが生息しているのはそんなに深い海じゃないね、ダイオウイカみたいな例外はいるけれども。通常はイカ釣り漁船というのは浅い海で松明みたいなのを点けて光で集める。その辺の沖合というか近海です、そこで大量にとれる。だから空の比喩を海に持ってくると、浅い海。浅い海を泳いでいる、だからイカを釣ってそれをどう解釈するかは「低空飛行」と繋がっている。

細見　そこに「海面をぴしゃりと打って躍り上がるボラ」というのが出てきましたけど、「ボラ」というのも全く冴えない魚。排水に群がっているような魚ですからね。そういう価値の転換がありますよね。

山田　ある種キッチュなものというか、そういったものに光を当てて、その新しい光り方とか鳴り方とかいうものを言葉に表していく。そのあたりは阿部さんの詩論としてどれくらい意識しているか。僕はやっぱりかなり意識している人だなと思います。

細見　じつに周到に書いてある。だから、その周到さに見合うだけの読み手のがんばりがなかなか難しい。

山田　どういう風にこういう詩人のキャラクターが造形されてきたのかということは興味がありますね。同い年だから余計興味がある。

細見　八〇年代どうしていたんだろう、九〇年代どうしていたんだろうと思いますね。

●抒情的散文詩と小説

山田　それでは最後に、一箇所か二箇所くらい引用しましょうか。

細見　僕は最初の「詩・イカ・潜水夫」の後半のところが良かったと思いますね。さっき読んだところで繰り返しになりますが、「イカを喰いながらあなたの詩を想う奴がいてもいい、あなたの詩の深度を「イカの対極」とか「イカより遥か彼方に」とか「イカと同じくらい孤独」とか、さまざまに測量する潜水夫がいて、海面をぴしゃりと打って躍り上がるボラみたいに、焼津港から気まぐれな合図を送っていることを、あなたはあんがい面白がってくれるかもしれない……と、最近になって考えています。」やっぱりこれは面白い出だしだと思います。

山田　これは一種の宣言のようなもの。それがどういうフレーズでどういう世界を作り出しているのかという一例を私は読んでみましょうか。後半は単独の抒情的な散文詩として読めるものが割と多いんですね。その中で、例えば「ハロウィーン」。最初に「アケビに白味噌を詰めて焙ったもの」というハロウィーンの時のパーティー風景なのか、そういう情景が出てきて、「パンプキンパイ」とか日常の食生活が出てきて、最後のところに一挙に飛ぶ。これハロウィーンの曲の歌詞の場面、恐らく屋外ですね。「所狭しとご馳走が並ぶテーブルを見たら、祖母なら「港に船が着いたような賑わい」と言い表したことでしょう。」これ鉤括弧です。「港に船が着いたような賑わい」。何か歌のフレーズですね、こういう曲聞いた覚えがある。ボブ・ディランかもしれない。「けれどアケビは売れ残ってしまいました。時代が変わったんですね。♪ And accept it that soon.... ボブ・ディランをカヴァーして、笑み割れたアケビもそう唄っていますから、無理強いはやめておきましょう。」この「笑み割れたアケビ」がちょっと不思議なんですけど、これ人の名前？　ニックネーム？

細見　冒頭が同じように「笑み割れたアケビに白味噌を詰めて」でしたね。

山田　それはアケビですね。ところが最後、「笑み割れたアケビもそう唄っていますから」。この「唄っている」るのは一体誰なのか。

細見　アケビは「売れ残って」誰にも食べてもらえなかった訳ですね。だからそのアケビ自体が「And accept it that soon....」という風に「唄って」いる。アケビもしょうがない、「時代が変わった」んだと。

山田　そこにある種の人間像というか、時代に取り残される少女像というのか、そういうものが重なっている。時代が変わるんだから、すぐにドアから追い出されるだったか、そういう歌詞があとに続く。居場所がなくなる、出番じゃないよというのが続く。割と本音に近いところが、後ろの方では割と自由に展開されている。詩集の前半はプロットとかストーリー的な縛りがあって、その中で工夫してやっているけれど、詩集の後半はなんだかもう自由に散文詩で好きな道を探して書いているという気がする。前半のような大きなストーリー性を持った作品も一方でやっていただいたらいいんですけど、後半の比較的短い抒情的散文詩ですね。これだったらいろいろなスナップショットみたいなものを阿部さんのこれまでの人生観とか思想性、感受性といったものを感光板のようにして、独特の映像処理ができる。そういう作品集だってできる。次は近いうちにこういう散文詩集を出してほしいと思います。

細見　阿部さんのこういう書き方を見ていると小説もありかなという気がする。小池昌代さんみたいな人もいますしね。根っこは結構七〇年代があるんだろうなと思う。さっきのボブ・ディランの話もありましたけど。

山田　詩のような小説がよく書かれて読まれていた時代でもある。そういう青春期の素養とか経験があって、それを今の時代にどういう風にフィットさせて自分が書けるか、あれこれ模索をしているということはあるね。

細見　淺山泰美さんも、エッセイを随分書かれている。淺山さんも詩を書いていると読者が本当に少ない、エッセイ集だと図書館なんかに置いてあって、読まれているのが分かって喜んだということを書いている。それはやっぱり正直あるかなという気がします。読者がなかなか詩の場合はついてこない、ついてくれない。時里さんなんか、本当にあれだけすごいものを書いてもやっぱり読者って非常に限られている。村上春樹とは比べようもない。でも同じような世界は持っているんですよね。そのあたりで、例えば阿部さんが小説を書いてみる――ひょっとするともう書かれているかもしれないけれど、僕はそれもありかなという気がする。山田さんがいわれたみたいに、それがきわめて詩に近い小説であったらそれはそれでいいし、世間的なジャンルとしては小説といわれたっていいいんじゃないかという気がするんです。

山田　阿部さんの場合、小説でどうなるか分からないけれど、世界に対する違和とか不和とかね、そういったものを正直に口に出すことが表現になっていくという気がする。その点なら小説もありかなと思います。僕自身はやっぱり、シャープな抒情的散文詩の塊を阿部さんに出してほしいというのが欲望としてありますね。

細見　たいへんな出力がある人なのは確かだから、別にジャンル関係なしで短篇小説とかそういうのも読ませてほしいなというのが、僕の正直な気持ちですね。

第四十四回　最果タヒ『夜景座生まれ』　新潮社

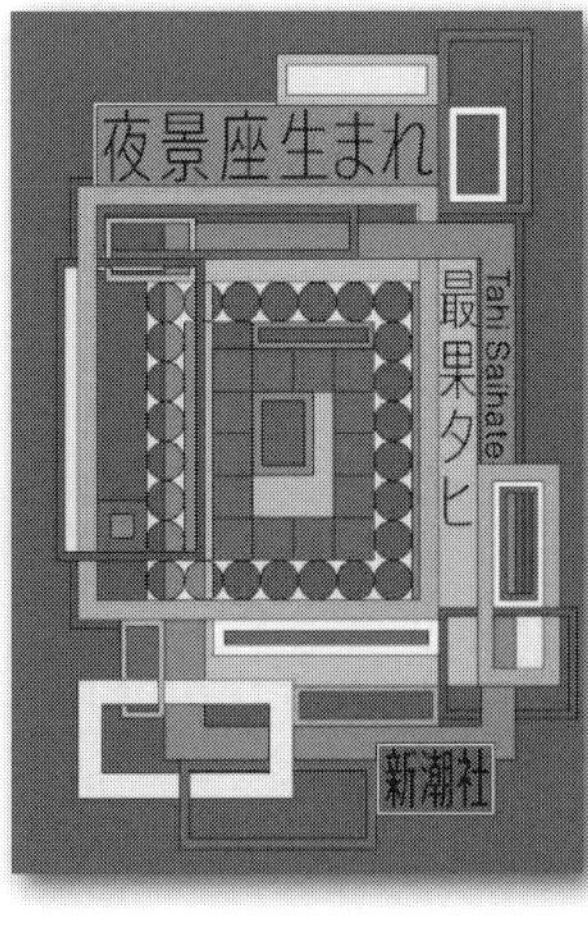

●最果タヒという現象

山田　最果タヒの新しい詩集『夜景座生まれ』が出ました。第八詩集です。これまで最果さんは講談社、リトルモア、小学館と、いろいろな出版社から出していて、今度は新潮社。出版社は違うけど、テイストはほぼ同じ。サイズはB6かな。ソフトカバーでカラフルな感じ。いわゆるサイケデリックな装幀で、厚さもだいたい同じです。何か一つのパターン、様式ができている。中身についても第三詩集あたりから、固まっている。

　読者のために、少しだけ経歴も含めて話をしておくと、中原中也賞を『グッドモーニング』で受賞したのが二〇〇八年。その前に現代詩手帖賞を受賞しています。中原中也賞の時は二十一歳で、ちょっと話題になりました。二〇〇八年はちょうど私たちにとっては「びーぐる」を立ち上げた年。そのあと二〇〇九年、講談社の「別冊少年マガジン」で漫画家たちが最果タヒの詩に絵を書くという企画があった。詩が先で、絵が後です。萩尾望都をはじめ大勢の人が参加していますから、これはすごく画期的で、詩集『空が分裂する』に収録されました。詩人が別の業界のことをやっていくという流れとしては、少し前に町田康がいます。それから川上未映子。川上未映子は最果さんの次の年に中原中也賞ですね。

最果さんはなかなか第二詩集が出なくて、いろいろと模索していたようです。ブログや、ネット上で言葉を捕獲する「詩ューティングゲーム」とか。そういう時期を経て、私が今回読んだ理解で言うと、第三詩集『死んでしまう系のぼくらに』で、縦書きと横書きを併用するスタイルが出来上がる。横書きの詩は必ず一頁、縦書きの詩は数頁という場合もある。だから全部右から読んでいく。縦書きと横書きのこうした併用は最果流の定型なんですね。これで一つの型ができて、以後第三詩集から今の第八詩集『夜景座生まれ』までの六冊はみんなその形。細見さん、どうですか。これまでどれくらい読んでいます?

細見　僕は正直ほとんど読んでいません。ただ『グッドモーニング』が中原中也賞になった時に、僕は『ホッチキス』が候補になっていて、それで選評とかを読んだ記憶がある。

山田　あの時、清水あすかさんも最終候補でしたね。

細見　それで『グッドモーニング』は読んだような気がしていて本棚を探したんですが見当たらなかった。この作品もそうですけど、SNSとかウェブ上での発表が多いですね。その辺りも新しい書き方になっていると思いました。ただ、ウェブでその都度発表しながらそれでも詩集としてまとめて、読者をウェブとはまた別に求めている。ウェブだけでやっている人は多いと思う。それに対してSNSなんかで掲載しながら、ある段階で詩集にまとめていく、そういう作業を二つやっている。そこはすごく特徴的だなと思います。

●ネットと漫画と青春と

山田　ネットから生まれてくる作品が今多くなっていますね。私もウェブをやっていますけど、一回活字媒体になったものをウェブでも載せる形なんです。そういうやり方をしているのは割と年配の人。若い人は始めからネット上で書いていて、それを推敲してまとめていく。確か最果さんの場合は高校生の頃から書いて「現代詩手帖」に投稿していた。

細見　高校生ですか、「現代詩手帖」に投稿し始めたのは。

山田　一九八六年生まれでしょ。二〇〇七年に第一詩集ですから、その時で二十一歳。そしたらギリギリかな。

細見　若い時の勢いがあったら、十八歳、十九歳、二十歳くらいで一冊分は作れますね。しかしやはり才能ですよね。なかなかその年齢で詩集をまとめて、ましてや中原中也賞。そんなに簡単に獲れるものじゃないですよ。

山田　今三十代半ばにさしかかっているんですけど、その後の作品を見ていくと、思春期の頃にいろいろ屈折や屈託があった。細見さんの言葉によれば、誰でも青春期自体が一つの「災厄」だから、詩が青春のものだという言い方もある。それを引きずったまま、というとネガティブな言い方だけど、ポジティブに抱えたままと言えばいいのか、ある意味での臨死体験的な青春というその本質を抱えたまま、つまり詩人で在り続けながら詩を書いていく。変な言い方だけど、詩人で在り続けながら詩を書いていくって意外と難しいことでね。小説を書いたり別のところへいくこともあるんだけど、ある種の思春期の初々しさと屈託と絶望、そういったものを抱え込みながら、ずっと書き続けている。ある意味で稀なタイプだと思う。もちろん書いていく毎に成長はしているし、進歩もしているんだけど、本質的なところがずっと保たれている。

細見　基本的に非常に孤独な言葉ですね。孤独で暗い世界。明るい話題がほとんど出てこない作品世界ですね。

山田　暗いけど軽いよね。

細見　結構重いと思うけど。

山田　軽いというのはつまり文体とか口調とか、モードのこと。テーマとか内容は暗いし重いけど、口調とかモードは軽い。軽快なモードで書いている。

細見　実際にはいわゆる社会生活があって、いろいろな付き合いもあるけれども、僕ら自身もずっと思春期的なものを抱えている。そこのところで読者に届くのでしょうね。読者がかなり多い人ですね。

山田　初版が一万六千とか聞いたけど。

細見　それはすごい。

山田　万単位ってすごいですね。私のゼミの学生で詩を書いている女の子がいて、作品の感じに最果タヒの雰囲気が出ているので聞いてみたんですよ。そしたら読んでいるって。どこで知ったのか聞いたら、本屋さん。本来詩集だって、ある程度大きい本屋へ行ったら新刊が平積みになっていてほしい。そういう書き手がいないと詩はますます読まれなくなっていく。最果さんはそういう例外的な人。

細見　新潮社や講談社から詩集が出ることが普通でない時代ですから。一九七〇年前後はまだたくさんの出版社が詩集を出していました。新潮社の「世界詩人全集」というコンパクトなものがあって、一九六九年ぐらいから一九八〇年ぐらいまで出回っていた。

山田　あれはいわゆる近代詩ですけどね。

細見　現代のも若干入っています。

山田　中央公論社の「日本の詩歌」もそうですし、角川書店版もあった。いま詩集を万単位で初版を出せる人ってまあいない。

●売れること、匿名、死の主題

山田　最果さんの場合、読者がいるから出版社も出せる。どこにそういう特徴があるのかを考えるべきだと思います。これまでの八冊を通して読むと、ある種の一貫性と、少し変化してきているところがあります。最初の『グッドモーニング』は高校生から大学生ですから思春期、その死のような閾をくぐり抜けてゆく青年というか少女が一つの表現の手段を獲得する。そういう形で第一、第二詩集まで手探りでやってきた。そのあとの『死んでしまう系のぼくらに』から『愛の縫い目はここ』までの三冊が一つのスタイルの確立。縦書きと横書きを組み合わせ、男女も自由に入れ替わる。それから統一したキャラクターはない。いろいろな人物に、年齢まで自由自在とはいかないけど、主に少年と少女に性別は自在に入れ替わる。そこまでの三冊については帯にも「三部作完結」と書いてあります。その後が二〇一八年『天国と、とてつもない暇』。ここからまた変わってきていて、さらに三冊出ているんですが、スタイルは前の三部作と同じ。だけど中身がかなり変わってきている感じがします。細見さんはどうですか。

細見　正直ほとんど読めていない。一冊詩集評で詩集を紹介したことがあったと思う。その記事には本人がどこにいるかを書かないといけない欄があって、書けなかった記憶がある。普段、作者は宝塚市在住、神戸市在住とか書くのですけど、そういう書き方もしてほしくないと出版社から言われた覚えがある。

山田　連絡先は出版社宛になっている。

細見　自分を具体的にどこそこに住んでいる誰と特定されたくないということだと思った。身を守るということもあるだろうけど、言葉を発している自分を具体的な個人として特定される感覚に対する違和感があるんじゃないかという感じがしましたね。

山田　いつ頃からそうなったのかな。最初からとはやっぱり思えないです。中也賞発表の「ユリイカ」には略歴と顔写真が出ているからね。でも、その後、次第に匿名性を重視していくようになった。一方ではネットなどで発信しているわけだけど、他方で日常的な現実性を捨象していくような傾向。作品自体もそうですよね。だいたい主なテーマは死でしょ。死のことがずっとテーマになっていて、これは思春期の頃の、ある意味で甘美と言っていいかもしれない、死の主題をずっと引きずっている。そういう意味では極めて本質的な詩人だと思います。

●オルフェとジョバンニとカムパネルラ

山田　ある種の匿名性というものにこだわって、かなり広い読者を獲得した詩人では、少し前に銀色夏生という人がいましたね。その現象と重ねてみたい気もします。ただ銀色夏生の場合は詩に写真が添えられていました。

細見　ただ銀色夏生の場合は、いわゆるかっこつきで「ポエム」と呼ばれる感覚の詩でしたね。そういうものをあえて書いているという感じがした。限りなく読者が広くなるようなスタイルの言葉でした。
山田　ちょっと歌の言葉みたいで、写真がメロディの役割を果たしていたかなと。
細見　それと比べると最果さんのは、いわゆる私たちが考えている詩、少なくともそこと接した言葉遣いです。やっぱり現代詩からきている言葉の使い方をされていると思う。
山田　書いているテーマが現代詩のテーマ、非常に重くて本質的で難解。最近そういう話に私自身がなりがちだけど、臨死体験をした人の言葉と言えばいいのか。青春期に本当に死ぬほどのテーマを掴んでしまった人で、ある種の特殊な繊細さを持った人だと、危ない言い方をすると、ふと死にそうになる。そういう臨界点に達してしまう人っている。
細見　昔から言われるオルフェウス的テーマですね。
山田　まさに宮沢賢治はそう。縦書きと横書きの話ですると、ある時期から最果さんの詩は縦書きのところが説明的、物語的でシチュエーションがとても具体的になってきている。ところが横書きのところは、まるで歌みたいに凝縮していて、しかも情感的な物言い。だから縦書きは物語の方を、横書きは歌の方を志向しているモードです。唐突な喩えかもしれないけど、縦書きの部分はジョバンニで、横書きがカムパネルラなんですよ。つまり横書きの方の「わたし」とか「ぼく」は銀河の彼方へ行ってしまった人で、死者の世界からこちらへ何か通信を送ってきている。銀河の彼方に逝ってしまったカムパネルラです。縦書きの方は、オルフェウスのように死者を求めていく。いわばジョバンニの生活情景とか微妙な心理描写とかを縦書きが表現している。ジョバンニとカムパネルラに重ねてみると、縦書きと横書きの関係が分かるというのが、私が今回引いた補助線です。第四詩集『夜空はいつでも最高密度の青空だ』くらいから、まさにオルフェウス的な死の空間が主題であり舞台になっている。

細見　ただ横書きのものには何かに事寄せた詩もありますね。それも含み込んでいる。

●小説の中の詩、詩の中の小説

山田　「ユリイカ」の特集号があった。「最果タヒによる最果タヒ」（二〇一七年六月号）。漫画家の石黒正数さんと対談をしている中で、『死んでしまう系のぼくらに』に「望遠鏡の詩」という詩があって、タイトルが一番下についていることに石黒さんが注目している。いわば、タイトルの「望遠鏡の詩」がオチになっている。ショートショートみたい。これは面白い見方だと思った。私は日頃から優れた短編小説は散文詩として読めると言っているんだけど、逆に、詩の形でショートショートを書くという方法もあってい い。最果さんは実際に小説も書いている人だし、詩の形で小説を書ける人ですね。小説の中にポエジーを発見するというのは、私も散文詩論で書いていることですけど、逆に詩の形で小説を書ける。ごく短い数行の詩の中で一つの物語を作ってしまう、そういうこともやれる人です。

細見　素直でもありますね。私たちもタイトルは、実は書いたあとに考えています。タイトルから書き始めることは実は普通はなくて、書き終わった時にタイトルができることがむしろ多い。

山田　あるいは最初のは仮題、単なるモチーフで、書き終わってからあらためて考える。

細見　私が知っている例では、永山則夫は獄中で詩をたくさん書きましたけど、みんなタイトルは最後です。多分彼なりに素直なやり方で、タイトルが最初にあるのには違和感があったと思う。

山田　今の新しい詩集でも、最後についているタイトルもある。だけど最初にタイトルがついている作品もある。

細見　両方ありますね。

山田　これはその都度使い分けはあるんだと思います。最後にタイトルはこうだよとオチのように持ってくるスタイルのものもあるし、従来の行分け詩の形のものもある。

●天然詩人と方法詩人

山田　新潮社から今回出た最新詩集は『夜景座生まれ』。この人の詩集はタイトルがいいですね。私は好きなんですがどうですか。

細見　一貫してタイトルが印象的。『空が分裂する』、『死んでしまう系のぼくらに』とか。

山田　『夜空はいつでも最高密度の青色だ』というタイトルが私は大好きです。これが出た時にまずタイトルが詩だと思った。こういうタイトルを堂々とつけるのは相当の覚悟がないとできない。『愛の縫い目はここ』というのもすごい。『天国と、とてつもない暇』、その次も『恋人たちはせーので光る』。いかにもという感じ。三十代になってからですよ、これが。そして今回が『夜景座生まれ』。なかなか含みのあるタイトルですね。

細見　これまでのからするとちょっと大人しめのタイトル。あとがきで本人が少しその辺りを書いていますね、「今という瞬間から、自分が生まれた瞬間に遡っていくような、そんな意思をもつ言葉だと思ってつけました」。

山田　少し前までは、暴れているというか、はっちゃけたふりをしていたのがちょっと落ち着いてきて、いよいよ本格的に――中原中也で言えば三十歳になった時ですが――詩に取り組む、そういう時があるじゃないですか。まして二十歳やそこらで評価されて注目されてきた詩人。十年もやっていれば、それだけの覚悟と方法論と、思想とか倫理とか、そういうものを持ってきます。その辺りでいよいよ本格的になっていくのかと思う。まだ三十代半ばですから、この先がなかなか楽しみ。

細見　最果さんは、先程言われた対談でどんなことを話しているんですか。

山田　わりと普通ですよ。今の若者言葉とか若者のサブカルチャーとか。石黒さんとは漫画の話は随分しています。それからミステリーやSFが好きとか。SFが好きなんて面白かった。クラークの「幼年期の終り」。一九五〇年代くらいのイギリスの名作。「オーバーロード」という宇宙人が出てきて、それが人類を導いていく形で支配していく、エイリアンものですね。意外と古典的なSFとかを読んでいる。もちろん漫画も好きですね。そういう会話が普通に噛み合っています。

細見　作品では「ぼく」と「きみ」があって、ほぼ「ぼく」と「きみ」の世界で、その先というとまさしく世界とか宇宙とかになっちゃう。いわゆる社会を構成している様々な人とか場所とかがほとんど登場しない。具体的な現実、例えば親とか、職場とかを徹底して捨象した世界。三十代半ばを過ぎていってこの作品世界がどうなるんだろうと思います。

山田　そういう意味で第八詩集へきて新しい気配が見えてきているように思った。これまでずっと気にしながら、僕はこういうところで取り上げたり書評を書いたりしてこなかった。でももう十年以上のキャリアだからね。方法としては、例えば私や細見さんがずっと試みてきたようにある種の学問や文化、歴史とか、そういう知の世界からのアプローチを一つの継続の手段として一方の車輪にしていく方法的なやり方。もう一つはあくまでも自分の固有のモチーフ、自分の経験、体験を推し進めていく、そのための様々な方法を身につけながら、エンジンの部分を上手く働かせていくやり方。いわゆる天然の詩人、谷川俊太郎的な天然詩人はそっちの方だよね。一方で知の力を借りながら両輪でやっていくのは、大岡信です。大岡信的な詩人の生き方と谷川俊太郎的な生き方がもし両極端としてあるとすれば、最果さんのやり方は谷川俊太郎的な、エンジンでぐいぐい進んで、車輪をいろいろ付け替えていくやり方。最初は十年くらいかかりますよ。

細見 谷川さん自身は『二十億光年の孤独』からどんどん変わっていきますね。新しいスタイルとか違う実験的なものとかどんどんやっていった。それでも読者はそれなりにちゃんとついていった。それからすると、そういうある種の実験とか谷川さんがやったような文体的な方法、工夫も必要になってくるのかなという気はします。

山田 ただ谷川俊太郎といえども最初の十年間はそんなに大した実験はやってない。『二十億光年の孤独』は一九五二年で、『21』という詩集が一九六二年です。私はその『21』から方法的な実験が始まるという風に、谷川さんの場合は見ている。最初の十年間はそれほど大きな実験はやっていない。

細見 ソネットの連作がありますね。

山田 ソネットはあくまで形式の問題で、日本では稀とはいえ、立原道造の前例もあるわけだし、「マチネ・ポエティク」もあった。それほどの言語実験ではない。『ことばあそびうた』が一九七〇年代。あの辺りからどんどんやっていくと考えると、谷川さんといえども二十歳やそこらで出発してそう急には実験できていない。谷川俊太郎と比べるのもどうかと思うけれど、一つのパターンとして十年くらいかかると言いたかった。十年間やってきたことを前提にここから、最果タヒはひょっとしたら現代詩を救う役割を担えるかもしれない、可能性としてね。

●新しい定型へ？

細見　小説の方が手応えがあってそっちに行ってしまうかもしれない。ただ最果さんは詩で手応えを感じられる人だと思うから、そういう点でも稀有です。

山田　まあ両方やっていけばいいんでね。例えば小池昌代という前例を私たちはよく知っている。小池さんも小説の方へずっと行きかけていながら、やっぱり詩の方へ戻ってきて両方やっている。最新作『かきがら』なんてすごかった。あれは詩人じゃないと書けない小説です。詩も小説も両方やっていくモデルでは町田康や川上未映子という例もある。最後に具体的な例を挙げていきたいので、細見さんからどうですか。

細見　例えば最初の「流れ星」がいい詩だなと思いました。ちょっと読んでみましょうか。

本当にぼくは孤独だ、と言ったときの、
本当に、は、だれに証明するための、もので、
だれがぼくの孤独を疑ったのか。（だれも疑っていない、
だれもが聞き流している、川が流れている、
ぼくを聞き流している、
春の水が夏の水になった瞬間をぼくも知らない、
水はみんなぼくを聞き流して簡単に海に行ってしまう。）
さみしいって言えよ、とだれかが言った。

腹が立って、ぼくはさみしいと叫んだ、
だれもうさみしいという言葉を使えないぐらいに
うつくしく叫んだ。そうやって人類は、歌を発明しました。
ほくは、心がなくて、
きみにはあるから、きみはぼくにそれをちょうだい。
人類はそうやって、愛を発明しました。

（原文横書き）

これは上に「流れ星」とタイトルがあるんですけど、「だれもが聞き流している、川が流れている」、言葉遣いが繊細だと思いました。

山田　カムパネルラが歌いそうな歌ですね。あの世からカムパネルラがジョバンニにメッセージを送っているような感じがしませんか。

細見　最果タヒ論をまとめてくださいよ。

山田　まだ三十四歳でしょ、今後に期待したいところもある。例えば谷川俊太郎が今八十八歳（誕生日が来て八十九歳）です。最果タヒが八十八歳になるまで私が生きていられたらいいけどそれは無理なので、後に託していかないといけないから、せめてそのきっかけくらいどこかで位置づけておきたいという気はします。「流れ星」は最初にテーマがあって、流れ星で詩を書くという書き方。それに対して最後にタイトルがくるものがこの詩集の中にもいくつかあって、例えば一二三頁。

星を飲み込んだきり、光っている鯨。

いつか夜になるために、光っている鯨。

私が手を合わせている時、どこかの家は必ず停電となる。

雷が落ちる時、二人の人間が目を閉じている、くちづけをしようと。

契約、結婚、魔法、理屈、すべてを電流が操ることを、私は知らない。

知らないからあなたにも、私にも心があると誤解する。ビビッときましたと、手を差し出す見合い相手のなかに残る電流を握手で受け取り、今日から二人、ブレーカーが落ちるまでの愛。


（原文横書き）

タイトルが最後で「ブレーカーの詩」なんですね。ひところ四元さんがやっていた、テーマを決めて最後にオチがくる、嘱目の詩。あれとも通じるような部分がありますね。それと横書きに対するこだわりのことをもう一回言いたいんだけど、これまでなかった傾向として、気になるものがあったんです。三五頁に「美しい人」というのがあります。

桃の皮を剥く、桃は次第に記憶喪失、する、
抱きしめられたら好きになる、
次第に記憶を失っていく、身体が、灰になっていくと、
きみよりきみの肌についた、雨粒に愛されたい、
きみの声が、永遠に聞こえてこなければいいと、

願っているわたしは、死を恐れなくなった。
きみそのものになることもできないのに、
きみのものになりたいと、

わたしは思わない。
雨は思っている。

愛する人以外すべてと、約束をすることが生きることだと、
きみは思っている。

連構成に注目すると、三行、三行、二行、二行、二行です。意図的に形式を崩しているように思えてならない。例えば第一、二連の各三行は、それぞれ各四行だったんじゃないか。さらに、次の二行二連は、合わせて四行になります。最後が二行。すると、四・四・四・二行、計十四行でシェイクスピア式のソネットになる。最果タヒの詩を添削してと怒られそうな気がするけど、考えてみたらそういう可能性が垣間見える。問題は、本人がそうした「形式崩し」を意識してやっているかどうかですが、実は意識しているんじゃないか。たぶん技術的に平凡な人だったら普通にソネットにできるところを、わざわざ崩しているんじゃないかと憶測したわけです。

細見　字体とかも変えて非常に意識している人ですね。行変えについても当然そういう意識が入っている

んじゃないですか。

山田　これまでの最果さんの詩集になかったスタイルです。こういうところから何か出てくるかなという気配を感じます。それこそ最果流定型になるわけで、今度四元さんが定型と自由のことを特集すると言っているから、そこでやってみましょうか。

第四十五回　青木由弥子『しのばず』　土曜美術社出版販売

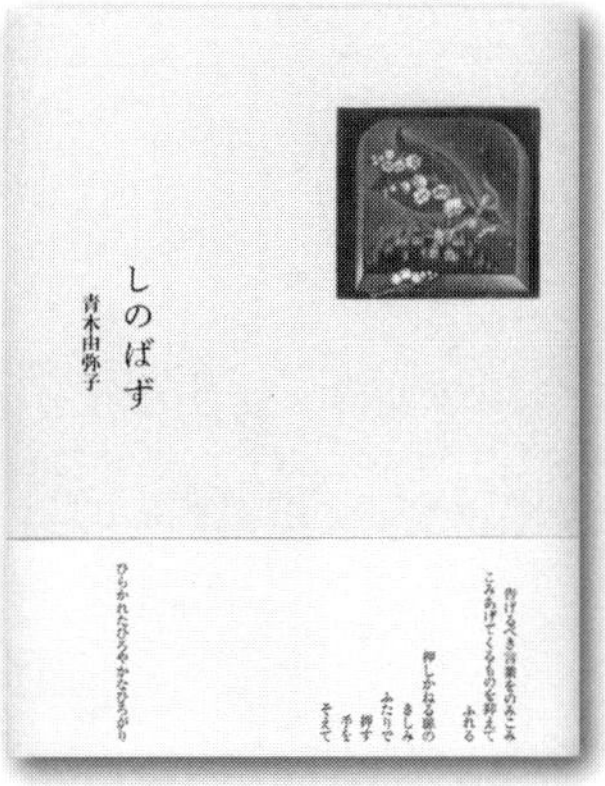

●第三詩集の意味

細見　今回僕が対論の対象を選ぶ番で、青木由弥子さんの『しのばず』を取り上げたいと思いました。青木さんは今回が三冊目の詩集ですね。二〇一五年に「詩と思想」の新人賞を受賞されている。投稿欄で活躍されたのでしょうね。二〇一七年に第一詩集『星を産んだ日』、さらに二〇一八年に『il』。これはフランス語のタイトルですね。

山田　私家版で、意外と大事な詩集です。

細見　一九七二年生まれですから、僕より十歳若い。デビューはちょっと遅いのですけど、それからかなり熱心に詩を書いてられるのがわかる。勉強熱心みたいで、いろんな講演とか、詩塾みたいなところに顔を出されたりしていると思います。私が東京で講演する機会があったりしたときにも、来てくださっていた。「びーぐる」にも関わってくださっている。

山田　一時期投稿もしていたね。

細見　書評を書いてもらったりもありました。なのに青木さんの詩をあまりきちんと読んだことがなかったということが正直あって、せっかく新しい詩集が届いたので、ちゃんと議論できたらな、と思いました。

山田　細見さんより十歳若いということは、私より二十歳若いわけですね。そういう年齢の人がもう中堅ぐらいになってきているんだな。出発した時点から、つまり第一詩集の段階で、すでに完成されている感じはありました。全くの新人のやぶれかぶれ的な若さのエネルギーまかせタイプとは違って、かなり勉強して仕事もしてきて、満を持して一冊出した。投稿欄はかなり長期間に亘って作品を出さないといけないでしょう。一回や二回入選したからといって新人賞は取れない。

細見　常連という感じになられていたのでしょうね。

山田　ある程度のレベルのものを安定供給できないとね。そういう修行を積んでの第一詩集。「詩と思想」は新人賞を取ると出してくれるんじゃなかったかな。「詩人賞叢書」の十一巻目ですね。今回が土曜美術社からの二冊目ですが、間に『巨』という詩集がある。これがひとつのスプリングボードとなって、こっちにジャンプしてきたのかな、と私は読んでいます。

細見　詩集『しのばず』の特徴として、物語性を持っていることがあると思う。間に小さな文字で、作品とは別に言葉が二行三行入っています。それが言葉の挿絵みたいな感じになっていて、全体がプロローグとエピローグで挟みこまれている。二つともタイトルなしの作品ですが、目次では「プロローグ」「エピローグ」としている。つまり寄せ集めではなくて、ある種の物語詩集という形になっている。小説のように、何があったかを具体的には書いていない。そこが若干、隔靴掻痒なところがあるけれど、大きなモチーフとしては、「あとがき」にもあるように、大切な人が亡くなり、亡くなった人の声が届くということがあった、と書いている。作品のなかでは「――」を付けて、異界からの声みたいなやりとりがある。亡くなった人の声を聞き取りながら、残された自分の時間をたぐっていく詩集になっていると思います。

山田　ダッシュ二字分は、小川国夫さんが会話でよく使う形ですね。欧文でもよくある。

細見　ただ、現実の声とは違う次元で、その声を導入するためにこういう書き方をしていると思う。帯には「モノローグからダイアローグへ――」という言葉が置かれていますけれど、これがそのままダイアローグと言えるのか、むしろ改めてのモノローグとも取れると思うのですけれども。

山田　亡くなった人との対話ということで言うと、たとえば能をダイアローグとする高橋睦郎さんの最新詩集なんかもそうだし、私の第一詩集『微光と煙』も、死んだ詩人たちとのダイアローグ。最近私も、詩はダイアローグだとつくづく思う、ということを書いていますから、よくわかる。あえて推測で言うけれど、ときどき声がふっと出てくる。亡くなった人という話が今出たけど、具体的にはお父さんじゃないかな。あるいは父性的なもの。

細見　あとがきのなかでは「恩師」ともあって、わりとそこは大きいのかな、という感じがする。たしかに父性的なもの、年齢的には若干離れている相手ですね。でもある種の恋愛感情が同時に立ち込めている気もします。

●「しのばず」

山田　あとがきには「その間、父が逝き、恩師が逝き……大切な人、大事な人との、出会いと別れがありました。」と書いてある。夫とか恋人とは書いていない。父と恩師を合わせたような、父性的なものに対する愛という雰囲気が漂っているけれど、本文のなかでは何か恋人のような捉え方で出てきます。「しのばず」というタイトルポエム、ここから入ったらいいと思うんですけど、これなんかまさにそうですよね。

ふれる
こみあげてくるものを抑えて
告げるべき言葉をのみこみ

押しかねる扉の
きしみ
ふたりで
押す
手を
そえて

ひらかれたひろやかなひろがり

立ち枯れた蓮の水際に
鴨たちの描く光跡を

読むことのできぬ文字として
筆写する

あなたの　そして　わたしの
今生の息は風にとけて
水底の蓮根《はすね》の中で出会い
くらがりをくぐり抜けていくはずだから

薄暮
人の灯がともりはじめる

──遅かったでしょうか
──いや、これからだよ

はいのぼる冷気をまといながら
ひとつ　またひとつ
十月桜の
白くほのかに紅をさして
　きゃしゃに

「――」が二行あって、対話になっています。「しのばず」というタイトルは「しのぶ」という言葉の反対ですから、最初私は社会的正義という意味で、不正や悪に対して我慢しないぞ、というようなことだと思った。それはたぶん『星を産んだ日』という第一詩集からのイメージの繋がりでそう感じたんですけれど、どうやら違いますね。社会的な意味というよりは、「しのぶ恋」という意味での「しのぶ」に対しての「しのばない」、大胆に踏み込んでいくような意味合い。ただ、そうやって会話を交わしている相手がすでにこの世の人ではない。いまは、そういう複雑な情感が全体に漂っているというのが僕の解釈です。

細見　「しのばず」でまず浮かぶ日本語には、「不忍池」がありますね。ここには池の場面も出てきますし、かけてあるようにも思います。不忍池で、もう忍ばないというような。

山田　上野の池ですか。

細見　そうですね。僕も不思議なタイトルだと思いました。そういう父性的な男性との関係だけど、同時に恋愛感情が入っているような作品がいくつかあります。

山田　言葉遣いのニュアンスのなかに、対幻想的な語りかけが出てきます。ただ、それは表面的な文体だから、具体的にはどうなのか、というと微妙なところがありますね。

細見　あくまで亡くなった後にそういう感情を書いているという読み方もできると思います。生きているあいだは、そういう感情は表わさなかった。

山田　そうすると、死者を通しての読者への語りかけ、読者へのダイアローグの身振りというか、そうも取れますね。読者との関係を対の関係として把握していく、それでこそダイアローグの詩ということになると思うから。それについて思うところがあるんだけど、先に何か、細見さんの推薦の作品を聞きたい。

●「放つ」

細見　たとえば、物語性を作っているところだと思うんですけど、八六頁の「放つ」という作品がありま す。それからエピローグの前の「白く、ゆれる」。このあたりが、物語を閉じていくところになっている と思う。「放つ」を読んでみましょうか。

行き過ぎる人の後ろ姿に
伝記の中に現れる気配の似姿に
……意識が向かい　立ち消え
談話の断片に漂うしぐさに
すれ違う何気ない微笑みに
……こみあげるものを落とし込み
　　　　　　　　　　　席を立つ

葉裏をかえす風や
ゆびのすきまをくぐる水のぬるみに
不用意にひらかれる記憶の蓋

ふくらんではじけて剥がれ落ちる
　　　　　　　　　　苔の鱗片
ひらこうとして
うすれきえゆくもの

散らばっていた像が
硝子絵の欠片を寄せるように
集まり　抜け出し
ひとりのすがたとなる

影となって押し寄せ
立ちすくむ私をのみこみ通り過ぎて
潤みはじめた空
空白

ふれることのゆるされないひとであったから
なおさら触れ得るものから影を
たちあげようとするあさましさを
　澱みとして持つことを

いのちあるものの歓として
　　　　　　　　　　　苦く
域を超えたひとを
烈しく追いながら
生の際に立ち止まる
託されたものを
胸に抱いて
虚空へと
声を

この作品はそうでもないけど、青木さんの使う漢字は結構難しい。たぶん短歌とか俳句含めて、日本の古典の素養のある人ですね。ふだん使わない漢字がよく使われている。

山田　明らかな研究対象にしているのは、伊東静雄ですね。

細見　そうなんですか。

山田　ずいぶん粘り強く、長いあいだ同人誌で書いている。そのうち一冊になると思う。以前「詩と思想」の編集にも関わっていて、伊東静雄の特集をやりました。私も原稿を依頼されて、小野十三郎と萩原朔太郎と伊東静雄のトライアングルの話を書いた。二、三年前だったと思うけれど。青木さんの伊東静雄についての論考は、詩人のエッセイ的なものではなくて、研究者として本格的な、アカデミックな研究論文という形で、持続してやっています。こういう形の詩人論を詩人はもっと書くべきだと僕は思っていて——感覚だけでいいものを書く人はいるけど、もうちょっと考えて書いてほしいというものも多いからね。そういう点でも青木さんは非常に好ましく思っています。

細見　伊東静雄はいまだに全集がない。

山田　全詩集はあるけどね。

細見　きちっとした全集という形にまでなっていないから、それこそ青木さんあたりが、伊東静雄の全集を出す、あるいは監修ができるといいなと思いますね。

山田　僕の知り合いにも伊東静雄論を書いている人は二、三人います。萩原健次郎さんも編集工房ノアの「海鳴り」で粘り強くずっとやっていますね。十年以上、二十年ぐらいやっているんじゃないかな。青木さんと萩原さんのタッグで全集をやってくれたら面白いなと思う。

細見　出版社から見ても、伊東静雄全集ならそこそこ売れる。ある程度読者の幅があるし、図書館は必ず入れますしね。

山田　人気はありますね。九州の諫早でやっている伊東静雄賞がありますが、あの賞と関わっている田中俊廣さんも研究者ですね。そういうネットワークは、青木さんはまだあまりないと思う。これからですね。

●二人称から三人称へ

山田　話を戻すと、青木さんに会ったのは『巨』が出た直後でした。これも「序詩」と「あとがきにかえて」というのがあって、今回の『しのばず』は目次が巻末にあるけど、「プロローグ」と「エピローグ」

となっている。表現は変わっているけれど、形は同じ。『しのばず』は二十七篇で、『il』は十七篇と少し小さい。このilというタイトル。フランス語の三人称、「彼」だけど、luiではなくて、主語としてのみ使われます。英語のheもしくはitですね。タイトルポエムはないんだけれど、目立つのは、すべて二人称なんです。「あなた」というのがしきりに出てきて、すべて対話です。「あなた」に対する万感の思いを込めて、といっても連綿とした情緒ではなくて、抒情の抑制が効いていて、抒情詩としての構成を持ったラブソング。そういった二人称の語りかけが全篇に溢れていました。これは詮索だけど、このころにちょうど、お父さんか恩師が亡くなったのかな、と。二人称はフランス語でいえば、単数ならtu、複数ならvous。それに対してタイトルはilという三人称。つまり二人称の語りかけが最後に三人称になって、客観した独立した人格になっていくという読み方をした。そうすると、二人称への語りが三人称化して、客観化したところで、さっきジャンピングボードと言ったんだけど、次の『しのばず』で普遍性を持った抒情の表現に昇華していったのかな、と。推測を含めた解釈ですが、そのぐらいの解釈をしたくなる、構成力を持った作品です。

●「白く、ゆれる」

細見　同じような印象を私も持ちますが、エピローグの前の「白く、ゆれる」を読みますね。見開き二頁の作品。

ハンカチの木が咲きました。

――幽霊の木とも呼ぶのですよ。
よみがえるあなたの声。

ひっそりと目立たぬ花を
大小一対の白い苞でつつみこんで
今年もまた木陰であかるませています。
そのように生きていきたいと
願った時もありましたけれど。

役割を終えて地に落ちた苞をひろい、
手にしていた本にはさんで押し花にしました。
――この本はいいね。
(そうでしょう、向こうに抜けていく沈黙がある)

霊園からの帰路は思いがけず陽が射して、
砂利石の間から細い茎をのばしたカタバミが
かすかな石英の反射を受けて風にゆれていました。
軽く乾いたハンカチの木の苞葉を

宛先のない手紙として
風にゆだねます。

「霊園」とありますから、亡くなった人のお墓に、毎年おそらく命日に訪ねていっている。「今年も」とありますから、何年か経っているんでしょうね。

山田　挽歌ですね。

細見　「ハンカチの木」については「幽霊の木」という呼び方があるようですね。白いフワフワした部分が夕方や夜に見ると幽霊っぽく見える。

山田　まるで手招きでもしているように。別れの合図にハンカチを振るのは西洋によくありますね。マラルメの詩にもあります。ある意味でリブレスク、ブッキッシュな知識をうまく詩に取り込んでいるところがあります。さり気なくだけど、気がついて面白かったのは、八三頁。「北の詩人が貝の火と呼んだ炎がちらちらと異語を放ち、」というところ。

細見　宮沢賢治ですね。

山田　うまい使い方をしています。「貝の火」という童話。似たようなイメージは、宮沢賢治の詩のなかにもいろいろな形で出てきて、いずれも冷たく凝縮した、でも熱く燃えている、いかにも詩的なイメージ。それを「北の詩人が」と言う。「宮沢賢治が」と言うと詩らしくなくなっちゃうよね。この詩は「詩の生まれるとき」というタイトルで、散文詩としてすごくうまくできています。

●散文詩の名手として

山田　青木さんは散文詩もうまいですね。中途半端な、句読点を省いたような亜散文詩ではなくて、句読点を入れて段落を分けて、徹底した散文。省略とか倒置とか、そういう詩的な技巧も使わない散文脈で綴っている。ということは、すべてイメージ、それから散文のリズム。そういう形で書き分けているところがあって、ロジカルな内容が必要なものとか、さっきから話題になっている物語性、そういう作品の場合には散文詩を使うんですね。ある程度まとまっているところがあって、二つ目のアスタリスクの後かな、四八頁から散文詩が続きます。「襲来」「現況」「坑道」といった作品が続いて、その後にまた行分けの詩がくるんだけど、終わりのほう、八二頁の「詩の生まれるとき」、さっきの北の詩人の出てくる散文詩があって、その後にまた行分け詩になって、エピローグに行く。起承転結で言うと、承のあたりと、結の直前あたり、そのへんに散文がまとまっていて、かなり物語的な描写が入ってくる。

細見　こういう散文詩は、『言』にも入っているのですか。

山田　あります。「夜のたまご」とか。句読点のない「亜散文詩」ですが、形はだいたい似ています。数行で一連になっていて、頭の一字下げはしない。通常の散文と違うところを敢えて挙げれば、その点ぐらい。あとは数行で連分けをして、行分け詩の一連二連に似ている。散文でもかなりリズムがあるんですよ。リズミカルな散文ですね。『言』の最後の「あとがきにかえて」に書かれている「キュレーター」というのは、『言』を読んで腑に落ちました。もともと美術史の専攻だったんですね。だから美術用語とか、絵の捉え方が入っている。散文詩にしても行分け詩にしても、非常にイマジスティックです。イメージが非常に鮮やかで、輪郭がきちっとしている。絵を描くように、というよりも、絵を説明していくように、詩をコントロールする。自分の言葉を並べたり、置き換えたり、絵を見せるようにやっている、という気がします。

細見　今回の詩集の表紙に使われている絵についても、「あとがき」によると、学生時代に版画展で求めたとありますね。

山田　「版画家の謡口早苗さんのメゾチント」とありますね。上野公園で購入した。

細見　チャリティー版画展とありますから、売上を何かに使うという趣旨ですね。

山田　そのとき衝動買いしたわけでしょう。パッと見て、これはいい、という自信があるんでしょうね。なかなかいいと思っても、自信がないとその場で買うことができないですよ。もちろん経済力の問題はあるけれど、自分の審美眼に信頼を置いてないとね、なかなか衝動買いもできない。

細見　絵に対する自分の目を肥えさせていく、一番大事な方法は買うことだ、と知り合いの画家が言っていました。

山田　青木さんの場合はそういう仕事や勉強をしていたなら、美術関係の知り合いや友人がいるだろうから、その相互影響もあっただろう。正統派で地味なように見える面もあるけれど、意外に器用な面があって、堅実に地道にやっているように見える。あと数年ぐらい経ったら、画家とコラボレーションをやるとか、詩画集、写真詩集を出すとか、音楽的なコラボをやるとか、そういうことをやれる人じゃないかと期待しているんです。

●絵画性、映像性

細見　たとえば六六頁からの「耳」ですけど、これなんか激しい部分がありますね。途中から読みますが、

押し寄せるノイズに堪えかねて
ひきちぎった耳を黒土の上に置いた
あなたの吐息が白くからまり
はいのぼり耳を包み
やわらかく馴染んでいく

あのひ耳もとで
くりかえしささやかれ
くちびるでふれられ
しびれを宿した
わたくしの耳

　すべてを土に還したら
　わたくしの耳も
　あおくしろく

光り始めるでしょうか

蝶の翅の形にそろえて
ふたつの耳を
黒土に埋めた

粉砂糖をふるように
朝が降りてきている

山田　最後の二行が印象深いイメージ。

細見　全体に絵画的なイメージもあります。ちょっとシュールでね。

山田　映画のような感じもある。四〇頁に「穴惑い」という詩があるでしょう。これも今、細見さんが読んだのと対をなすような作品。「しずかに　くびを　しめられているとき／わたしは　いつも　いきていました」これは萩原朔太郎の「地面の底の病気の顔」や「死」を思い出しませんか？「みつめる土地（つち）の底から、／奇妙きてれつの手がでる、／足がでる、／くびがでしやばる、」（「死」）。グロテスクだけれど、奇妙に美しい。それが「やわらかくて　まるくて／くずもちのような」ものを「黒土にうずめる」んです。黒い土に何かグロテスクな、恐ろしいものがあって、そこに白い、粉砂糖みたいなものが降ってくる。そういうイメージの使い方が、この二篇は似ていると思った。

●蝶のイメージ　プシュケーとして

細見　語り手が蝶や植物であるような印象があったりする。蝶で面白いと思ったのがあるので、そこを読んでおきたいと思います。「光る花」という五四頁からはじまる作品です。これは散文詩の形を取っているんですけれど、そのなかに行分け詩の部分が入っている。この詩集のなかでは他にないような形です。特にその行分け詩のところが面白いと思ったんですね。ちょっとリズムが変わる。このあたりに詩集のモチーフが入っている気がします。

ゆきすぎるものを追うのではなく
霧のむこうを探り求めるのでもなく
いのちのあふれこぼれるきざしを
ふいにもれおちる言葉にからめとること
蜘蛛の巣にかかってもなお羽ばたきを失わない
蝶の翅が照り返す光を丁寧に写し取ってゆくこと

このあたりがこの詩集のモチーフになっているんじゃないか。光を言葉でどのように写し取るかということ。さっき言われていた、絵画とのコラボみたいなもの、それ自体を表わしているフレーズでもある。

山田　この場合の蝶は、神話的な意味合いでプシュケーと見ていいのかな。心の塊とか、魂のメタファーみたいな、そういう蝶。

細見　蝶に自分自身の姿を仮託していますね。「蜘蛛の巣にかかってなお羽ばたきを失わない」、その「蝶の翅が照り返す光を丁寧に写し取」るというあたりは、自分が詩を書くことで何をしているかを丁寧に書いている一節。

山田　神話的なプシュケーというのは、か弱くて、幼くて、儚いもの、そういうイメージがありますよね。それに対して、蜘蛛の巣にかかっても羽ばたきを失わない、いわば強靭な精神、強かな蝶というと、モスラというイメージになってしまうけど。

細見　そうではなくて、儚いことは儚い。いずれすぐに死んでしまう。けれども単に死ぬんじゃなくて、羽ばたきは続けていて、ほんの一瞬であれそこには光が照り返している。けっして強靭ではないけど、亡くなったものと同時にこちらの命がなくなるわけではない。生き残っているものの命は儚くも続いていく。そういうふうに生き残っている自分の状態の暗喩でしょうね。

山田　亡くなった人に対するオマージュでもあるし、それを自分が引き継いでいく命のリレーのような位置。

細見　言葉を聞き届けるというのは、まさしくそういうことですね。

●問題系の深まりと広がり

山田　最後にもうひとつ気になることがあって、最初の『星を産んだ日』には、今日話せなかったもうひとつの重要なモチーフとして、社会的・政治的な問題がある。社会正義というようなテーマですね。第一詩集では沖縄の問題がずいぶんフィーチャーされていました。それが今回はない。おそらくなくなったわけじゃなくて、一冊の詩集ごとのテーマをある程度明確にしていこうという戦略でしょう。書いてないわけではないと思う。今回は『しのばず』としてこの作品をまとめた。第一詩集の『星を産んだ日』は出産と育児を大きなテーマにしつつ、かなり社会的な要素も入っていた。いろんな要素が雑然としていて、全体の構築力という点ではやや散漫な印象があった。それに対して今回の『しのばず』では輪郭がはっきりして、焦点が定まってきて、すごくいい構成になってきた。だけどそこでたぶん終わる人じゃないから、今回は入れなかった、第一詩集にあったようなモチーフもまた必ず出てくると思う。さっきのコラボレーションも含めて、いろんなことができる人だと思うので、意外なものが出てきそうな気がします。

細見　その社会批評的な詩は、日本の場合、言葉のリアリティに乏しいものが多いですね。青木さんが今回『しのばず』で書かれているような言葉のリアリティを同じように持った形の社会批評的な詩がどういうふうに書かれていくか、大事なところだと思います。

山田　問題意識が多岐にわたっている人で、そのわりに今回の詩集はコンパクトにうまくまとまっている。何らかの大きな評価をしてもらえたらと思いますが、さらにその先を考えたい。

細見　今回の場合、かえって箱庭的にこじんまりしたかな、という印象はありますね。

山田　今回は敢えてそうしたのだと思います。そのキーポイントになったのはやっぱり『巳』だと。こういう小さなところでジャンプ力をつけて、大きなものを作るというやりかたは面白いので、ある程度パターンになってもいいと思う。それで次を期待したいですね。

あとがき

『対論Ⅲ 2016–2020』には、十六冊の詩集について細見和之と山田兼士が語り合った「対論」を収めた。いずれも、その時時の最新刊の、ということは「詩の現在」の諸相を、端的に示しているものだ。詩誌「びーぐる」創刊時以来続いているこの連載は、これまで合計で四十五回を数えた。この間にやむを得ない事情による休載が何度かあったことは、「まえがき」で細見和之が書いている通りだ。特に、私が二〇一九年十月から二〇二〇年五月まで、七か月以上の入院を余儀なくされた時期には、「対論」はおろか他の連載まで休筆しなければならなかった。幸い命をとりとめて、リハビリもほぼ終えて退院することができた。ちょうどその頃、世の中は「新型コロナウイルス」のために、リモート・ワークの推奨や娯楽の自粛など、旧来のシステムとはかなり異なった状況になっていた。私の勤務先でもZOOMを用いた「遠隔」授業が中心となり、最近になってようやく、少人数の必須演習にかぎり「対面」授業を行うようになったが、これも今後の状況次第といったところ。

ともあれ、ほんの少し前まで、おもに私の自宅で、ビールなどを飲みながら詩について語り合った時間は、楽しく貴重な思い出だ。再び細見さんと美味しい（私の）手料理などをつまみながら美酒と美詩に酔える日が来ることを願っている。この対論はまだまだ続きます。

二〇二一年七月一八日　山田兼士

細見和之（ほそみ・かずゆき）

1962年兵庫県丹波篠山市生まれ。大阪大学大学院人間科学研究科博士課程修了（人間科学博士）。詩人、ドイツ思想専攻。現在、京都大学大学院人間・環境学研究科教授。著書に『アドルノ』（講談社、1996年）、『「戦後」の思想』（白水社、2010年、日本独文学会賞）、『ディアスポラを生きる詩人 金時鐘』（岩波書店、2011年）、『石原吉郎』（中央公論新社、2015年）など。翻訳に、ヴァルター・ベンヤミン『パサージュ論』全5巻（共訳、岩波文庫、2003年）など。詩集に『家族の午後』（澪標、2010年、三好達治賞）、『ほとぼりが冷めるまで』（同上、2020年、藤村記念歴程賞）など。

山田兼士（やまだ・けんじ）

1953年岐阜県大垣市生まれ。関西学院大学大学院文学研究科博士後期課程満期退学。詩人、フランス近代詩専攻。現在、大阪芸術大学文芸学科教授。著書に『ボードレール《パリの憂愁》論』（砂子屋書房、1991年）、『小野十三郎論—詩と詩論の対話』（砂子屋書房、2004年）、『ボードレールの詩学』（砂子屋書房、2005年）、『百年のフランス詩』（澪標、2009年）、『谷川俊太郎の詩学』（思潮社、2010年）、『高階杞一論—詩の未来へ』（澪標、2013年）、『萩原朔太郎《宿命》論』（澪標、2014年）、『福永武彦の詩学』（水声社、2019）など。詩集『微光と煙』（思潮社、2009年）、『家族の昭和』（澪標、2012年）、『羽曳野』（澪標、2013年）、『羽の音が告げたこと』（砂子屋書房、2019）。

URL: http://homepage2.nifty.com/yamadakenji

対論Ⅲ　この詩集を読め 2016-2020

二〇二一年一〇月一〇日　発行

著　者　細見和之
　　　　山田兼士

発行者　松村信人

発行所　澪　標《みおつくし》

大阪市中央区内平野町二 - 三 - 十一 - 二〇三

TEL　〇六 - 六九四四 - 〇八六九

FAX　〇六 - 六九四四 - 〇六〇〇

振替　〇〇九七〇 - 三 - 七二五〇六

印刷製本　株式会社ジオン

DTP　山響堂 pro.

©2021 Hosomi Kazuyuki, Yamada Kenji

定価はカバーに表示しています

落丁・乱丁はお取り替えいたします